U0527104

[清] 谢遂《仿宋院本金陵图》(局部)

［清］谢遂《仿宋院本金陵图》（局部）

［清］谢遂《仿宋院本金陵图》（局部）

[清] 谢遂《仿宋院本金陵图》(局部)

[清] 谢遂《仿宋院本金陵图》(局部)

[清] 谢遂《仿宋院本金陵图》(局部)

[清] 谢遂《仿宋院本金陵图》(局部)

[清] 谢遂《仿宋院本金陵图》(局部)

[清] 谢遂《仿宋院本金陵图》(局部)

[清] 谢遂《仿宋院本金陵图》(局部)

时光里的中国

# 老味道

李路 主编

孟祥静 编著

四川人民出版社

**图书在版编目（CIP）数据**

老味道 / 孟祥静编著. -- 成都：四川人民出版社，2025. 2. -- (时光里的中国 / 李路主编). -- ISBN 978-7-220-13826-3

Ⅰ. I267

中国国家版本馆CIP数据核字第20246D1W36号

# 老味道

LAO WEIDAO

李　路　主编
孟祥静　编著

| | |
|---|---|
| 策划编辑 | 段瑞清 |
| 责任编辑 | 李淑云　罗骞昀 |
| 版式设计 | 刘昌凤 |
| 封面设计 | 朱文浩 |
| 责任印制 | 周　奇 |
| 特约校对 | 北京悦文文化 |
| 出版发行 | 四川人民出版社（成都三色路238号） |
| 网　　址 | http：//www.scpph.com |
| E-mail | scrmcbs@sina.com |
| 发行部业务电话 | （028）86361653　86361656 |
| 防盗版举报电话 | （028）86361661 |
| 印　　刷 | 三河市华晨印务有限公司 |
| 成品尺寸 | 155mm×215mm |
| 印　　张 | 18.75 |
| 字　　数 | 235千 |
| 版　　次 | 2025年2月第1版 |
| 印　　次 | 2025年2月第1次印刷 |
| 书　　号 | ISBN 978-7-220-13826-3 |
| 定　　价 | 89.80元 |


著作权所有·违者必究

本书若出现印装质量问题，请与我社发行部联系调换。电话：（028）86361656

# 目录

## 壹 节日里的味道

# 贰

## 面食的诱惑

叁

无肉不欢

# 肆

## 青菜绿　豆腐白

# 伍

## 碗筷留香

# 壹

## 节日里的味道

# 粽子

zòng zi

## 概说

粽子，食品，用竹叶或苇叶等把糯米包住，扎成三角锥体或其他形状，煮熟后食用。粽子也叫粽粑，又名裹蒸、包米、白玉团、不落荚、角黍等，最初用来祭祀祖先和神灵，后来逐渐成为端午节的应节食物。五代王仁裕《开元天宝遗事》载：『宫中每到端午节，造粉团、角黍，贮于金盘中。』

## 渊源

粽子究竟是什么时候出现的，传说比大禹的时代还要早一些。有个叫台骀的人也是治水的功臣，他治理的是汾水，也就是现在山西省的汾河。台骀治水的时候，为了疏通河水，让水流到灵石山，他就带人一起住在矗立在汾水与灵石山之间的一座大山上。水灾导致道路不畅，船航行在凶猛的洪水中十分不安全，因此无人给他们送饭。后来有一个聪明人想到了一个办法——把饭菜放在竹筏上，让竹筏漂到台骀他们那里。这个办法解决了他们吃饭的问题，但后来又出现了一个问题，那就是汾水中有很多鱼虾，竹筏上的饭菜会被鱼虾吃掉很多，台骀他们就吃不饱饭。经过不断摸索，台骀发现河边有很多芦苇叶，于是就想到用芦苇叶把米饭包裹住。后来，这种食物就慢慢演变成了粽子。

这只是粽子来历的一个传说，有关粽子的文字记载最早出现在许慎的《说文解字》，“粽”字本作“糉”,《说文新附·米部》谓：“糉，芦叶裹米也。从米，㚇声。”西晋周处所写的《风土记》中称粽子为角黍：“仲夏端五，方伯协极。享用角黍，龟鳞顺德。”宋代的《集韵·送韵》中也有“糉，角黍也。或作粽。”的记载。

我们现在所熟知的粽子是用来祭祀屈原的，但角黍的历史更为悠久。西周时期，人们每到夏至就会祭祀百物之神，用菰叶和黍米包裹成牛角形状的角黍，以仿效上古时用牛角祭祀的风俗。之所以用菰叶，是取其生于水，代表着“阴”，黍米有“火谷”之称，代表着“阳”，用菰叶包裹黍米，蕴含着先民“阴阳尚相裹”的朴素观念。不过现在已经很少用菰叶包粽子了，大多用竹叶或苇叶。

粽子与屈原联系起来则在六朝以后。《续齐谐记》曰："屈原五月五日投汨罗水，楚人哀之，至此日，以竹筒子贮米投水以祭之。"楚越之地自古便有投食江中祭祀水神的风俗，而屈原在五月初五这天投江，故《拾遗记》中有"楚人思慕，谓之水仙"的记载。当地人民就把屈原当作水神来祭拜。楚人因担心贮于筒中的米被江中的蛟龙吃掉，便想出了用楝叶包米，再用彩绳缠绕，由此发明了粽子。此外关于粽子的来历还有祭伍子胥说、祭曹娥说、祭介子推说等，不过纪念屈原的说法流传最广，也最为广大人民群众所接受。

到了唐朝，端午节已基本定型，吃粽子也成了主要内容之一。唐朝粽子用米讲究"白莹如玉"，元稹有诗云"彩缕碧筠粽，香粳白玉团"，因此，粽子的别名又叫白玉团。这时粽子的形状已多种多样，有角粽、菱粽、筒粽、秤砣粽、锥粽等。粽子的吃法也大有讲究，除了通常的吃法，还有切片装盘，吃时淋上蜂蜜等。唐朝官府还有一种"赐绯含香粽"，这种粽子因含有一种香料，颜色鲜红，吃的时候再淋上蜂蜜，香甜可口。之所以是官府食品，是因为紫色是三品以上官服的颜色，绯色为五品以上官服的颜色，"赐绯"为官场用语，即皇帝赐予官职。

唐朝还出现了专门卖粽子的商户，以及品牌粽子，如著名的"庾家粽子"。唐朝时，粽子不仅深受百姓的喜爱，还传到了日本，被称为"大唐粽子"。

宋朝的粽子品种更加丰富，据《岁时杂记》记载："端午粽子，名品甚多，形制不一，有角粽、锥粽、茭粽、筒粽、秤锤粽、九子粽。"宋朝还有人在粽子里加入其他辅料，如蜜饯、胡桃等，苏东坡便有"不独盘中见卢橘，时於粽里得杨梅"之诗句。

明清时期，粽子的品种已经多达几十种。清代食书《调鼎集》中就已经记录了包括竹叶粽、豆沙粽、莲子粽、松仁粽、火腿粽等多种粽子的制作方法。

## 制作方法

制作粽子的主要材料有糯米、粽叶，各种馅料和粽叶也因地区差异有所不同。包粽子需要用浸泡过的粽叶，南方多用竹叶或者苇叶，海南、两广还会用茄柊叶。屈大均在《广东新语》里曾说："广州竹枝词云：五月街头卖冬叶（柊叶），卷成片片似芭蕉。"北方地区多用苇叶包粽子。

粽子的馅料主要包括蜜枣、咸肉、鲜肉、豆沙、蛋黄、板栗、红枣、花生、菠萝等。一般而言，北方多食甜粽，南方多食咸粽。不过，现在南北方口味几乎没有什么差异，人们根据自己的喜好来选择即可。就粽子的制作而言，福建的烧肉粽值得一提，其使用海米、香菇、卤肉、莲子等食材来制作，还要在骨头汤里慢慢蒸煮，直到煮得油润鲜香，让人入口难忘。

粽子的包法也有多种，主要方法是用两片粽叶，光面朝上，两片粽叶在宽度 1/5 处相叠，折成漏斗形状，放入浸泡过的糯米，根据需要加入各种馅料，再加入糯米，压实，用多出来的粽叶裹严斗口，用绳子捆扎结实。因馅料不同，粽子的捆扎方式也稍有不同，如豆沙粽不宜捆得太紧，这样可以防止糯米进入豆沙。粽子包扎的松紧合适了，煮出来的粽子才会软糯不糜，中间处不夹生，粽叶处不黏滞。

粽子的蒸煮方法：煮粽子要在水滚之后下粽子，水要没过粽子，等水再次滚起，大火煮 3 个小时左右即可。过去也会在煤炉上慢慢煮，一直煮到煤炭将要燃尽，空气中飘散着糯米渗入粽叶的清新芳香为止。

# 文化意义

粽子作为中国历史文化积淀深厚的传统食品，最初是用来祭祀祖先和神灵的，后来粽子成了纪念伟大诗人屈原的食品。粽子除了我们所熟悉的纪念意义，还有其他意义，如晋代出现的“益智粽”。据《十六国春秋》记载：“卢循遗刘裕益智粽，裕乃答以续命汤。”注为：“益智药名，以之为粽者，可以治智力之穷也。”

故事发生在东晋末年。晋室衰微，朝廷对地方的控制能力不足，诸侯割据严重。卢循是南方割据势力之一。公元405年，卢循进京，拜访了当时朝中的军事大臣刘裕。刘裕主张加强中央集权，卢循是地方割据势力，两人在政治上是敌对关系。卢循给刘裕赠送益智粽，实际上就是讽刺他不够聪明。刘裕也是针锋相对，回赠续命汤给卢循，也是在警告卢循不得反抗朝廷。至于刘裕有没有吃卢循送他的益智粽，则无法考证。但刘裕在十五年后代晋自立，成了南北朝时期刘宋朝的开国皇帝。

现在粽子更多的是作为一种节日的美食，虽然种类繁多、形状各异，口味也是千差万别，但从超市里买回来的粽子吃起来总是缺少了一些“味道”，缺少了过去一家人围在一起包粽子的温情，缺少了母亲浓浓的爱的味道。

# 母亲包的粽子最好吃

郑自华

2014年5月某天，和几个朋友外出旅游，回来的时候，经过服务区，其他人都去买嘉兴粽子，唯独我坐在车子里，朋友很好奇："马上端午了，不买点？"我说，我母亲每年都会包粽子，让我去拿。朋友大骇，因为朋友都知道我母亲已经是耄耋老人了，一个九十多岁的老人，还能包粽子，这在不少人看来简直是奇迹。

母亲很能干，包粽子对母亲来说是雕虫小技。我印象最深的一次包粽子是在1958年。那时的端午节气氛很浓，父亲给妹妹佩上鸡心形状的香囊，那香囊是母亲亲手做的。父亲则用笔在我们男孩的眉心写上个"王"字，我们兄弟你望着我，我望着你，顿时觉得自己英武了不少。到了端午，家家门上插着艾草，大街小巷弥漫着中草药的清香。这时母亲要忙着包粽子，那时家里人多，粽子包得也多，客堂间里放着一个大大的木盆，里面全是粽叶。母亲包粽子的速度很快，只见她拿起粽叶，左手一卷，粽叶就形成漏斗状，右手抄起调羹，先放糯米，再放肉，三弄两弄，粽子就包好了。盆里的粽叶逐渐少了，而边上钢精锅里的粽子逐渐堆成了小山。母亲把粽子拿去煮，然后又捧过来一大捧的粽叶。母亲包粽子的时候，我们兄妹在边上轧闹忙，有递线的，有主动舀了一调羹肉放到那准备包的粽子里的，也有帮母亲捏肩的。其实，我们兄

粽子

妹并非想帮母亲做点什么，而是想让母亲抽空给我们做个小粽子，等拿到小粽子就作鸟兽散。母亲给我们做的小粽子很精致，在弄堂小伙伴的粽子中，绝对属于卖相好的。有时，我们趁母亲不注意，偷偷地抽上几张粽叶，做个口哨，于是，弄堂里就会响起此起彼伏的口哨声。当然，玩够了，肚子也饿了，这个时候吃上母亲包的粽子是最开心。包粽子的那一日成了我们最欢乐的节日。谁知，几个月之后，父亲就去世了，以后是三年困难时期，包粽子成了生活中的记忆。

1997 年，我搬离了老屋。第二年端午前一天，接到母亲电话，让我去拿她包的粽子。自行车刚骑到弄堂口，我就闻到粽子的香味了。桌上的粽子，个个挺括饱满，箍着粽子的线，将粽子的三只角勒得像刀锋一样，棱角分明，我试了一下，粽子掉在地上，竟然没有散开。这么多年母亲没有包过粽子了，再试锋芒，宝刀依然不老！尽管我刚吃过中饭，可见到粽子，食欲大振。我立马吃了一个，肥肉油而不腻，精肉一丝一丝而不嵌牙缝，糯米发得恰到好处，多少年没有吃到过如此美味的粽子了。1958 年至今，过去了快四十年，母亲已是满头白发，而我自己也已经是半百之人了。从这以后，差不多每年端午，我都会到母亲那儿去拿上几个粽子。后来渐渐发现粽子的三只角没有那么锋利了，裹粽子的线也有点松了。毕竟，送走了一个个端午，也迎来了母亲九十高龄。

我们兄妹处于两难之中。说实话，母亲包的粽子很受我们的欢迎，即使平时不喜欢吃粽子的女孩子，也都爱尝一下。只是让九十岁的老人再去包粽子，这让我们情何以堪？可是到了端午，总是有母亲的电话，让去拿粽子。拿吧，实在有点汗颜，不拿吧，母命不可违。我说，我去实地考察母亲包粽子的情况再说吧。不大的灶披间（厨房间），塑料盆里浸着粽叶，两边的凳子上放着各种馅，有肉，有赤豆、红枣，母亲腿上搭着裹粽子的线，一切摆放得井井有条。母亲包粽子笃悠悠，虽然没有当年的速度，但是依然可以看到当年的风采。母亲包粽子，我根本插不上手，母亲不要我帮忙，说我越帮越忙。于是我还是像四十年前一样在边上看着，看得出，母亲很享受包粽子的过程。当教师的侄女发短信问我："廉颇老矣，尚能饭否？"我说："能饭！能饭！"母亲是个闲不住的人，既然母亲喜欢，既然母亲觉得包粽子是件快乐的事情，很有成就感，我们为什么反对？

岁月毕竟不饶人，母亲越来越老了。2018 年 2 月，九十七岁高龄的母亲去世了。从此，我们再也吃不到天下最好吃的粽子——母亲包的粽子了！

# 粽子飘香

张儒学

一

不知不觉，又到端午节了，我陶醉在粽子的香味中。

我的家乡在一个偏远的小山村，平日里山里人都在地里干活，山村里显得十分宁静而空旷，只有过年过节时才变得热闹而拥挤起来。过年过节时，从人们那匆忙的脚步中，从山里人那高兴的笑容里，就能感受到一种浓浓的节日氛围。

在所有的节日中，端午节让我记忆深刻。端午节这天大清早，人们或三五成群，或独自兴致勃勃地跑去荒地或山坡，采些艾草回来挂在大门上，驱邪除恶。于是，山村里处处都飘着艾草淡淡的香味。夜里，山里人还将艾草当成纯天然的蚊香，驱赶蚊子。之后，人们还会将从山上采回来的艾草挂在屋檐下晾晒，以备日后偶感风寒时用。

端午这天，山里的男男女女，老老少少，还会用陈艾、菖蒲、金银花等煎成药汤，饮个一碗或半碗的，清热解毒，既能净心又可明目；或熬成洗澡水，大人小孩泡个澡，既洁净身体，又舒畅心情。

小时候，我只懂得端午节吃粽子，不知端午节是家喻户晓的传统佳节。儿时的我盼望端午节就像现在的孩子盼望“六一”儿童节一样。端午节一到，不但可以吃到香香的粽子，最有趣的是还能洗个药澡。平时忙于农活的大人们到了这天也得放下手中的活儿，打扫院子和准备包粽子，让家里所有的人都用菖蒲、陈艾等草药熬的药水洗澡净身，然后再美美地吃粽子。粽子的清香和草药的药香相得益彰，把端午节的节日气氛烘托得很浓厚。

端午节前后几天，还要走亲访友，相互送节。如果家里有未过门的媳妇，在端午节前就得请她们全家过节，节后就得去送节，晚辈走长辈，女婿走岳父岳母。在你来我往中，端午节显得格外温馨，既增进了相互之间的感情，又增添了节日的喜庆氛围。

长大后，我到远离家乡的小镇打工，常能听到大街小巷中那一声声拉长的“卖粽子，卖粽子哟——”的叫卖声，粽子仿佛不只属于端午节。但只有在端午节，我才买回一些粽子和家人一道分享。有时单位也发制作精良、包装精美的粽子，品尝起来也算香甜可口，但却少了许多留在我记忆中的味道，也少了许多让我为之陶醉的芳香。

## 二

在这浓浓的节日氛围里，我总是想念家乡的端午节，想念端午节母亲包的粽子。

为什么母亲如此看重端午节，更是把包粽子看成她心中最重要的事情呢？因为端午节包粽子对母亲有着特殊的意义。在她很小的时候，外公加入马帮帮人搬运东西，常年在外奔走，很少在家过节。“每逢佳节倍思亲”，特别是到了端午节，外婆更加思念外公。后来外公随马帮替人驮东西去了一趟云南，这一走好几年都没有音信。每到端午节，外婆就把对外公的思念寄托在包粽子上，外婆包的粽子一年比一年香，而思念也一年比一年浓。

有人说外公被抓壮丁去了某战场打仗了，生还的可能性很小；有人说他们被当地土匪抢了，人下落不明；还有人说外公在当地找了一位富家小姐成家过日子了，肯定再也不会回来了……但外婆不信，她相信外公一定会回来的。在几年后的一个端午节，当外婆把香香的粽子放在桌子上，正在发愣时，外公突然出现在她眼前。一家人高兴不已，外婆更加相信一定是她包粽子的香味，带着她的思念把外公唤回来的。也许就从那时起，母亲也慢慢地学会了包粽子，而且包的粽子跟外婆包的一样香，一样好吃。

每年端午节来临时，母亲都要把包粽子当成一件很重要的事来做。不管多忙的活儿都要放下，不管在哪儿都要赶回家。在过节的头几天就得泡好糯米，端午节那天，在包粽子前，先把糯米洗干净，然后再细心地、慢慢地包，像她做针线活一样。

记得有一年干旱，田里栽的糯谷几乎颗粒无收，大家都说今年不吃粽子了，可母亲却坚持要包粽子。父亲为难地说："没糯米怎么包呢？"母亲笑笑说："就用饭米包嘛！"父亲十分担心地问："能行吗？"母亲非常有把握地说："肯定行！"于是母亲就用饭米来包粽子，经过母亲的精心制作，同样大大的、香香的粽子摆上了桌，邻居们纷纷跑来品尝。除了吃起来不糯外，几乎再没别的不同了。大家都夸母亲心灵手巧。那个端午节，我们全家过得特别开心。

现在尽管我久居城市，但对家乡的端午节却情有独钟。端午的粽香似乎一直在我的记忆里飘着，悠悠的、糯糯的、浓浓的……不管我是在单位值班，还是在外地出差，端午都犹如浓浓的乡情，点缀着我的思念。端午节被国家列为法定节假日后，每年的端午节，我都要回到乡下去过。

我每次回去过端午节，父母都非常高兴。端午节前几天，父亲就把地里急需要干的活干完，然后利用这难得闲着的时间，听我说说城里的一些新鲜事。母亲已早早地泡好糯米，摘下大竹叶，在端午节那天就仔仔细细地包起粽子来。别看父亲平时干起活来大手大脚的，在母亲的指挥下包的粽子还真是像模像样，饱满而有棱角。

## 三

每到端午节，单位总要发粽子，而且那些粽子越来越大，包装越来越精美，不管从包装上看，还是从粽子本身来看，高档得无可挑剔。但不管怎么高档，都没有母亲包的粽子好吃。每年端午我总是回到乡下老家，全家人一边吃着母亲包的粽子，一边享受阖家团圆。临走时，还要带些母亲包的粽子，分与同事和朋友品尝。

今年，端午节即将来临之际，平日里很少来城里的母亲突然来我的家中，而且带来了一大捆菖蒲、艾草，还有包粽子的糯米、大竹叶等，我们全家为母亲的到来而高兴不已。母亲高兴地说："快过端午节了，今年我要来城里过节。因为端午节不光属于乡下，也属于城里嘛！"我说："你来就来，怎么还带这么多东西来呀，菖蒲、艾草、糯米等在城里也能买到呀！"母亲笑了："我这是把整个端午节都给你们带来了哟！"

第二天清早，母亲已在我家的门楣上、门板上、门环上，甚至窗棂上都插上了菖蒲和艾草，她说这是过端午节的必备之物。菖蒲和艾叶散发出一股清香，在整个房间里飘散，一种久违的而且似乎只有乡下才有的端午节的芳香，在空气里弥漫。

最叫人高兴的是一家人跟着母亲学包粽子。在家乡，端午节包粽子是家家户户必不可少的一种习俗。母亲跟其他的山里人一样，似乎都是无师自通。同一个小区的大妈、大婶听说我的母亲在家里包粽子了，都跑来学。母亲耐心地教，让她们试着包，试着试着就真能包了。她们都十分高兴地说："明年我也去买糯米、大竹叶来包粽子，让我家也过个真正的端午节呀！"

邻居们把自己包的粽子煮好端出，让小区里的人们来品尝。平日里安静的小区热闹了起来，充满着端午节的节日气氛，回荡着邻居们欢快的笑声。那浓浓的、香香的粽子味，随着轻风飘散，随着喜悦的心情飘散……

这个端午节，似乎被香香的粽子点缀得更温情了！

# 月饼

yuè bing

## 概说

月饼，也称月团、团圆饼、丰收饼、胡饼等，一种圆形有馅儿的点心，是中秋节应时的食品。月饼最初是用来祭拜月神的供品，后来渐渐形成了中秋吃月饼的习俗。中秋佳节赏月和吃月饼是中国人流传已久的习俗。月饼的形状如同一轮满月，圆圆的月饼象征着团团圆圆。

## 渊源

关于月饼的由来有不同的说法。

其一，月饼起源于唐朝。唐初，大将军李靖率军征讨匈奴，打了胜仗，在农历八月十五日这天班师回朝。朝廷设宴为其庆祝，这时有经商的吐鲁番人向唐朝皇帝献饼祝贺。唐高祖李渊接过饼，指着空中的明月说："应将胡饼邀蟾蜍。"这里的蟾蜍是指月亮，高祖说完之后，将饼分给群臣食用。从此以后，胡饼就在长安流传开了，后来被改为月饼。

也有说法是汉朝张骞出使西域的时候带回了芝麻、胡桃，人们用其做馅，做成的饼被称为胡饼。唐朝时唐玄宗和杨贵妃一边赏月一边吃胡饼，唐玄宗认为胡饼这个名字不好听，杨贵妃看着天上的月亮随口说道："这饼很像天上的月亮，叫月饼如何？"从此，胡饼就叫月饼了。

其二，月饼起源于元朝末年。元朝末年，社会黑暗，官府对百姓防范很严。朱元璋带领百姓密谋起义。朱元璋的军师刘伯温智谋过人，就给朱元璋出主意，将号召起义的字条藏在面饼里传递消息，各地约好在八月十五日这天夜里起义。在起义的前几天，这种藏有字条的面饼在各地传递，人们收到消息后，在约定的时间纷纷加入战斗，最终取得了胜利。朱元璋做了皇帝，便用这种面饼赏赐功臣。后来民间为了纪念反抗压迫取得的胜利，也在每年的这天晚上吃面饼。后来，中秋吃面饼的习惯便传了下来，面饼也被称为月饼。

月饼作为祭拜月神的供品，由来已久，但现存文献中，月饼一词最早记载于南宋吴自牧的《梦粱录》中，出现在"荤素从食店”条下，并且还注明这些食品“四时皆有，任便索唤，不误主顾”，可见这时月饼是不分季节随时可买的食品。此外，周密的《武林旧事》和《南宋市肆纪》中都是将月饼列在“蒸作从食”类目下，可知这时的月饼应该是蒸制食品，与现在的月饼有所不同。

关于月饼的明确记载在宋朝开始逐渐增多，但关于中秋节吃月饼的记载在明朝则较为普遍。如大约成书于明嘉靖时期的田汝成所著的《西湖游览志余》载：“八月十五日谓之中秋，民间以月饼相遗，取团圆之义。”嘉靖时期的《威县志》也有类似记载：“中秋，置酒玩月，为月饼馈之。”崇祯年间《嘉兴县志》曰：“十五是为中秋，作饼肖月形，曰月饼，有相馈遗者，取团圆之义。”

到明朝中后期，民间才有在中秋节制作月饼并将其馈赠亲友的习俗。明代刘侗在《帝京景物略》中这样描述当时人过中秋节的情景：“八月十五祭月，其祭果饼必圆，……月饼月果，戚属馈相报，饼有径二尺者。女归宁，是日必返其夫家，曰团圆节也。”可见，中秋节做月饼是为了祭月，而且当时还出现了中秋节的另一个风俗，即回了娘家的女子这天必须返回夫家。这时月饼的制作方法也出现创新，如沈榜在《宛署杂记》中记述了明代京师中秋节做月饼、赠月饼的盛况，坊民皆“造面饼相遗，大小不等，呼为月饼。市肆至以果为馅，巧名异状，有一饼值数百钱者”。这时有心灵手巧的饼师，把嫦娥奔月的故事作为图案印在月饼上，使得人们争相购买，甚至价格高达一饼数百钱。

到了清代，月饼的名称已经正式固定下来，并且月饼成为中秋佳节的应节食品，同时明代中秋节吃月饼以及馈赠亲友的习俗也流传下来。这一时期的月饼没有太大变化，如《燕京岁时记·月饼》记载：“供月月饼，大者尺余，上绘月亮蟾兔之形。有祭毕而食者，有留至除夕而食者。”可以看出这时月饼上的图案增加了月亮、兔子的元素，在用途上也突出祭祀的作用。袁枚在《随园食单》中对酥皮月饼记录得非常详细："酥皮月饼，以松仁、核桃仁、瓜子仁和冰糖、猪油作馅，食之不觉甜而香松柔腻，迥异寻常。"这与现代的月饼已无区别。

## 制作方法

月饼的种类繁多，主要分为传统月饼和非传统月饼。传统月饼主要有四大类：广式月饼、京式月饼、苏式月饼、潮式月饼；也有另一种说法是广式月饼、京式月饼、苏式月饼、滇式月饼。非传统月饼也就是新式月饼，不但在外形上追求新颖独特，口感上也不断创新，更加符合现代人对美食的追求。

传统月饼的制作方法，因口味、样式不同，各具特色。如广式月饼一般用面粉、油、糖等制成糖浆面团，包上各种馅料，用模子印上各种图案，表面刷上蛋浆，烘烤而成。这种月饼皮薄、馅多、糖重、油轻，不易破碎。苏式月饼是用面粉、油、饴糖为原料，分别制成水调面团和油酥面团，这两种面团相互夹叠，包上各种馅料，形状似扁鼓，平整饱满，酥皮层次分明，口味油而不腻。京式月饼主要有提浆、翻毛两大类，提浆是指在熬制饼皮糖浆时，需用蛋白液来提出糖浆中的杂质；翻毛月饼重视饼皮的制作，酥皮极薄，因呈絮状而得。京式月饼造型精美，口味清香。潮式月饼外形似苏式，用料似广式，馅料多用冬瓜、肥肉、芝麻、葱油、桃仁等，以重油、重糖而出名。滇式月饼以滇式火腿为主要馅料，配以白糖、猪油、蜂蜜制成馅心，再用紫麦面粉制成酥皮。

过去中秋节，也有许多家庭会自制一些圆形糖饼当作月饼来吃。

# 文化意义

月饼与中秋节不可分割，因此自其出现起，便具有重要的文化意义。一般认为月饼象征着团圆，但最初它只是用来祭拜月神的供品，寓意团圆这一含义到明朝才有文字记载，《西湖游览志会》曰："八月十五日谓之中秋，民间以月饼相遗，取团圆之义。"后来月饼这一意象便引申为对故乡、亲人的思念。远离家乡的游子，每到中秋佳节，吃月饼、赏月时最容易勾起对亲人的思念，如明朝顾清在《次韵桂饼》中曰："携来不觉乡关远，吟罢犹令客梦清。"

月饼除了食用，还衍生出一些独特的风俗。比如在山东一些地方会有中秋唱月饼的习俗，也就是在中秋节月亮初升之时，人们把月饼放在麦秸编成的圆形垫子上，让孩子们端到街上唱："唱月饼，赛月饼，来年更盼好收年景！"

闽南地区的博饼是一种独特的月饼文化，也是一种民俗活动。其渊源可以上溯至唐朝的进士饼，当时，赐进士的宫廷点心称为"红绫饼"。

状元筹大概在明朝出现，清朝盛行，是一种通过掷骰子以博得"状元"的游戏。福建省泉州市博饼的规则就源于"状元筹"游戏。至今在厦门地区，博饼依然是每年中秋节最重要的活动，博饼不是为了月饼，而是为了博得状元，赢得好兆头。博饼时掷骰子用的碗要用瓷碗，这样骰子在碗里叮咚作响，更有节日的氛围。

关于中秋博饼的来历还有一种说法，说是郑成功屯兵厦门时为缓解士兵的思乡之情，鼓舞士气而创造的。

月饼文化十分悠久，现在人们吃月饼更多的是一种对节日的怀念，对亲人的思念，对过去岁月的追忆。

# 中秋饼

李柯漂

中秋佳节月儿圆呀，
全家老小围桌边呀，
吃的月饼比月圆呀，
大人小孩笑开颜呀……

很小的时候，我就会唱这首妈妈编的儿歌，知道过中秋节是要吃月饼的。那时候，我家是村里有名的特困户，买不起月饼。爸爸是个木匠，常年在县城搞副业，挣的钱除了缴集体的副业款外，剩下的还不够一家人称盐打油开支打杂。

妈妈一个人挣工分，只能挣回一家人的基本口粮，到年底结算，我们家每年都成补钱户。中秋节到来的时候，妈妈说，咱家买不起月饼，就自己做“月饼”，同样过中秋节。

后来，我才知道，中秋节是中华民族的一个传统节日，不管哪家哪户，过中秋节不吃月饼，就不算是过节。吃圆圆的月饼，象征圆满，象征阖家欢乐，团团圆圆。这是人们的一个美好祈愿。

那一年过中秋节，妈妈说自己做“月饼”，我们几兄妹高兴了好几天，妈妈也就准备了好几天。妈妈早早地攒足了一些鸡蛋，提早拿到集市上去卖，然后买一些清油回来。中秋节这天上午，妈妈就在门前的石磨上一点一点地用碎米磨成面。妈妈一推一拉地磨面好吃力，而我们几兄妹在一旁也帮不上忙，妈妈累得满脸都是汗。

天黑的时候，月亮缓缓升起。这时，妈妈生好火，我就坐在土灶后面往灶里添柴草烧火，弟妹们就围着土灶看着妈妈做“月饼”。妈妈先是和面，等面和好，铁锅就烧热了。妈妈先把清油沿着锅的四周淋一圈儿，再用铁铲往锅的四周重复着淋油，使得满锅壁都有一层薄薄的油。然后，妈妈动作麻利地用手抓起一团面，放在两手掌中抟一抟，再两手掌一合，压成饼状，一个一个放在冒着青烟的锅中。一会儿，满满的一锅饼就放好了。这时，妈妈再用锅铲儿一个一个地翻面，再煎一两分钟左右就起锅。第一锅饼煎好了，看着那一个个圆圆的油滋滋带黄褐色的米面饼，我和弟妹们就迫不及待地一人拿着一个津津有味地吃起来。妈妈看我们吃得很香的样子，用手臂抹去额前的汗水，笑着说：“这米面饼好吃吗？”我们边嚼边说：“好吃！”接着，妈妈又忙乎起来，等她煎完最后一团面的时候，我们几兄妹早已吃得饱饱的了，只望着那筲箕里剩下的淌着热气的煎米饼直摇头。

吃过妈妈做的“月饼”，我们兄妹几个就跑到院坝里去，沐浴在轻柔皎洁的月光中追逐嬉戏。这时候，妈妈搬出凉椅，坐在椅子上，右手拿着一把蒲扇，望着月亮发呆，似乎啥也没想，只冲着那轮圆圆的月亮凝神遥望。

第二天一早，妈妈包裹好一大摞米面饼，交给村里和爸爸一起在县城做手艺的大叔，托他捎去给爸爸。那时候，我根本就不懂得什么“每逢佳节倍思亲”或“明月千里寄相思”之类诗句的含义。但我知道，过中秋节，爸爸不在家里的时候，妈妈总是很失落。记得有一年过中秋节，爸爸提前一天回到家里，顺便在县城里买回了两封真正的月饼。其实，那时候的月饼只是用普通的面粉加苏打烤制而成的略带黄色的小麦面饼。每十个摞成一叠，然后用白纸包裹着，外面再贴上一块儿长方形的红纸，上写“中秋月饼”四字。中秋节这天晚上，一家人搬出桌子凳子放在院坝中间，借

月饼制作模具

着月光吃爸爸买回来的月饼。妈妈也拿出她自己煎的热乎乎的米面饼放在桌上。吃过一个爸爸买的月饼，就再也不想拿第二个了，我们几兄妹都抢着吃妈妈煎的油米饼。妈妈见我们都不吃爸爸买回的月饼，她开心地笑着对爸爸说："看来你的月饼销路不好，要改进工艺流程才是。"爸爸也笑了，问我们为什么不喜欢吃他买回的月饼。我们说，爸爸的月饼吃起来总觉得口干，咬碎了碎末满口钻，只是有点儿甜，不好吃。妈妈做的饼吃起来又脆又香。一听这话，妈妈更是笑得开心。那个中秋节的晚上，月亮特别圆特别亮，月光下的妈妈好像年轻了十岁。

后来，我们几兄妹都长大成人了，一个接着一个地离开了父母，到远离家乡几千里外的地方去寻求自己的梦想。每逢中秋佳节之际，不管我在哪个地方，我都会想起妈妈做的煎米饼，直到现在，我依然嘴馋。现在，虽然与父母相隔千里之遥，中秋节的晚上，我望着那轮圆月，仿佛就看见爸爸妈妈坐在月光下，心里惦记着远方的儿女，望着月亮发呆，那失落的样子令我潸然落泪。

尽管这些年，物质生活早已到达了小康水平，市场上的月饼品种繁多，用料讲究，包装精美，但这些只是外形的美丽。远离家乡亲人的异乡客吃着这些高档的月饼仍觉得口中无味。对我来说，还是喜欢吃妈妈亲手做的煎米饼，在我心里，我离她有多远，那味儿就有多长。

# 糖精片月饼

郑自华

20世纪60年代，国家进入三年困难时期，父亲在前两年就去世了，只能靠母亲一个人的工资来维持全家的生活。我们全家八口人，生活的艰难可想而知。这年的中秋节快要来了，对于像我们这样的家庭，每天都在为三顿饭发愁，哪会想到过什么节啊。但这天，母亲说："我们买不起月饼，就自己做吧。"我们兄妹一片欢腾。

所谓"月饼"，就是买来面粉，和点水，在平铁锅上慢慢地烙，严格说来和大饼没有什么区别。即使这样，我们也很满足了。如何让"月饼"更好吃呢？月饼里没有任何馅，连放点糖都是很奢侈的事情。那年头，每个人每月只有二两古巴砂糖，平时，母亲将古巴砂糖锁起来，因为放在厨房里，我们经常会用筷子蘸上点糖，过把甜瘾，可那瓶里的古巴砂糖怎经得住过把瘾啊。平时，母亲做菜放点糖，那是真正意思上的放"点"糖，几乎可以说是一粒一粒数着放的。做月饼，不放糖，没有甜味，失去了甜甜蜜蜜的意义，可是要多放，那是不现实的。怎么办？好在人们在苦难的日子里，早就寻找到了如何让自己甜蜜的办法，那就是用糖精片。我们早知道母亲藏着一个小瓶，里面放着一粒粒药片，其实这就是糖精片。有一次，我们在碗橱里找到一片被母亲遗忘的糖精片，兄妹分别放在嘴唇边上舔了一下，甜味异常。母亲知

月饼制作过程：刷油

月饼制作成品

道后大惊失色:“糖精片是化学物品,多吃要中毒的。”为了使“月饼”有点甜味，母亲放了半粒糖精片。我们看见糖精片在水中慢慢融化，母亲将糖精水慢慢倒入面粉中。突然，一滴泪水落在了面粉上，原来是母亲落泪了。母亲抽泣着说：“但愿这是最后一次吃糖精片月饼。”

几十年过去了，那有点甜又有点苦涩的糖精片月饼的味道，我至今还记得。那是因为，我们这代人忘不了啊！

# 腊八粥

là bā zhōu

## 概说

腊八粥，又名『七宝五味粥』『佛粥』『大家饭』等，是腊八这天，用米、豆等谷物和枣、栗、莲子等干果煮成的粥。农历十二月，又称腊月。《说文解字》注：『腊，合也，合祭诸神者。』可见腊是古代人祭祀百神及祖先的一种活动。因腊祭多在农历十二月进行，从周代开始，便把农历十二月叫作腊月。到了汉代，把冬至后的第三个戌日定为『腊日』，又叫做『腊八』。最初腊八与佛教并无直接关系，后来佛教文化盛行，腊八的习俗便与佛教文化融合。在这一天，人们有做腊八粥、吃腊八粥的习俗。

## 渊源

关于腊八节喝腊八粥这一习俗的来历众说纷纭，流传较广的说法是起源于佛教。释迦牟尼成佛前出家修道，苦修多年，由于过度劳累、饥饿而晕倒，被一好心的牧女救起。牧女喂之杂粮、野果粥，释迦牟尼吃后感觉体力恢复，精神振奋，于是就坐在菩提树下沉思，最终在腊月初八这天得道成佛。人们为了纪念佛祖在这一天悟道成佛，便效仿牧女用谷物、果实等煮粥、吃粥。宋代孟元老在《东京梦华录》中记载："初八日，街巷中有僧尼三五人作队念佛……诸大寺作浴佛会，并送七宝五味粥与门徒，谓之'腊八粥'。"每逢腊八节，多数庙宇都会向善男信女施粥，纪念释迦牟尼的苦行。在腊八这一天，寺院的僧人们将收集来的米、粟、枣、果仁等材料煮成粥分发给善信。

第二种说法是源于古人在冬天将尽时，用猎物祭祀祖先神灵的"腊祭"。腊祭也叫大蜡、腊日、腊岁，是古代一年中规模最大、最隆重的祭祀活动。先秦时期我国一些地方已有相关的腊祭习俗。周代时，腊祭与大蜡有所区别，"腊"是祭祀祖先，"蜡"是祭祀百神。如《礼记·月令》有载："腊先祖五祀。"腊祭在不同时期也有变化，如汉朝应劭在《风俗通义》中说："礼传曰，夏曰嘉平，殷曰清祀，周曰大蜡，汉改为腊。腊者，猎也，因猎取兽祭先祖也。或曰腊接也，新故交接，狎猎大祭以报功也。"汉朝之前腊祭的具体日期不固定，汉朝才确定冬至过后的第三个戌日为"腊日"。直到南北朝时，腊日才固定为腊月初八，这一天人们会祭祀祖先、众神，同时也有庆祝丰收的含义。但这时腊祭与腊八粥还没有联系到一起。后来腊日与释迦牟尼得道日相重合，佛教中献粥供佛的习俗与腊祭相融合，才有了腊八吃腊八粥的习俗。

第三种说法是源于民间故事。有一个叫阿二的云游和尚来到苏州西园寺，由于人勤快又忠厚，便留在了寺庙的伙房里。阿二很节俭，平时看到掉落在地上的粮食，便捡起来放在一个大口袋里，后来竟然积攒了满满一大口袋。有一年腊月初八这天，寺里举行法事，由于管理仓库的和尚有急事，忘记把做斋饭的粮食拿出来，而法事结束后众人还等着吃饭，阿二急得团团转。他突然想到了自己之前积攒的一大袋粮食，于是一起倒入锅里煮成粥，众人吃后觉得很好吃。事后方丈了解了事情的原委后，还夸奖了阿二。大家商议后，决定每年十二月初八都吃这种杂粮粥。后来这种粥传到民间，慢慢形成了腊八喝腊八粥的习俗。还有一个版本是说一个叫腊八的人从小娇生惯养，好吃懒做，后来娶了一个懒媳妇。父母去世后，夫妻俩没几年就把家里的积蓄花光了。这年腊月初八，腊八过生日，家里已没有什么粮食了，只好把粮仓角落里的粮食清扫出来，才勉强煮一碗粥。当天晚上，夫妻俩饥寒交迫而死。后来民间在这一天喝腊八粥，目的是劝诫人们要勤俭持家。

第四种说法是对岳飞的怀念。岳飞率兵抗金，有一年遇到了寒冷天气，当地人们争相送粥，岳家军吃到热气腾腾的粥，士气大振，凯旋的时候正好是腊月初八。后来岳飞在风波亭遇害，人们为了纪念他，便将红枣、大豆、花生等煮粥，在腊八这天喝腊八粥。

我国喝腊八粥的习俗，最迟在宋代就已出现。这时已有明确的文献记载，如吴自牧的《梦粱录》卷六："此月八日，寺院谓之腊八。大刹等寺，俱设五味粥，名曰腊八粥。"可以看出这时的腊八粥与寺庙施粥还有密切关联。周密所著的《武林旧事》中也有记载："用胡桃、松子、乳蕈、柿、栗之类做粥，谓之'腊八粥'。"这里不但提到腊八粥之名，还提到了煮粥所用的材料。《燕京岁时记》也有类似记载："腊八粥者，用黄米、白米、江米、小米、菱角米、栗子、红豇豆、去皮枣泥等，合水煮熟，外用染红桃仁、杏仁、瓜子、花生、榛穰、松子及白糖、红糖、葡萄以作点染。”这里提到的腊八粥用料已经十分讲究，除了各种谷物、杂粮，还增加了点缀用的葡萄等。这时家家户户都要煮腊八粥，吃粥之前要先祭祀祖先，然后家人一起食用，还可以馈赠亲友。清朝还会在皇宫内煮粥，分给各王公大臣品尝。如《光绪顺天府志》又云：“每岁腊月八日，雍和宫熬粥，定制，派大臣监视，盖供上膳焉。”

## 制作方法

我国北方在腊八这天一般都会喝腊八粥、过腊八节，在南方这样的习俗相对少一些。腊八粥的制作方法较为简单，将各种谷物放在一起煮成粥即可。

腊八粥一般都是甜味的，用八种当季收获的粮食和瓜果煮成。也有一些地区吃腊八咸粥，除大米、小米、绿豆、豇豆、小豆、大枣等原料外，还要加肉丝、萝卜、白菜、粉条、海带、豆腐等。中国民间各地的腊八粥品种繁多，争奇竞巧。放在粥中的食材也不限于起初的七种。红枣、莲子、核桃、杏仁、桂圆、白果、花生、菱角、栗子、松仁等，都可以作为腊八粥的食材一起熬煮。有些讲究的人家还会将煮粥用的果子雕刻成各种花样，也有将枣泥、豆沙、山药、山楂糕等具备各种颜色的食物捏成八仙、老寿星、罗汉像的。

# 文化意义

腊八最初是用来祭祀的节日，后来才与腊八粥联系起来，而且具有浓厚的宗教意义。后来宗教意义渐渐淡化，腊八更多代表的是一种节日意义，还有美好祈愿。

有些地方会在腊月初七的晚上，准备一碗清水，放在屋外，第二天早上根据碗中冰的形状、冰纹、厚薄等来占卜第二年庄稼是否能够丰收。腊八粥也会在初七的晚上开始慢火熬制，在天亮前熬好，先祭祀祖先，再祭祀户庭，然后将粥涂抹在门楣、灶头、井边、棚圈等处，以祛除不祥，祈盼丰收。吃腊八粥时要故意剩下一些，象征着“黏黏（年年）有余”。腊八粥还要趁早吃，吃得越早预示着来年庄稼成熟得越早。也有地方还保留了古时祭祀活动的一些习俗，比如在腊八这天会举行歌舞娱乐活动等。

中部地区有在腊八这天用腊八粥喂枣树的风俗，即将枣树砍破皮，把腊八粥糊在破皮处，人们认为这样枣树就可以结出更多果实。有谚语这样说：“砍一斧，结石五，砍一刀，结十稍。”表达了人们对丰收的期盼。

除了吃腊八粥，还有吃腊八豆腐、腊八蒜、腊八面的。

随着社会的发展，腊八粥最初的意义已经淡化，现在仅仅作为一种色味俱佳的节令美食，承载着人们对来年的美好期盼。

# 乌尤山上腊八粥

朱仲祥

又是农历腊月初八，一个民俗传统中喝腊八粥的日子。

乌尤寺食堂里，食客们一拨接着一拨，精心熬制的腊八粥，正冒着热气，香飘四溢。市民有序地排队取粥，队形长蛇阵一般弯弯曲曲。热气蒸腾的厨房里，寺庙里的和尚和居士们还在忙碌地熬制着腊八粥，身后摆满了熬制腊八粥的原料，红枣、莲子、花生、枸杞、芝麻……满满的食材摆了一桌。

腊八节是中国农历腊月最重大的节日。关于腊八节的由来，据说是从先秦起，每年过年前夕的这天，家家户户都要摆上精心熬制的粥祭祀祖先和神灵，祈求丰收和吉祥。喝腊八粥最早可追溯至宋代，每年腊八节，不论是朝廷、官府、寺院，还是黎民百姓家，都要做腊八粥。到了清朝，喝腊八粥的风俗更是盛行。在民间，家家户户都要做腊八粥，一家人聚在一起喝腊八粥。东北有句谚语："腊八腊八，冻掉下巴。"意指腊月初八这天非常冷，吃腊八粥可以使人暖和、抵御寒冷。

四川乐山人喝腊八粥，也是自古有之。也许是这里寺庙众多、佛缘广播的缘故，他们喝腊八粥，似乎从来都和寺庙有着联系。一到腊月初八，人们总爱到附近的寺庙去喝粥，而寺庙的僧人也会在这天，提早就准备好足够的腊八粥，施舍给前来喝粥的人，共同祈求来年吉祥幸福。特别是近年来，峨眉山和乐山两地的人们，又流行起了喝腊八粥的习俗，而且一年比一年更加讲究，喝粥的人一年比一年多。其中尤以乌尤寺喝腊八粥境况最为兴盛。一到腊月初八上午，乐山城里去往乌尤寺的道路上，到处都是准备去寺里喝粥的人。乌尤后山的登山石梯上，喝粥的人们更是摩肩接踵，络绎不绝。寺里寺外人潮涌动，喝完粥的人们脸上洋溢着满足和喜悦的表情，心中都装着对来年的希望和梦想。

每年腊八节即将到来的时候，乌尤寺都会早早地准备熬制腊八粥的食材。僧侣们一到腊月初七的晚上，基本上就没有了休息的时间，全都在为明天能够满足大家喝粥的愿望而进进出出、忙忙碌碌。他们或搬运熬粥的食材，或打扫喝粥的场地。也有不少志愿者会前来帮忙打下手，自节前晚上八点开始，一直都同和尚们一道，准备明天的腊八粥。他们大多帮忙清洗大米，对加入的果实豆类进行泡果、剥皮、去核、精拣，即使手上忙着，脸上也挂满了笑容。一切准备就绪后，寺里要在次日凌晨时分开始熬制腊八粥。先是加大火力，使锅里的水逐步达到沸点，再将配好的食材放入锅里，煮上十余分钟后，再改用微火慢炖，一直炖几个小时，其间需要在几口大铁锅前挥动铁铲和大勺，搅动锅里的粥，不让其粘锅熬煳。等到第二天清晨，太阳缓缓升起时，锅里的米一粒粒融化了，所煮的核桃、果仁、山药等酥软了，粥的汤汁变得浓稠了，散发的甜香味愈加诱人了，十几大锅腊八粥这才算熬好了。

在过去的民间，腊八粥熬好之后，要赠送亲友，而且一定要在中午之前送出去，最后才是全家人食用。吃剩的腊八粥，保存着吃了几天还有剩下来的，却是好兆头，取其“年年有余”的意义。现代社会生活节奏快了，如今普通百姓家里，已经不怎么时兴熬制腊八粥了。反正腊八节里要喝腊八粥，就到附近寺庙里去喝。

如今随着生活水平的不断提高，人们对腊八粥也越来越讲究，腊八粥的食材也越来越丰富、营养。腊八粥最早是用红小豆来煮，后经逐步演变，融入乐山本地特色，逐渐丰富多彩起来。人们在食材选择上更加精细，搀在白米中的物品较多，如红枣、莲子、核桃、栗子、杏仁、松仁、桂圆、榛子、葡萄、白果、菱角、红豆、花生……总计不下二十种。这些食材，或去火，或生津，或润肺，或养胃，或补肾，都是冬天里的保健滋补佳品，对调理身体机能很有好处。难怪人们喝了腊八粥，会身轻体健，精神饱满，对未来信心满满。

喝腊八粥这天，乌尤寺里的宽敞斋堂坐的是流水席，前一拨人刚喝完，又来一拨接着喝，这样的盛况要从早上持续到午后，喝粥人络绎不绝。很多时候斋堂里坐不下，一些人便领了粥，找一处临崖而建的长廊或亭阁，坐在美人靠上慢慢喝，远山近水，尽皆入目，江风拂面，其乐融融。人们喝着腊八粥，相互交谈着一年来的经历和感受，述说着来年的希望和打算，也相互鼓鼓劲加加油。有的还不忘给家里人带一些回去，取“带福回家”之意，和家人一道分享祈福。

乌尤寺向市民提供腊八粥，至今已坚持了三十余年。腊八节到乌尤寺喝腊八粥，已成为乐山人的一种习惯。腊八节这天，人们来这里喝上一碗腊八粥，以祈求来年福气满满、好运当头，开始又一个香香甜甜的新的年份。

# 饺子

jiǎo zi

## 概说

饺子，中国传统美食，包成半圆形的有馅儿的面食，煮、煎或蒸熟后食用。有的地方也叫馄饨、扁食，是我国北方民间的主食和地方小吃，也是一种过节食品。过节吃饺子的习俗主要在北方地区盛行。早在三国时期，张揖所著的《广雅》一书中就提到过馄饨：『馄饨，饼也。』扬雄《方言》：『饼谓之饨。』馄饨是汤饼的一种，区别在于馄饨中包有馅料。

# 渊源

有人认为饺子是由东汉的张仲景首创。张仲景医术高超，且有悬壶济世之仁心，被人称为“医圣”。他在湖南担任太守时，经常于初一、十五在大堂上免费为百姓看病（后世称医生看病为坐堂就源于此），在他的治理下，湖南人民安居乐业。

有一年冬天，张仲景回老家祭祖，在路上看到很多人耳朵上长了冻疮，有的人甚至耳朵都冻掉了。张仲景询问了行人才知道，这年冬天特别冷，水缸里的水都结冰了，人们吃不到食物，又冷又饿，露在外面的耳朵更容易被冻伤。

张仲景看到这种情景，十分心疼这些百姓，便决定给百姓做药膳吃。张仲景选择能驱寒的羊肉，配上茴香、肉桂等中药，煮熟后混合葱姜蒜等剁碎，再用面皮把它们包裹成耳朵的形状，煮熟后分给路过的人。

人们吃过之后感觉身上立刻热乎起来。张仲景给这种食物取名为“祛寒娇耳汤”，并把做法告诉大家。由于百姓大多生活贫苦，没有多余的钱购买羊肉。因此，张仲景决定把自己的俸禄拿出来，在自家的院子里搭起锅灶，免费给百姓提供祛寒娇耳汤。在张仲景的带领下，一些家里宽裕的百姓也贡献出了自家的羊和面粉等。后来冬天来临时，人们就在家里做这种食物吃，以预防耳朵被冻伤。由于“娇耳”谐音“饺儿”，后来便被传成了饺子。

北齐时，饺子的形状已有相关记载。颜之推曾提到“今之馄饨，形如偃月，天下之通食也”。这里说的馄饨形状如偃月，就是半月形，也就是饺子的雏形。

唐朝时，饺子已经在全国范围内流传。如新疆吐鲁番阿斯塔那－哈拉和卓唐朝墓葬中出土的食物，与北齐颜之推提到的馄饨相似，也是偃月形的。关于饺子的起源，还有一种和唐太宗有关的说法。据说唐太宗喜欢吃肉丸子，但嫌肉丸太油腻，就让厨师制作清淡一些的丸子。于是厨师在肉丸里添加蔬菜，然而加菜之后就不能成型，做不成丸子了，于是厨师想了个办法，用面皮把丸子包住用水煮。唐太宗吃过后大加赞赏。这种丸子当时叫“牢丸”，后来才叫“饺子”。

到了宋朝，饺子也叫“角儿”“角子”，孟元老在《东京梦华录》中提到“水晶角儿”“煎角子”。《武林旧事》中也提到临安的市场上有“市罗角儿”“诸色角儿”。元朝时称饺子为“扁食”。

过年吃饺子的习俗最迟在明朝就已经出现，《酌中志》中提到明朝宫廷是“正月初一五更起……饮柏椒酒，吃水点心（即饺子）。或暗包银钱一二于内，得之者以卜一岁之吉，是日亦互相拜祝，名曰贺新年也”。《宛署杂记》也有记载：“岁时元旦拜年……作扁食。”这里的扁食就是饺子。

清朝时对春节吃饺子也有记载，如《燕京岁时记》：“元旦子时，盛馔同离，如食扁食，名角子。”“每届初一，无论贫富贵贱，皆以白面做角而食之，谓之煮饽饽，举国皆然，无不同也。富贵之家，暗以金银小锞藏之饽饽中，以卜顺利，家人食得者，则终岁大吉。”这时春节不但吃饺子，还有人家在饺子里包上金银小锞等，吃到者则终岁大吉，寄寓了人们对新一年的美好期望。

## 制作方法

现在的饺子种类繁多、口味各异，但基本的制作方法是相似的。饺子一般由面皮和馅料两部分构成，面皮的做法是先将面粉兑上水，注意要用凉水，和成面团，面团要软硬适中，面太软，煮饺子时容易破皮，面太硬，包的时候很难捏到一起。面粉一般选用小麦粉，也有用荞麦粉的。现在为了营养健康，也有用蔬菜汁和面的，就出现了各种颜色的饺子。饺子皮的制作是先将面团搓成直径 2～3 厘米的圆柱形长条，再切成 1.5 厘米左右的小段，将小面段按压之后，用擀面杖擀成厚度为 1 毫米左右的圆形薄片。饺子皮要厚薄适中，太薄容易煮烂，太厚则口感不好。

馅料主要分为两大类：素馅和荤馅。素馅饺子有韭菜、荠菜、茴香、白菜等，根据个人喜好，可用各种蔬菜做馅。荤馅主要是牛肉、羊肉、猪肉，还有鱼虾等，一般也会加入少量的蔬菜。馅料中加入葱花、姜末、花椒面或五香粉、味精、盐、少量酱油、麻油等搅拌均匀。为了使肉馅的口感更好，也有在馅中加入拍碎的山药、荸荠等。

饺子皮和馅准备好之后就可以包制了，饺子最基本的包法是在饺子皮的中间加上适量的馅，对折饺子皮，把边缘部分捏紧即可。为了美观，人们也会做出各种形式的饺子，如波波饺，在边缘处捏出波纹状的花纹；马蹄饺，将饺子两边弯曲后，向中间靠拢，再捏紧。此外，还有四喜蒸饺、鱼形饺、元宝饺、月牙饺、钱包饺等。

饺子包好之后，可以用水煮，也可以蒸、煎、炸等，做熟之后可以蘸着酱料吃，多用醋、蒜蓉等为佐料。

# 文化意义

由于地域原因，饺子最初主要是北方食品。作为节日食品，北方人的春节是离不开饺子的，年三十的晚上和初一的早上，北方很多地方至今仍保留着吃饺子的习俗。饺子与“交子”谐音，有“更岁交子”之意，因此深受北方百姓的欢迎。关于春节吃饺子，有些地方还有祭祀的习俗，即先让“祖先”和灶神吃。饺子煮出来之后，要捞出一些放在碗里，摆在灶台上，家里的主人还会念念有词，说一些邀请灶王爷和祖先先吃，祈求他们保佑全家平安顺利的吉祥话。有的地方是年三十的晚上包好初一早上吃的饺子，早上煮饺子的时候要留下几个不煮，表达年年有余的美好希望。

有些地方过年煮饺子也有讲究。如煮饺子要用芝麻秸秆或豆秸秆，这些柴燃烧时会发出噼噼啪啪的声音，象征着响亮、旺盛的好兆头，日子也会像芝麻开花一样节节高。饺子煮破了，不能说“破”，要说“挣了”，是人们希望在过年的时候有一个好的口彩。有些地方还会在煮饺子的时候加入面条，寓意“银丝缠元宝”，也是寄托人们的一种美好希望。

除了春节，冬至也有吃饺子的习俗。北方有“冬至不端饺子碗，冻掉耳朵没人管”的说法。冬至吃饺子是为了纪念东汉的“医圣”张仲景。也有伏天吃饺子的，俗语有“头伏饺子二伏面”之说。

现在很多人选择去超市购买速冻水饺，虽然方便很多，但缺少了一家人围在一起包饺子的热闹氛围。家人包的饺子吃的是一种情怀，吃的是一种亲情和爱。

# 月亮饺子

吕桂景

不知从何时起，我开始对月亮情有独钟。儿时，月亮是照亮乡村的街灯，是孩子们做游戏的搭档，是父亲口中的神话故事。长大后才明白，月亮是故乡的眼睛，是父母对儿女的牵挂，是游子心中的浓浓乡愁。

——题记

## 一

在我的家乡，人们称饺子为扁食。因其形状酷似月亮，故，得一美名：月亮饺子。自打我记事起，我们家包的饺子都是弯弯的月牙形，父亲总是把月亮饺子围着锅排（摆放饺子的圆形工具）从外向里一圈一圈地摆起来，摆满月亮饺子的锅排像极了盛开的莲花，甚是好看！

在那个物资匮乏的年代，平日里，我们很少吃到饺子，只有等到过年的时候，才能放开肚子饱饱地吃一顿团圆饺子。每逢过年，我们家都会包两种饺子，一种是肉馅的，一种是素馅的。肉馅的饺子里面有肉、葱、萝卜、粉条，素馅的有葱、豆腐、粉条等。肉馅饺子是给我们解馋的，素馅饺子是敬天地、敬祖先的。

记得我第一次学包饺子的时候，还是二嫂手把手教我的。二嫂先把面团在案板上揉一会儿，然后，搓成长条状。这时，二嫂让我右手拿刀，左手摁着搓好的面剂子。第一刀先平切，然后，把面剂子向左翻一下，切第二刀；再把面剂子向右翻一下，切第三刀，以此类推。这样切出来的面剂子，侧面呈现出来的是菱形，除了外形美观，最主要的是擀出来的面皮既圆又均匀。

面皮擀完后，就该包饺子了。二嫂让我把面皮摊放在左手上，右手拿筷子或勺子掠馅子，一次少掠点儿，掠的馅子多了合不上口，掠的少了包出来的饺子既不好看又不好吃。先把适量的饺子馅放在面皮中间，然后，再把面皮从一侧向另一侧折叠，等面皮对齐后，从右向左沿边缘捏一圈，捏结实后，用手捏着饺子的两头从中间一弯，一个好看的月亮饺子就包好了。

## 二

青年时期，我心中一直有个军人情结，于是，我便跨省嫁到了山东，真正地成了一个远嫁的姑娘。

初来山东时，无论是语言、生活方式、风俗习惯等方面我都不适应。举个简单的例子，就拿过年包饺子这件事来说吧。每当过年包饺子时，我们家就会包出三种不同的饺子，一种是月亮形的饺子，我包的；一种是元宝形的饺子，是弟媳包的；另一种是用两手挤出来的饺子，俗称挤饺子，是爱人和婆婆包的。

俗话说："十里不同音，百里不同俗。"的确如此。弟媳妇虽然是山东人，但她娘家离婆婆家也有三百多里的路程。所以，过年包饺子时，我们家的饺子就会出现三种不同风格。

刚到婆婆家包饺子时，我既不会一手拿着擀面杖，另一只手拿着面剂子转着圈地擀皮，更不会包那种用两手挤的饺子。我只会包我们家乡的月亮饺子。再一个擀面皮的时候，我也只会机械地擀两下面皮，换换位置，再擀两下，再换换位置。那样擀出来的面皮，中间薄，边缘厚，下出来的饺子还容易破肚子。

后来慢慢地，我和弟媳两人不仅学会了“山东式擀皮”，而且还学会了用两只手挤饺子了。这样一来，过年再包饺子时，我们家终于统一包“山东牌”饺子了。

## 三

惊蛰时节，春气萌动，大自然有了新的活力。不觉间，门前的杏树上已缀满了含苞欲放的花骨朵，路边的景观带里也长出了许多荠菜，有的嫩绿，有的开出了白色的米粒花儿。

一天傍晚，我正在厨房里做饭，忽然听到院子里有人叫我，于是，我赶紧走出厨房，原来是住在马路对面的姐姐。她怀里抱着一捆鲜嫩的韭菜向我走来，并笑呵呵地对我说：“小吕，我给你割点儿韭菜，你好包饺子吃。”我赶快接过韭菜，连忙说：“哎吆！姐姐，你又给我送来韭菜了，你看你每次割韭菜，都给我送，太让人感动了，谢谢您啊！姐姐。”“客气啥呀，都是自己种的。”姐姐笑着说道。

第二天下午，我把姐姐送来的“独根红”韭菜（寿光名菜）洗净、沥水，切碎后备用，然后把鸡蛋打到碗里搅匀，放到油锅里炒碎，再加入葱、虾皮、瘦肉丁、盐、酱油、十三香等佐料搅拌在一起，瞬间，一盆色香味俱全的饺子馅就算完成了。接下来，就该和面包饺子了。我揉面时，爱人突然主动提出让我包月亮饺子，并说韭菜馅的还是月亮饺子好吃。他的提议，着实让我意外！

我口中的姐姐其实是我们的邻居，她的家中经营着一个小型农机公司。姐姐性格开朗，为人热情，每当有客户上门时，她总是笑脸相迎，以诚相待，实实在在地为客户着想，帮客户排忧解难，尽量让客户满意。

姐姐的丈夫，按理说我们应该叫他姐夫，但是，由于我们住在姥姥家，按辈分论的话，姐夫却变成了舅。虽然差了辈，但我们依然按照姐姐的意愿，实行“各人论各人”的叫法。

姐姐的丈夫是个“大能人”，他从十七八岁就开始接触农机了，干了大半辈子农机，各方面业务都很熟悉了。他们家有自己的加工车间，加工扶垄器、铡草机、打棒子机等农用机械，另外，他们门头上还兼着零售农机配件等业务。

记得我们刚来的那阵儿，姐姐总是主动地上门帮忙、嘘寒问暖，并真诚地对我说：“小吕，你们刚来，生活上有缺东少西的，缺啥尽管到俺家里拿就行啊。以后，我们就是邻居了，没事的时候常去俺家玩哈。”“行啊，姐姐，以后少不了麻烦您。”

平日里，姐姐经常给我们送些自己种的无公害蔬菜，有时是一把葱，有时是一把韭菜，有时是几根黄瓜……当然了，我也时常给姐姐送去一些我们自己种的秋葵、扁豆、空心菜、番瓜等时令蔬菜，或者桃子、苹果、山楂之类的新鲜水果。

冬去春来，转眼间二十多年过去了。现在，我们和姐姐一家人仍然住在对门。许多年来，我们邻里之间关系融洽，情同姐妹，真是应了那句“远亲不如近邻”的老话。

夜深了，喧嚣的村庄渐渐恢复了平静。偶尔，从远处传来一阵时断时续的犬吠声。我推门走出屋外，抬头仰望星空，只见月亮躲在云层里时隐时现，像是有什么心事似的。微风吹过，池塘里传来了阵阵蛙声。哦，谷雨已过，立夏将至。

包饺子

蒸饺

# 春卷

chūn juǎn

## 概说

春卷，又称春饼、春盘、薄饼、荷叶饼等，是一种用薄面皮裹馅儿，卷成长条形，放在油里炸熟的节日食品。春卷是由立春时食用春盘的习俗演变而来，流行于全国各地，南方更盛。一般春节，北方吃饺子，南方吃春卷和汤圆。在福建的一些地区，清明时节也会吃春卷。春卷除了供自己家食用，还会用来招待客人。

## 渊源

春卷据说是由一个贤良的妻子发明的。宋朝时福州地区有个书生特别勤奋，为了读书常常废寝忘食。他的妻子三番五次地劝说也不起作用。后来，他的妻子为了让丈夫好好吃饭，就想了个办法：把米磨成粉，做成薄饼，包上菜、肉等卷成筒状，既可当饭，也可当菜，解决了书生读书时吃饭的问题。后来这种小吃逐渐流行，被定名为春卷。

还有一种说法与立春日打春牛、“祭芒神”有关。古代立春的时候，人们会争相将打碎的泥塑春牛带一块回家，因“得牛肉者，其家宜蚕”，希望农作物丰收的同时，也希望蚕业丰收。到北宋后，人们逐渐将“泥牛肉”改为用面皮包馅、做成蚕茧形状的面卷代替，称为“探春”。这就是春卷的最初形式。

实际上，春卷历史悠久，它是由古代的春饼演化而来。在古代，很早就有立春日食用春盘的习俗。春盘始于晋代，初名五辛盘。据晋周处《风土记》载：“元旦造五辛盘。”就是将五种味道荤辛的蔬菜放在盘里，供人们在春日食用，所以又称为“春盘”。

唐朝时也有春盘、五辛盘的名称，不过菜品有了变化。《四时宝镜》称：“立春日，食芦菔、春饼、生菜，号春盘。”可见，春盘的菜品不仅是“五辛”，还有了生菜。这里的生菜与现在吃的生菜不同，指生的新鲜蔬菜。诗人杜甫有“春日春盘细生菜，忽忆两京梅发时”的诗句。孙思邈在《齐人月令》中说：“立春日，食生菜，取迎春之意。”这一记载更赋予了春盘节日的意义。

宋朝时对春盘的记载更为详细，还出现了春饼。据《岁时广记》记载：“立春前一日，大内出春盘并酒，以赐近臣，盘中生菜，染萝卜为之，装饰置奁中，烹豚、白熟饼、大环饼，比人家散子其大十倍。民间亦以春盘相馈，有园者园吏献花盘。”在立春的前一天，宫中会给大臣赐春盘和酒，盘中有生菜，还有染萝卜作为装饰，有饼、馓子等，民间也会用春盘相会赠送。周密《武林旧事·立春》：“后苑办造春盘供进，及分赐贵邸、宰臣、巨珰，翠缕红丝、金鸡玉燕，备极精巧，每盘值万钱。”可见，宋朝统治者对吃十分讲究，一盘春卷值万钱，如此奢侈，这是普通人家多少年的收入。吴自牧在《梦粱录》中有这样的记载：“常熟糍糕，馄饨瓦铃儿，春饼、菜饼、圆子汤。”这里明确提及春饼。陆游也有不少关于春盘的诗句，如“春日春盘节物新”“春盘得青韭”等。

明朝时春盘仍流行，但春饼的记载逐渐增多。如这时的《月令广义·卷五》有：“唐人立春日，食春饼生菜，号春盘。”正德《江宁县志》记载：“迎春日啖春饼，颜云咬春。”在立春时吃春饼，也叫咬春，成为一种迎春活动。

清朝时，立春吃春饼的习俗与明朝相似。潘荣陛在《帝京岁时纪胜·正月·春盘》中记载得非常详细：“新春日献辛盘。虽士庶之家，亦必割鸡豚，炊面饼，而杂以生菜、青韭菜、羊角葱，冲和合菜皮，兼生食水红萝卜，名曰咬春。”这里记载了春盘的构成，还恰好是五种菜蔬，承袭了五辛盘的传统。富察敦崇在《燕京岁时记·打春》中记载：“是日富家多食春饼，妇女等多买萝卜而食之，曰咬春，谓可以却春闹也。”立春食春饼成为一种习俗，还增加了消灾的意义。

现代春饼的吃法更为多元化，食材更加丰盛，但节日的意义逐渐淡化，春饼成为一种随时可以享用的美食。

## 制作方法

春卷种类繁多，主要有各种蔬菜春卷、肉类春卷，此外还有豆沙春卷、豆皮春卷、花生香脆春卷、奶香春卷等。春卷的制作方法大同小异，主要包括制作春卷皮、制作馅料、包制、炸制几道程序。

春卷皮的制作：

少量水中融入少许盐，将面粉倒入，搅拌均匀，分次少量加入清水，边加水边摔打，直到面不粘手、不粘盆，用手抓面稍停，面可以顺着手溜下即可。用湿布盖好，放置三十分钟。

把饼锅放在小火上，锅内擦少许油，把面抓握在手中，不停地抖动，面溜下时立刻抖上来，反复抖动，抖出圆头，在锅面上轻轻旋转，抹出一层薄薄的圆饼，饼皮边缘翘起时，揭下，饼皮就做好了。（注意：锅不可太热，也不可太凉，油不要多，也不可无油，否则饼皮不是粘锅，就是揭不下来。）

馅料的制作：

肉末或肉丝放入油锅中煸炒，加入适量的料酒、酱油、盐等，少量勾芡，倒出晾凉备用。蔬菜切断加入拌匀。

包制：

在碗内准备一些面糊，将春卷皮平铺，放入适量馅料，将饼皮卷到中间，两头的皮向中间折，用面糊粘住，一个长方形的春卷就做好了。

炸制：

锅内加油烧热，放入春卷，炸至六成熟时用勺子轻轻推动，炸成金黄色即可捞出，这时的春卷吃起来外皮焦脆，内料可口。

## 文化意义

春卷为一种传统节日食品，立春吃春卷是我国民间的一个传统习俗。吃春饼有迎春的意思，还有祈求身体健康的寓意。吃春饼的时候也有讲究，通常是从头吃到尾，寓意“有头有尾”，意味着幸福美好。明朝宦官刘若愚在《酌中志》中就曾写道：“立春之时，无贵贱嚼萝卜，曰‘咬春’。”当时人们认为在立春吃春饼、咬萝卜，能保佑家人健康平安。

在春意盎然的时节，一家人围坐在一起，包春卷、吃春卷，不仅是对传统文化的传承，也有暖暖的亲情萦绕。吃春卷还有一个富有诗意的名称——咬春，咬一口春卷，满满春天的气息扑面而来。

# 春卷

彭忠富

春卷，又称春饼、薄饼，是汉族民间节日传统小吃，流行于中国各地。在四川地区，春卷除供自己家食用外，常用于待客。春卷是由古代的春饼演化而来的。据古书陈元靓的《岁时广记》中记载："在春日，食春饼，生菜，号春盘。"清代的《燕京岁时杂记》也有："打春，是日富家多食春饼。"可见春日做春饼、食春饼的民俗风情由来已久。现在有关春卷的谚语很多，如"一卷不成春""隆盛堂的春卷——里外不是人"等等。

春的意思在这里就是春天，有迎春喜庆之吉兆。而卷则是指食物的形状，卷的是什么呢？在成都平原来说，春卷以素春卷居多，卷的是胡萝卜丝、白萝卜丝、莴笋丝、绿豆芽之类的时令蔬菜。用什么卷的呢？春卷皮。

春卷皮很薄，摊开来对着亮光，能隐隐约约看到对面，说是薄如蝉翼、皮可映字也不为过。技艺高超的厨师，一斤面粉可以烙制成直径15厘米的圆饼六十多张，这也充分体现了我国厨师高超的烹调技艺。

春卷皮看起来跟主妇们烙的锅毯子差不多，但是更薄。我在家里用面粉糊试过，无论怎样也烙不出这样薄的春卷皮来。这就是技术了。

小时候跟母亲在曹家庵赶场，在城隍庙菜市场的一个摊位边，我看见过一个师傅烙春卷皮。那是正月初五，正是春卷的销售旺季。这个摊位就是卖春卷的，因为现场烙春卷皮，很多人都没有见过，所以师傅的摊位周围围满了人，大家都屏息静气，生怕吵着了师傅手里的活计。师傅的身边放着一个小小的平底锅，也就直径一尺多点。锅下的煤油炉子，燃着微弱的炉火，这就是所谓的文火吧！

他的手里拿着一个铝瓢，里面盛着调好的面团，据说里面有面粉、鸡蛋清、盐巴和明矾。最关键的就是明矾，这是一种食品添加剂，在油条、麻花等油炸食品中广泛运用，春卷皮也不例外。春卷是一种面食，如果没有明矾发挥作用，春卷皮不会薄而不裂——是好是坏，就看食客怎么想了。不过我觉得，只要不超量，合理使用，明矾这样的食品添加剂还是可以用的。

师傅将面团抓在手上，顺时针在平底锅上一抹，然后一拉，手上的面团就和粘在平底锅上的面皮分离了，接着用面团在平底锅上一蘸，面皮上的稀面糊就离开面皮了。随着平底锅温度的上升，面皮逐渐变色，外边向内卷起，只要没有湿面了，赶紧就把春卷皮揭起来就行。一抹一拉一蘸一揭，四个动作一气呵成，也就是眨眼间的事情。师傅动作之快，简直让人眼花缭乱，甚至还有一些小朋友开始拍掌喝彩。

如此循环往复，一张张春卷皮就这样制作出来了。从春卷皮的制作可以看出，其和主妇们擅长的烙锅毯子完全两回事。锅毯子首先锅里要放菜油，其次面粉糊摊在锅里后，得用铲子把它抹均匀，而且烙制时间至少需要五分钟以上。摊春卷皮的面团也很讲究，得反复揉面、摔面，把面粉的筋道表现出来。因此摊制春卷皮，没有长期的训练，是掌握不了的。

师傅把春卷皮摊出来后，老板娘就把切好的时令蔬菜丝放在

春卷

春卷皮上，然后裹成卷状，一个个码放在那里，粉白的春卷皮裹上醒目的蔬菜丝，看着就招人喜欢。

母亲悄悄地问我："想不想吃春卷啊？"

我正等着母亲这句话呢，于是赶紧说道："想啊，想啊，我们家从来没有吃过春卷，我们买二十个回去，让大家都尝尝吧！"

母亲痛快地答应了。老板娘包好春卷，又递给我们一袋调制好的芥末酱，嘱咐我们春卷要蘸着酱料才好吃。酱料里面的醋酱油、熟油辣子、盐巴、味精、葱花是少不了的，讲究的就是芥末油、熟芝麻和花生碎粒。

将春卷带回家后，母亲就把它们每一个都切成两半，然后呈放射状摆在几个盘子里，宛如几朵盛开的春卷花。

我迫不及待地夹起一个春卷，在蘸料里狠狠地蘸了一下，放进嘴里就开始嚼。我的天呀，那芥末油简直太冲了，我的头皮阵阵发麻，似乎有人在提着我的头发想揭开我的头皮，我的脑袋像变成了茶壶，就如水烧开后，茶壶盖会在蒸汽的作用下，不由自主地抬起来又放下去。吃春卷蘸芥末酱就是这感觉，眼泪鼻涕一起流，但是奇怪得很，强烈的冲劲过后，精神为之一振，全身通泰无比。

父亲打趣地说："怎么样？知道春卷的厉害了吧？"

我尴尬地点点头。

父亲笑呵呵地说道："哪有你那样吃春卷的？芥末酱料蘸得太多，那简直要人命的。你斯文点嘛！你看我怎么吃的！"

父亲说完，用筷子夹起一个春卷来，如蜻蜓点水一般在酱料碗里将春卷的两端分别蘸了些酱料，就开始有滋有味地品尝起来。尽管知道春卷蘸芥末酱冲得厉害，但是大家还是乐此不疲，因为就想尝试一下被冲的感觉。

父亲早年吃过春卷，他说如果感冒鼻塞不舒服，吃点春卷蘸芥末酱，一下子就有精神了。芥末具有健胃、利气、祛痰、发汗散寒、消肿、止痛的作用，看来用作蘸料，还是药食两用呢！

日子好过点后，我们家吃春卷的机会就多起来。春节时请春桌，亲戚们的酒席上，也会先上一道春卷让大家开开胃。但是不管咋样，掌握烙制春卷皮技术的主妇还是凤毛麟角，大家都是在春卷摊去买别人做好的春卷回来拼盘。这样也好，毕竟术业有专攻嘛！

春卷就是一张薄面皮，因此在裹的时候，因为内容不同，会呈现出不同的风味来。

有人就喜欢做荠菜春卷。荠菜是立春后生长的一种野菜，历来为广大群众所喜爱，也是劳动人民三春度荒的食物。其味道鲜美，不仅远胜于苦菜、马齿苋等，较之白菜也毫不逊色，民间就有"宁吃荠菜鲜，不吃白菜馅"的说法。荠菜所含营养成分比较均衡、齐全，对人体的发育成长很有好处，它不像一般蔬菜长于此而短于彼，而是能满足身体的整体需要，这就是荠菜的突出特点。

春卷也可以油炸，只是这时的春卷皮就要稍微厚一点，里面的馅料要统一切成如末大小的丁块。配料较多，要用料酒码味，特别要加韭菜或者韭黄以显示春临大地、万物复苏、春意盎然的景象，古诗中说“青蒿黄韭试春盘”，春盘就是春卷，可见古人早就将韭黄作为春卷的馅料了。油炸春卷色泽金黄，表皮酥松，香润可口，如果佐以香醋则更有风味，是新春小吃佳品。

# 年糕

nián gāo

## 概说

年糕是我国的传统食物，用黏性大的糯米或者米粉蒸制而成，本作『黏糕』。黏糕谐音『年年高』，渐渐成为春节期间的应节食品，后来就直接叫成了『年糕』。过年的时候吃年糕，寓意着年年高升，吉祥如意。北方过年吃年糕较少，这种习俗在南方比较盛行。

## 渊源

关于年糕，有一个神话传说。据说远古时期有一种怪兽被称为“年”，平时靠捕食其他动物充饥。冬季动物们躲藏起来冬眠，“年”的食物减少，就下山伤害人类。后来有一个叫“高氏族”的部落，每到冬季“年”快要下山时，就用粮食做成条块，放在门外，人躲在家里。“年”找不到人，又很饿，就用粮食条块充饥，吃饱后就回到山上去了。人们看“年”走了，纷纷庆贺躲过了“年”这一关。因为方法是高氏族想出来的，人们就把年与高联系起来，后来就成了年糕。

年糕的来源还有一个版本，据说与春秋战国时期的伍子胥有关。那时诸侯争霸，十分混乱。楚国大夫伍子胥为了给父亲报仇投奔吴国（当时吴国的都城在苏州），想向吴王借兵讨伐楚国。吴王不同意，伍子胥就杀了吴王，帮助阖闾夺取了吴国王位。在伍子胥的帮助下，吴国逐渐强盛起来。阖闾慢慢骄纵起来，还让伍子胥筑阖闾城以显示他的功德。

阖闾城建好后，吴王大宴群臣。大家也都认为有了坚固的城池便可高枕无忧。伍子胥却是满怀忧虑，就对随从说：“城池可以抵挡敌兵，同样也能阻挡里面的人出去。如果敌人只是围城，城内的人该如何应对？我死后，如果吴国受困，人民受饥，可在城门下掘土数尺取粮。”伍子胥的随从以为他喝醉了，并未当回事。

不久，阖闾去世，夫差继位。夫差听信谗言，接受了勾践的求和，并赐死了极力阻止此事的伍子胥。伍子胥死后，越王勾践进攻吴国，将都城苏州围困。吴军在城内已经断粮，却又出不去。这时，伍子胥的随从想起了伍子胥之前的嘱咐，就召集邻里到城门掘地取粮，挖了几尺，发现城砖是用糯米粉做的。人们纷纷朝着城墙下跪，感谢伍子胥的救命之恩。之后，大家为了纪念伍子胥爱国爱民的伟大精神，就在准备过年时做年糕来辞旧迎新。

年糕历史悠久，至迟在汉朝就已经出现。《周礼》载："羞笾之实，糗、饵、粉。"其中的糗和饵就相当于今天的年糕，现在云南还有饵块这种小吃。许慎在《说文解字》中说："糗，稻饼。"做法是"炊半烂捣之，不为粉也"。就是将米煮至半熟，捣制而成饼状。《说文解字》中还有对饵、糍的解释，"饵，粉饼也""糍，稻饼也"。郑玄在《周礼》的注中说："此二物皆粉，稻米、黍米所为也，含蒸曰饵，饼之曰糗。"据《周礼》记载，饵是用来祭祀或正式宴会上的食物，不是普通人家的食物。据《西京杂记》记载，我国汉朝有在九月九日重阳节吃"蓬饵"的习俗，这种蓬饵就是重阳糕的雏形。可见，在汉朝，饵已经成为普通食物。到宋朝时，重阳节吃饵已经盛行，《玉烛宝典》有"九日食饵，饮菊花酒者，其时黍、秫并收，以因黏米嘉味，触类尝新，遂成积习。"的记载。可知，汉朝时年糕有直接用半熟米捣制而成，也有用米粉蒸制而成，材料除了米粉还有黍米。

魏晋南北朝时期，年糕出现了新的制作和食用方法。这时有一种叫白茧糖的年糕，据《食次》记载："熟炊秫稻米饭，及热于杵臼净者，舂之为米粢糍，须令极熟，勿令有米粒……膏油煮之。熟，出，糖聚丸之。"也就是把糯米蒸熟后，趁热舂成米粢糍，切成核桃大小，晾晒后用油炸，炸熟后捞出，滚上糖就可以食用。

贾思勰在《齐民要术》中还记载了用米粉加枣、栗等蒸制的年糕。这时年糕的制作也在创新，为了使年糕味道更好，在蒸制年糕之前会用筛子把糯米粉筛一遍，使米粉更加细腻，加水和成米面团时还会加入蜜，在米面团上摆上枣和栗子，这样蒸熟之后的年糕不但看起来好看，吃起来也香甜可口。

宋朝时糕的种类更加丰富，周密在《武林旧事》中提到临安（现在的杭州）就有各式糕点近二十种，如糖糕、蜜糕、栗糕、豆糕、乳糕、乾糕等。这时年糕的制作方法有打制和蒸制两种，打制是用蒸至半熟的米制作，蒸制是使用米粉制作。

宋朝之后，年糕已十分普及。辽代时，北方已有家家户户吃年糕的习俗。明清时期，年糕已经成为市场上常年供应的小吃。明朝正德年间，《琼台志》记载了当地有吃春糕的习俗："元旦前以糯粉溅蔗糖或灰汁笼蒸春糕，围径尺许，厚五六寸，杂诸果品岁祀，递割为年茶，以相馈答。"书中记载了南方节日期间所蒸春糕的形状、大小，其作用除了祭祀，还作为过年的吃食，而且亲朋之间还相互赠送。杨循吉在《除夜杂咏》中便有"邻里馈糕通"的诗句。明朝崇祯年间刊刻的《帝京景物略》中有这样的记载："正月元旦，啖黍糕，曰黏黏糕。"文中记载的是当时北京在新年吃年糕的习俗，黏黏糕是"年年高"的谐音。可知，年糕这一名称至少在明朝已经形成。作为节日食品，年糕有着吉祥的寓意。

清朝时年糕的花色和种类更加丰富，人们也更加注重它的节日意义。顾铁卿在《清嘉录》中对年糕的记载更为详细，里面明确记载了年糕由黍粉和糖做成，且有黄色和白色的区别。根据形状、材料等的不同，年糕也有不同的名称，如"大径尺而形方，俗称方头糕"，元宝样式的称为"糕元宝"，细长形的叫"条头糕"，"稍阔者，曰'条半糕'"等。有钱人家还会雇糕工到家里来做年糕，一般人家可以直接在市场上购买。春节前的一二十天，卖年糕的店铺前就"门市如云"了。年糕的作用也记载得很详细，"黄白磊砢，俱以备年夜祀神，岁朝供先，及馈贻亲朋之需"。

## 制作方法

年糕在形成和发展的过程中不断创新，因此种类繁多，其中以苏州的糖年糕、宁波的水磨年糕较为出名。年糕有南北风味的区别，北方年糕主要是蒸、炸两种食用方法，多为甜味；南方年糕除了蒸、炸，还可以炒和煮汤，味道也是甜咸皆有。现在年糕作为一种日常食物，食用方法上南北已无甚大差别。

由于年糕可以长时间贮存，在过去，很多人家一进入腊月就开始准备做年糕。年糕的制作流程主要包括浸米、磨粉、榨粉、搓粉、蒸粉、捣米团、摊年糕团、揉搓成形等。材料和工具有粳米、磨、榨箱、捣臼等。

做年糕时，要先将米用清水浸泡三天，然后把浸泡过的米清洗干净，用石磨磨米，再把磨好的水米粉放入白色布袋中，用榨箱榨干水分，把没有水分的水磨粉搓成散粉。接着，隔水把散粉蒸熟，把熟粉倒入捣臼内，一人捣，一人负责翻，直到把熟粉捣成团状，故这种做法也叫打年糕。捣好的粉团在案板上反复揉搓，做成圆柱形即可。这种传统的年糕制作方法已不常见，如今机器代替了人力，机器制作速度较快，也节省了人力，但传统手工制作年糕似乎更有节日的气氛。

## 文化意义

年糕作为节日食品，除了祭祀的作用，还寄托了人们对美好生活的期盼和祝愿。正如流传于清朝末年的一首年糕诗所说："人心多好高，谐声制食品。义取年胜年，藉以祈岁稔。"

年糕作为中国的传统食物，还传到了其他国家，如日本、韩国。在韩国，年糕成为很多重要节日和庆典的主要食材，甚至被称为"添岁饼"，还有"吃了年糕汤，才能长一岁"的习俗。

现在很多地方已不再重视过去的传统，但过年吃年糕不仅是一种习俗，还是过年的象征。热火朝天打年糕不仅仅是为了吃，更重要的是背后浓浓的年味。尤其是身在外地的游子，吃到嘴里的是年糕，吃到心里的则是对家乡和亲人的思念。

# 湿漉漉的念想

叶良骏

要过年了。我心里的许多念想，都与水有关。

老家院子里，有几口大缸。当年乡下没自来水，四周屋檐挂着长长的白铁皮管。雨天，水从管里往下流。淅淅沥沥的春雨，浩浩荡荡的夏雨，缠缠绵绵的秋雨，都化作“天落水”，我们一年到头都有水喝。冬天，水缸穿上稻草衣，木盖上也铺了厚厚一层，但仍会结冰。小孩不许去河边，但抢水缸里的冰凌吃，大人不会管。因为抢不过大孩子，我的手划破了，嘴角出了血，一生气，我就霸在水缸盖上大叫：“这是我家的缸！”阿娘说：“几块冰，介小气。不像叶家的囡！”

腊月初，新轧的“水底清”米在阿娘的竹箩里摇啊摇，河水被晃得时而浑，时而清，惊得小鱼四处逃。淘净的米浸在缸里。几天后，大灶头从早到晚蒸米，蒸熟的饭晾在竹匾里，油汪汪，香喷喷，引得人直淌口水。我走进走出捞饭吃，阿娘骂：“小娘怎好介相貌！”我不怕，照吃不误。

年糕师傅来了。稻桶里倒进一锅锅饭，木榔头声声敲，饭团舂得黏黏的、韧韧的。师傅边舂边说笑：“这米没淘干净，酸膀气！”阿娘也笑：“你人没汰清爽，肉夹气！”稻桶边围满了孩子，一不留神，粉团就被抢走一块……白胖胖的粉团排在长搁几上，一会儿，就变成年糕堆得小山样高。干透的年糕用腊月的雪水浸在缸里，放几个月，水仍是清的，吃到第二年夏天也不会坏。

除夕上午，“送娘子”来了。她舀一盆热气腾腾的水，毛巾敷在阿娘脸上，一遍又一遍。等脸“开”了，她拿出两根线，中间咬在嘴，两头系在手上，仔细地为阿娘绞脸。绞完脸，阿娘把头倾在汤锅上，水气氤氲，阿娘的脸一下子变得红粉细白。“送娘子”说：“看，二嫂的脸像剥出鸡蛋了！”我吵着也要“绞脸”，“送娘子”说：“黄花闺女开了脸，将来谁要你？”她只顾用刨花水为阿娘泯发，一会儿，一个横爱司头梳好了，乌黑锃亮，上面插着绿簪。

下午，阿娘穿上皂色毛葛罩衫，提着供品，烫好黄酒，领我去祭祖坟。阿爷的坟在我家的田中央，高高的碑像一堵墙，好多年了，纹丝不动。阿娘摆好供品，就跪在供桌旁哭：“梦飞啊！你走得早，丢下我一个人啊！……”阿娘的泪像珠子一串串滴在衣襟上，落在泥土里。我还小，听不懂阿娘的数落，也不明白阿爷为什么“住”在这里。夕阳西下，坟头只有阿娘和我孤单的影子，看阿娘哭得伤心，我跳起来敲着石碑大叫：“阿爷，跟我们回家去！你来陪阿娘啊！”阿娘哭得更厉害了，我一吓，也哭起来。一老一小的嚎啕，在空落落的田头久久回旋。

一年年地，那些亲近过的事和面容，那个热闹又忧伤的除夕，都成了湿漉漉的念想。故乡绵长的“天落水”，阿娘滚烫的泪，如一泓清泉，一直为我涤荡着人生的污浊，我的路就这样一步步地踏实起来。

# 琳琅满目的闽北糕事（节选）

陈理华



## 春节之糕

乡民们对饮食的理性认识中，大多从口感出发，追求味美、色佳，所以各地的节日食品就显得千差万别了。与其他地方大不相同的是，闽北人的春节之糕主要有两种，一是年糕，二是米蜂糕。

年糕是过年时家家户户一定要蒸制的节令食品，因“糕”与“高”谐音，因此吃糕就寓意着步步高升，生活美满如意，身体健康长寿。

年糕蒸好，糕心处还要贴上一张有着福字的正方形红纸。这从历史深处走来的年糕，作为岁月的产物，能让所有尘世世俗，都在大年夜的欢喜中变得生动有趣。

过年分岁（把旧年与新年分开的意思）后的年糕，在吃年夜饭时，每个家庭成员或多或少都要吃点。年三十吃一口年糕，寓意着来年一切清吉、平安。其余的年糕留着正月待客用。这风俗年年都这样的，主人给客人留下的不仅仅是年糕，更是一阙温暖亘古的歌。另外，正月里第一次上山或下田劳动时，也要吃上几片年糕，以示这一年一家人在劳动中平平安安。

正月初二，拜年的客人到来，主人把已变得有点僵硬的年糕端出，切成薄片，蘸上拌有蛋清的淀粉，放到铁鏊子上用炭慢慢地烤。在炭火的炙烤下，农家小院里糕香四溢。

而那些早已淡忘的亲情友情，在糕的清香里，变得亲切无比。

当年糕烤得外酥内软、油乎乎时，被一块块夹起，一层层地码在一个青花瓷盘上。吃的时候夹一块蹄髈肉卷在金黄色的年糕里，那种甜中带咸、咸里有甜的味道，刚一入口就划开了味觉上美妙无比的记忆。宾主在这奇异的芬芳里，就着一杯红酒共话桑麻。年糕和酒的香味在村子的四周飘荡着，把节日的氛围渲染到了极致。

除了年糕，米蜂糕也是闽北过年时家家户户都要制作的节令食品之一。制作米蜂糕主要是为了丰富生活，让年的滋味丰富充裕。米蜂糕也可以说是一种干粮，开春后，无论是上山砍柴，还是下地劳动，带上一点米蜂糕做成的点心当午餐吃很是方便。米蜂糕更是小孩的零食，肚子饿了，打开铁桶，抓出一把就能吃个够。

## 年糕

年糕在闽北人心中有着至高无上的地位。大年三十送走旧岁，迎接新年需要年糕，盖房子上梁时需要年糕，老年人做寿时需要年糕，过年宴请亲朋时需要年糕，就连在鬼节，都离不开用年糕来祭祖。

年糕的做法，是选择最优质的糯米和早米，按三比一的比例配制，即糯米三斤、早米一斤。若是再加上一斤半红糖，就搭配成了民间常说的三脚搭了。先用水把米洗净，将米用清水浸泡几小时，看米浸得微微发白时，拿到石磨上磨。在磨浆时，磨口处绑一个白布做成的糕袋子，袋子外套着桶，浆磨好后，糕袋子取下，用一根绳子把袋口扎紧。接着把磨洗净，再把袋子里的米浆放在磨床上压去米浆里的一部分水分。

解开袋子，米浆用手抓捏有湿感，却不开裂，也不觉得水多会马上融化开来时，说明已固化的米浆可用于做年糕了。这时把红糖捣碎或融化来拌入米浆中，用大铁鏊子蒸成。一定要红糖，因为这样做成的年糕代表着喜庆。

[清] 谢遂《仿宋院本金陵图》(局部)

注意，一定要把红糖拌匀，拌得米浆和糖融成一体，再也分不出哪是米浆，哪是红糖。若搅拌不匀，蒸起的年糕会一块白一块红，这样的年糕就是次品，不能用以分岁或办喜事，需重新蒸过一床。

开始蒸糕时，把早已洗好、涂上少许油的鏊子（一种专门用来做糕的生铁铸成的底略小于开口的器具）放入大铁锅里，再将调好的糕浆徐徐倒入其中，用文火慢慢地蒸。在蒸糕的过程中要不时地加入后锅里的温水，这样让锅里的水保持在一定的水位，年糕边才不会因为变酥而使蒸起来的年糕在美观和质量上大打折扣。蒸上约两个小时，等年糕熟了，便将锅盖掀开，退掉灶间的火，等锅里的温度降低些，双手各垫一条湿帕把锅里的糕小心端起。这样一床完好的呈深棕色的年糕就算是蒸好了。

在整个做糕的过程中，家里的人员都要保持一种愉悦的心情，不能说不中听的话，更不能有不吉利的言语出现，否则都是对年

糕的不敬，会被视为不祥。做糕之前，大人自是不必说了，父母也会反复交代小孩，不能哭闹，更不能出口骂脏话……

蒸糕之前，还要先到大厅供桌点香，大门口也各点一根，最后灶台上一根。点香，一来是对年糕的崇敬；二来，古代没有钟表，这香就代表时间，以烧香的长短来参考时间。主妇将糕放入锅中蒸时，口中会念念有词地说上“蒸糕！高升！”之类的祝福语，语气铿锵欢快。

蒸好的糕要先放在灶台上，先敬灶神爷，然后再分岁。分岁时贴上代表喜庆的红纸，端到大厅供桌上。在没做完这些仪式之前，谁也不能去动用这床糕的。

在民间，这些看似寻常、简单的吃食里包含着最有价值的文化。年糕代表着步步高升，代表着团圆，代表着幸福美满，而且还能辟邪祛病保平安，是人们精神生活的一种寄托。

# 汤圆

tāng　yuán

## 概说

汤圆，也叫元宵，又名浮元子、圆子、汤元、汤团等，是用糯米粉等做成的球形食品，大多有馅儿。汤圆是我国传统节日食品，一般在正月十五元宵节的晚上食用。元宵是所有节日食品中最特殊的，因其食品名与节日名相同。元即开端，宵即夜晚，因此，元宵节也叫上元节，有一元复始、大地复苏的意思。

## 渊源

元宵节，据说起源于汉朝。吕后死后，高祖时期的一批大臣周勃、陈平等一举扫除吕氏势力，拥刘恒为帝，即汉文帝。文帝即位后，采纳众臣建议，广施仁政，让百姓休养生息，汉朝逐渐强盛起来。因扫除吕氏势力是在正月十五日，以后每年的这天晚上，文帝就出宫微服私访，以示纪念。在古代，正月又叫元月，汉文帝便将正月十五改为元宵节。那时，元宵节的主要习俗是放灯，这一传统延续至今。汉朝时元宵节这天张灯祭神一夜。唐玄宗时改为放灯三夜。到了宋朝，元宵节更是热闹，放灯五夜。

汤圆出现在何时已无可考证，有说法是汉朝的东方朔发明的。东方朔是汉武帝时期的大臣，有一年冬天连日大雪，雪停后，汉武帝让东方朔去御花园折几枝梅花。东方朔在御花园碰到一个偷偷哭泣准备投井的小宫女。东方朔连忙上前阻拦，并问其缘由。原来小宫女名叫元宵，家中有父母和妹妹，她进宫之后就没再和家人团聚过，也无法照顾父母，因此思念家人。东方朔非常同情元宵，就向元宵保证会想办法让她和家人团聚。

东方朔到宫外摆了一个摊位，帮人占卜。但每个人占卜的结果都一样：正月十六火焚身。一时间，长安会遭火灾的消息传开了，人们很恐慌，向东方朔寻求破解之法。东方朔告诉人们正月十五傍晚有红衣女神下凡，她会给长安带来火灾，如要破解，当今皇上或许有办法。然后留下了一张“长安在劫，火焚帝阙，十五天火，焰红宵夜”的偈语，有人将这张偈语送进了皇宫。汉武帝看后也希望足智多谋的东方朔能想出解决办法。东方朔看后假装思考良久，才慢慢开口道：“传说火神爱吃汤圆，宫女里不是有个叫元宵的经常给皇上您做汤圆吃吗？可以让元宵在正月十五的晚上给您做一份汤圆，您亲自焚香上供。另外，再让城内家家户户都做汤圆敬奉火神，同时在家里挂上灯笼，全城百姓都放烟火，让天上的神仙误以为人间真的着火了。再派人通知城外的百姓进城观灯，便可躲过灾难。”汉武帝听信了东方朔的话，立刻传令下去让人按照东方朔的办法去做。在元宵节的晚上，元宵姑娘也见到了日夜思念的家人。

元宵节吃汤圆的习俗是在宋朝才兴起的。周必大在《平园续稿》中记载：“元宵煮浮阔子，前辈似未曾赋此。”浮阔子也就是汤圆，但前人并没有为这种食物作诗赋词。《岁时广记》中将汤圆称为“元子”，还有“煮糯为丸，糖水为汤，谓之圆子”的记载。明朝《皇明通记》里对汤圆的记载更为具体了：“以糟米包糖如弹，水煮熟为点心，一名糖圆。”

清朝诗人李调元在《元宵》一诗中描写了元宵节热闹的场景：“元宵争看采莲船，宝马香车拾坠钿。风雨夜深人散尽，孤灯犹唤卖汤圆。”夜深人散后，依然有人在叫卖汤圆。清代富察郭崇《燕京岁时记·灯节》中也有类似记载：“市卖食物，千鲜俱备，而以元宵为大宗，亦所以点缀节景耳。”

元宵改为汤圆据说与袁世凯有关系。辛亥革命之后，袁世凯窃取了革命果实，自称洪宪皇帝，虽然当上了皇帝，但整天提心吊胆，担心被推翻。有一天，他在街上听到有人拉长了音调叫卖元宵，因元宵与“袁消”谐音，于是下令将元宵改叫汤圆。当时有人写诗讽刺袁世凯的这一做法：“偏多忌讳触新朝，良夜金吾出禁条。放火点灯都不管，街头莫唱卖元宵。”袁世凯逆历史潮流而动，只做了八十三天皇帝，因此，他发布的禁令并没有太大影响。

汤圆美味可口，深受大众喜爱，后来渐渐发展为平常可吃的点心，不再为元宵节所专有。

## 制作方法

元宵和汤圆是否为同一种食物，一直有争议。笔者认为，汤圆与元宵是同一种食物，只不过因地域不同，做法略有不同。元宵节北方多吃元宵，南方多吃汤圆。

元宵的做法是先制作馅料，馅料拌好晾晒后切成小方块，将方块状的馅料沾水，放在撒满生糯米粉的筛子或笸箩里不停地摇晃，边摇边加水，渐渐裹成圆球。这一过程被称作“滚元宵”。现在已有专门摇元宵的机器，很少有手摇元宵的了。

汤圆与元宵的做法不同，有点儿像包饺子。先把糯米粉加水搅拌成团，类似于和面，再放置一段时间。馅料的做法很简单，就是把各种材料混合均匀。包制的过程也像包饺子，区别在于糯米团黏性大，不需要用擀面杖，揪一小团面，用手挤压成圆片，把馅料放在中间，然后边转边收口做成团状，搓成圆形。

汤圆的馅料主要有芝麻、花生、豆沙、果仁等。外皮过去主要是用白色的糯米粉做成，现在有各种颜色的面皮，甚至还有彩色的。

除了常见的汤圆，还有一些具有地方特色的汤圆。如贵州省兴义市的鸡肉汤圆。这种汤圆已有百余年的历史，既有糯米的清香，也有鸡肉、鸡汤、芝麻酱的鲜香。宁波汤圆始于宋元时期，其馅料是用猪板油、白糖、黑芝麻等拌匀，搓成猪油芝麻馅小圆子。皮选上糯米用水磨成粉做成，白如羊脂。成都市有赖汤圆，其源于赖源鑫到成都挑担卖汤圆，因其汤圆质好、味美，人们称“赖汤圆”。

# 文化意义

元宵节文化内涵丰厚，源远流长。现在有“过了正月十五，年才算过完”的说法，因此，元宵节得以传承的一个重要原因就是它象征着团圆。元宵节这天吃汤圆也寓意着一家人团团圆圆。

现在元宵节吃汤圆已成为全国性的习惯，但明清时期，江南地区是在冬至吃汤圆。人们认为冬至吃汤圆就长了一岁。陈志岁在《汤圆》一诗有这样的记载：“年年冬至家家煮，一岁潜添晓得无。”由于冬至和春节离得很近，在外地的人会赶在冬至前回到家乡，先祭拜祖宗，然后和家人一起准备迎接新年。民间认为“冬至大如年”，冬至前回到家有“年终有归宿”之寓意。

在古代，除了吃汤圆，元宵也是出门游玩的好日子。古代礼法对妇女的束缚较多，元宵这一天妇女也可以自由出门。吕居仁在《轩渠录》中记载司马光在洛阳闲居时与夫人的一段对话，司马光的夫人在元宵节这天打扮一番准备出门赏灯，司马光不想让夫人出门，就说：“家中点灯，何必出看？”夫人答曰：“兼欲看游人。”司马光说：“某是鬼邪？”虽然是玩笑话，但也可以看出在宋朝时，元宵节出门游玩已成为一种节日习俗。同时，元宵也是年轻人约见意中人的好时机。正如辛弃疾在词中表达的：“众里寻他千百度，蓦然回首，那人却在灯火阑珊处。”因此，上元节也被称为古人的情人节。

# 赖汤圆

彭忠富

妻从超市里买回一袋冷冻汤圆递给我。她吩咐说："明天就是元宵节了，早晨起来就吃汤圆吧，团团圆圆。"

我叹口气说："我不是早就说过我们一起做汤圆吗？糯米粉和黄糖早就买好了，那样才有年味嘛！"

妻没好气地说："自己做是有年味，可是麻烦得很，反正我不想做！"

妻从小在城里长大，养尊处优惯了。她成天抱怨过年没意思，可是又不愿意配合我的想法，真拿她没辙。

现在过年是没有多大意思，小孩子们不再盼着穿新衣戴新帽了，防盗门上的门神春联越来越少了，年夜饭在酒店订的，拜年是短信发的，龙灯、狮灯、采莲船不见了影踪，要想逛逛庙会还得上省城。过年的形式都简化了，年味自然就淡了许多。

可是有些年味，我们是能自己创造的，元宵节的汤圆我一定要自己做。妻不动手就算了，我发动六岁的女儿来帮忙，也好让她知道元宵节吃汤圆是怎么回事，女儿二话不说就答应了。

正月十五早上天还没亮，四周就陆陆续续地传来了一阵阵的鞭炮声。在川西的城乡大地，大年早晨每家的男主人都得起来放鞭炮。那噼里啪啦的鞭炮声，如果连续而没有间断，则预示着这家人今年一定会交好运。这自然是一个美好的祝愿罢了，不过千百年来大家仍然乐此不疲。

汤圆

我把适量的糯米粉放在汤盆里，倒入温热水就开始用筷子和面。这糯米粉是袋装的，赖汤圆牌的，就产在我们本地，是汤圆粉中的上品。煮时不浑汤、不烂皮、不露馅，吃时不沾碗、不沾筷、不粘牙，深受大家的青睐。

糯米粉如果自己做就麻烦了：小时候在乡村，家家户户都有一扇石磨，磨汤圆粉就靠它。把适量的大米和糯米混合在一起，淘洗干净，用清水浸涨，带水磨成米浆，装入布袋，扎紧口，压干水分，搓散，撒在垫有白纸的竹匾上晒，这就是水磨汤圆粉了。

在腊月的时候，你随便走进一户农家院落，都能看见他们晾晒的汤圆粉，前前后后得准备二十来天。后来打面机取代了石磨，可是汤圆粉的品质似乎下降了。这是什么原因呢？或许是电磨转得太快吧。可见糯米粉永远是属于石磨的，这就是手工的魅力所在。

汤圆粉很快就和好了，不能太稀也不能太干，水分要适量，要揉搓均匀。我把面团揪成酒杯大一块块的，放在案板上备用。这时女儿也过来帮忙，她可是第一次包汤圆，兴奋得不得了。

记得有一次吃汤圆，女儿看了半天说："这汤圆好奇怪哦，圆溜溜的没有口子，那些黄糖是怎么进去的？"

女儿的话刚一出口，我们几个大人就笑得前仰后合，当即给她解释了一番，可是女儿仍然似懂非懂。

今天机会来了，我首先给女儿示范了一次：把小面团搓圆压扁，捏成酒盅形，中间放黄糖，再捏拢收口搓圆。我特意做得很慢，让女儿看清每一步。

她惊奇地说："原来汤圆就是这样做好的，我肯定能做好！"说完就开始有条不紊地操作起来，居然做得一点也不比我差。

我们很快就做好了汤圆，放入沸水锅中，用汤勺轻轻推动。等到汤圆第一次浮出水面，再加少量水，待水再沸起，立即盛在碗里。汤圆有两种吃法，一是水汤圆不加作料，直接吃；二是酱汤圆，碗里没有水，可以加炒熟的黄豆粉，或者蘸着芝麻酱吃，别有一番风味。

四川汤圆以赖汤圆最为出名。赖汤圆始创于 1894 年，迄今已有百年以上历史。创始人名叫赖元鑫，他原是四川资阳东峰镇人，小时候由于父母病亡，来到成都投靠堂兄，被介绍加入一家小食店打工，后因得罪老板被开除，于是决定自己做生意。他向堂兄借了几块大洋，在成都总府街一带摆摊设点，沿街以叫卖"鸡油汤圆"为生。

偌大一个成都，卖汤圆的店铺少说也有几百家，要想站住脚跟，非得有过人之处不可。赖源鑫制作的汤圆皮薄而爽滑绵糯，心子细腻滋润，甜香油重。煮时不浑汤、不烂皮、不露馅，吃时不粘碗、不粘筷、不粘牙。待汤圆煮好端上来，如果蘸着芝麻酱吃，香味则更浓。一时间，赖汤圆成为当时成都最负盛名的小吃之一。

赖源鑫于 1937 年开店营业，正式取名为赖汤圆，保持了老字号名优小吃的质量，并增加了汤圆的品种，有黑芝麻、白芝麻、花生仁、核桃、冰橘、洗沙等十余种馅心，其外形有圆的、尖的、椭圆的、枕头形的，一碗之内形态各异，风味各具。该店还以白糖、芝麻酱味碟供客人吃汤圆时蘸食，一时慕名而来的食客络绎不绝，赖汤圆也成了成都汤圆的金字招牌。

贰

# 面食的诱惑

# 面条

miàn tiáo

## 概说

面条，俗称面、水面、面条子，古代称为汤饼、索饼、煮饼、水引饼、不托等，是用面粉做的细条状的食品。面条起源于中国，制作方法简单，食用方便，是一种大众化的传统食物。面条种类繁多，有刀削面、焖面、炸酱面、打卤面、油泼面、烩面、阳春面、担担面、热干面、板面、拉面等，制作方法有蒸、煮、炒、烩、炸等。

## 渊源

面条出现较早，其历史可追溯至汉朝，当时叫汤饼，即在水中煮的饼，据推测汤饼为片状，类似于现在的面片。在不断的发展过程中，汤饼逐渐形成两种，一种是将面片拉长，成为索饼，也就是现在的面条；一种是将面片压薄，包上馅，成为现在的馄饨和水饺。汉朝刘熙在《释名·释饮食》中有关于索饼的记载："蒸饼、汤饼、金饼、索饼之属，皆随形而名之也。"张仲景在《伤寒论》中也有"食以索饼"的记载。《九谷考》中也有"释名之索饼，即今之索面，西北称扯（抻）面"的记载。

面条在古代也叫不托。汉代扬雄的《方言》中有"饼谓之饦"的说法。北魏贾思勰《齐民要术·饼法》："馎饦，挼如大指许，二寸一断，着水盆中浸。宜以手向盆旁挼使极薄，皆急火逐沸熟煮。非直光白可爱，亦自滑美殊常。"贾思勰记录了馎饦的大小、制作方法等，这种馎饦类似于现在的面片汤。有学者认为扬雄说的"饦"就是指馎饦。

欧阳修《归田录》："汤饼，唐人谓之'不托'，今俗谓之馎饦矣。"汤饼之所以称为饦，有一种观点认为，最初古人制作面片的时候，需要将面团托在手上，用另一只手撕面成片，下入锅中。这种制作方法非常类似于我们今天的刀削面。后来有了刀机，就不用再托在手上撕，故名"不托"。程大昌在《演繁录》有记载："皆手持而擘置汤中，后世改用刀几，乃名不托，言以不掌托也。"

到魏晋南北朝时期，面条基本形成。《辞源》对"水引"的解释为："即今之汤面。"《齐民要术》中记载的"水引饼"已接近面条，对制作方法也有详细的记载：“按如箸大，一尺一断，盘中盛水浸，宜以手临铛上，挼令薄如韭叶，逐沸煮。”就是先搓成筷子粗细的长条，切成一尺长的段，再扯成韭菜叶那样厚薄的条状面片。据《南齐书》记载，南齐皇帝萧道成就喜欢吃水引饼。《食檄》中对水引饼的形、色、味都有形象而生动的描述：“熬油煎葱，当用轻羽，拂取飞面，刚软中适，然后水引，细如委綖，白如秋练，羹杯半在，才得一咽，十杯之后，颜解体润。”可见，水引饼在当时是一种美食。西晋束皙在《汤饼赋》中说：“玄冬猛寒，清晨之会，涕冻鼻中，霜凝口外，充虚解战，汤饼为最。弱似春绵，白若秋练。”说明在寒冷的冬天，汤饼是驱寒取暖的最好食物。

南北朝之后，面条的品种不断增加。唐朝时出现了凉面，叫“冷淘”，杜甫还为这种面写过一首诗——《槐叶冷淘》。

青青高槐叶，采掇付中厨。
新面来近市，汁滓宛相俱。
入鼎资过熟，加餐愁欲无。
碧鲜俱照箸，香饭兼苞芦。
经齿冷于雪，劝人投比珠。
…………
万里露寒殿，开冰清玉壶。
君王纳凉晚，此味亦时须。

这种槐叶冷淘面颜色碧绿，口感清爽，吃到嘴里是“冷于雪”，绝对是夏天消暑的好食品。从诗中可以看出冷淘面需要先在锅里煮熟，捞出后放在凉水或冰水中使之变凉，吃时拌上配料。

《唐会要·光录寺》中有“宫廷中到冬天要造‘汤饼’，夏天要做‘冷淘’”的记载。到宋朝冷淘面还出现甘菊冷淘，宋朝诗人王禹偁就写过《甘菊冷淘》的诗，诗中记录了甘菊冷淘的做法。

唐朝的面条已经制作得非常有韧性，被称为“健康七妙”的食品中就有“湿面可穿结带”，面条可以当带子使用了。唐朝，面条也是生日时吃的“长寿面”，当时叫“生日汤饼”。《唐书·列传·玄宗皇后王氏》记载：“陛下独不念阿忠脱紫半臂易斗面，为生日汤饼邪？”生日吃面的习俗还有一种说法是起源于南北朝。据《北史》记载，北齐文宣帝高洋得子，效法民间设宴用汤饼来招待亲友，称为“汤饼宴”，从此生日时吃长寿面的习俗就流传下来。

宋元时面条的种类更加丰富，汤饼也已改称面条，据《东京梦华录》《梦粱录》等文献记载，南宋临安市场上的面条种类就已经有三四十种之多，如鸡丝面、三鲜面、百合面、笋泼肉面、梅花汤饼、五香面、八珍面等。元朝时还出现了“挂面”，制作这种面条时需要把面悬挂在杆子上晾晒，后来就被称为挂面。《水浒传》中就有“些少挂面，几包京枣”的描写。

清朝时面条新品更是层出不穷，乾隆年间出现了著名的“伊府面”，就是将鸡蛋面条先煮熟再油炸，然后加入不同配料，制成不同风味的伊府面。

## 制作方法

面条历史悠久，由于制作方法和配料各异，出现了不同种类的面。制作主要包括面条的制作和配料的制作。不同类型的吃法，面条的制作也有很大的区别，如刀削面是用刀削出来的，拉面是拉成细长条，板面是摔打加拉扯而成。在制成不同形式的面条之前，需要先准备面，一般用小麦面粉，也有加入少量杂粮的面，如豆面、荞麦面等，还有加入蔬菜汁做成各种蔬菜面的。

制作面条的面一般较硬，和面时需少量加水，面团和好后，可稍微放置一会儿再进行饧面，这样的面做出的面条口感更好。面条可根据个人喜好做成面片、宽面条、细面条等。

配料的制作差别很大，以打卤面为例：需要准备肉馅、黄花菜、木耳、香菇、大葱、鸡蛋、酱油、料酒、糖、盐、鸡精、蒜、姜等。

第一步，将黄花菜、木耳、香菇泡发，切成丁，葱、姜、蒜切碎。

第二步，在热锅中加油，放入肉馅炒熟后加入葱花、姜末、香菇、木耳、黄花菜翻炒片刻，加入酱油、料酒、糖、盐、鸡精，最后加入适量水煮开。

第三步，淋上打散的鸡蛋液，少许淀粉勾芡，撒上葱花、蒜末。

这时卤汁就做好了，将面条煮熟捞出，浇上卤汁即可食用。

做面条的注意事项：

面粉宜选用中筋或高筋小麦粉，如果要加入杂粮面粉，需要提前混合均匀，但杂粮面粉不宜超过 20%，因为杂粮面粉面筋较少，不宜成形。

煮面条时水要多放一些，不然面条容易粘连，且要等水开之后放入面条，在煮的过程中尤其是面条入锅后第一次滚起时，要用筷子轻轻搅动，防止面条粘在一起。

制作凉面的冷水，要使用放凉的白开水，不宜直接用自来水，以免引起肠道疾病。吃过凉面后，喝一些煮面的面汤，可帮助消化。

# 文化意义

面条在历史上对中国的文化产生了重要影响，也发生了许多与面条有关的故事。

从习俗方面来说，古时就有伏天吃面条、生日吃长寿面、得子吃面的习俗。之所以伏天吃面，是为了祭祀太阳神炎帝，炎帝主宰光和热，照耀庄稼生长。人们收获麦子之后，为了纪念炎帝，就用麦子磨面做食作伏祠。《汉书》有“秦德公，用三百牢于鄜畤，作伏祠”的记载，伏日祭祀叫伏祠。据《唐六典》记载：“京师于立秋之日，家家俱食冷淘面。”立秋就在二伏，因此，民间有“头伏饺子二伏面”的说法。

长寿面顾名思义，吃长寿面有祝福新生儿长命百岁，也有表示敬老的意思。长寿面也叫冬至面，传说黄帝在冬至这天得道，以后的每一年冬至都以吃长寿面代表敬老。吃长寿面需要注意一根面条不能用筷子夹断，也不可咬断。福州有在寿辰这天吃面线的习俗，面线是一种比阳春面还要细的面条。面线也有很多叫法，如结婚时送给女方的面线叫喜面，孕妇在产期吃的面线称福面，亲友之间相互赠送的面线叫太平面。

家里新添了人口，一般也会吃面以示庆贺。皖北地区将新生儿的满月酒称为“吃喜面”，过去一般男孩生下来第十二天吃喜面，女孩则是第九天吃喜面，每个地方吃喜面的时间会有所不同。民间有的地方在小孩生下的第三天举办“面条宴”。

陕西岐山流传着一个关于“和气面”的故事。西周时，殷纣王嫉妒周文王姬昌的功绩，曾将他囚禁在羑里城。后来周文王历经磨难回到家乡，乡亲们见他消瘦，都给他带来食物。周文王为感谢大家，做面给大家吃。面吃完之后，大家都把剩下的汤倒回“锅”里，再盛面吃，这种只吃面、不喝汤的吃法就被称为“和气面”。

面条在文化中被人们赋予了许多内涵和意义，也包含了做人的道理。正如“一碗看似零乱的面条，其实理顺了还是一根一根的直溜。面道如此，生活亦然”。

# 紫苏姜汤面

李柯漂

乡村野地里，杂草丛生中偶然长出了一株紫苏，柔柔弱弱在草中独立生长着。淡紫色的叶片在时间和雨水的滋养下慢慢变浓。后来，紫苏由一支长成了一束，顽强的生命力令人叹服。那是野地里孕育的紫精灵，是风儿把它捎带到了这里，它也不择地肥地瘦，接受了这片土地。

出生在20世纪六七十年代的农村孩子，对紫苏这种植物虽熟识于心，但都肤浅地认为它是一种可吃的野菜。我对它的了解来源于母亲，是母亲教会我认识它、善待它。

紫苏嫩叶与面条搭配，这是母亲在那个物资匮乏的年代里惯用的食谱。能够吃上一碗紫苏味浓厚的白水面条，前提条件是自己无征兆地生病感冒了。那时生病的孩子，不用去儿童医院排队看医生，不用打针吃药，只要吃上一碗紫苏姜汤面条，发发汗，感冒自然就好了。不懂中医的母亲，用这种偏方治好了全家人的伤风感冒。

少时家贫，衣衫单薄少棉。放学回家的路上，我因贪玩好动，一路追逐嬉闹，出了一身热汗。静下来后，冷风一吹，伤风感冒便呼之而来了。鼻孔不通还牵线似地流着清涕。见此情形，自然是少不了一阵数落。随即母亲去地里寻来了紫苏叶子，采回家用清水洗净，拍一块生姜同放铁锅里，舀一瓢清水烧开，再下一撮挂面。不一会儿，一碗热气腾腾的紫苏姜汤面就端

汤面

到了我的面前。紫苏浓郁的香气扑鼻而来，阻塞的鼻孔似乎畅通了许多。母亲吩咐我连汤带面一起吃完，然后躺床上捂紧棉被。一通热汗流出来后，我全身的酸痛已缓解了一半。后来，从中医那儿知道紫苏姜汤有解表散寒、行气宽中的功效。我恍然大悟，难怪吃一碗紫苏姜汤面会这样灵验。

在当时，要想吃上一碗纯粹的面条，除了伤风感冒，那就是一年一次的生日了。那个年代里，母亲对我们兄妹几人的养育没有半点马虎。一碗紫苏姜汤面，或一碗鸡蛋生日面，看似烹煮方式简单至极，但每一根面条里都浸润了母亲对孩子们深深的爱意。可谓是感觉都在碗里，滋味却在心头。

生活上的拮据阻挡不了人对美食的渴望，面条是那个时候的奢侈食品。为了一碗馋嘴面，我居然还骗了母亲一回。那年去镇上读中学，到周末才能回家一次，我已经好久没有吃过母亲煮的面条了。有一次，周末回家，我谎说自己脚耙手软，鼻塞头晕。母亲二话不说，赶紧张罗，给我煮了一碗紫苏姜汤面。我呼呼地吃着母亲煮的面条，紫苏的香、生姜的辣刺激着我的味蕾。一阵风卷残云，我美美地喝完碗里最后一口汤，却忘记母亲一直站在我的面前。

母亲看着我笑，道："这碗面好吃吗？"我点了点头。

母亲说这碗面里放了葱花，还有腊猪油。我绯红着脸说："感冒了不能吃油的。"母亲又笑了，道："你当真是病了，我还不知道？当妈的知道你嘴馋了。其实，家里光景一年比一年好，想吃面就给我说，妈煮给你吃。"

母亲说得不假，靠说谎话获得一碗馋嘴的面条，这是人之失道。想吃上一碗面，这本身并没有错，错就错在为了得到而撒谎。一碗看似零乱的面条，其实理顺了还是一根一根的直溜。

面道如此，生活亦然。

于我而言，芳华已逝但岁月留痕。当年为一碗紫苏姜汤面而垂涎的时光早已过去，而今生活在全面小康时代里的人，对一碗面条的认知，那就是过早或夜宵填一下肚子的零食。

# 乡村烩面

彭忠富

印象中吃烩面，是儿时在乡村走亲戚。遇上婚丧嫁娶，中午是大餐，晚上就吃烩面。烩面，有点群英荟萃的意思，厨师将中午剩下的残汤剩菜，挑选有价值的攒在一起，然后一股脑地倒在毛边锅里，锅里事先加入了大量的清水。毛边锅直径一米多，通常是乡村煮猪食的，洗刷干净就派上了用场。水煮沸以后，就可以把挂面放入锅里再接着煮。挂面都是干面，每根有一厘米宽，这样才耐煮。如果是细面，三两下就没有魂了，成了一锅面汤。

烩面煮好以后，根据个人口味，可以再放点盐巴，其他作料就不需要了。剩菜中有荤有素，有酸有辣，各种食材、口味杂糅在一起，居然调和出了人间最好的美味。在偌大的院坝里，有人端着碗到处游走，有人蹲在街沿边上吃面，有人坐在桌边吃面，有人站在桌边不坐，一只脚却放在板凳上吃，姿势随心所欲，各有千秋。

一人一大碗烩面吃下去，干净利索，浑身冒汗。几百人聚在一起，窸窸窣窣地吞着烩面，那场面实在壮观。在那没有冰箱保鲜的年代，煮烩面成了消化剩菜最好的一种办法，经济实惠又好吃。

最忙的是厨师，因为烩面好吃，有些壮年男人要吃两三碗才过瘾。一口毛边锅不停地工作，锅里的汤料咕嘟咕嘟地翻滚着，整个院坝都氤氲在烩面的滋味里。小孩子都跑过去围观。他们端着海碗，叽叽喳喳地嚷着："我要吃烩面，给我来碗吧！"

厨师们如临大敌，他们恶狠狠地咒骂着："谁家的娃娃谁带走，要是开水烫到我可不管。"

大人们可紧张了，于是三两步跑过来，拧着孩子的耳朵拖起就走，边拖边骂："丢人现眼的，你连烩面也没吃过吗？明天开始，老子天天给你煮，吃到你发吐为止。"

语言虽然极端，但至少避免了一些安全隐患。

烩面起码要煮三四锅才能熄火。吃完烩面，嘴巴一抹，大家这才翘着肚皮，打着饱嗝慢悠悠地扶老携幼，各回各家。

路上有人招呼，刚一张嘴就冒出烩面的味道来，于是大家会心一笑，连"你吃了吗"这句开场白也省略了。

据说烩面来头不小，连一些皇亲国戚也喜欢，当然，是在他们落魄之时。相传唐太宗李世民登基前，在一个隆冬雪天，患寒病落难于一回民农家。回民母子心地善良，将家养的麋鹿屠宰炖汤，又和面想做面条为李世民充饥。但追兵逼迫，形势紧急，老妇人草草将面团拉扯后直接下入汤锅，煮熟后端给李世民。李世民吃得满身冒汗，暖流涌身，不觉精神大振，寒疾痊愈。于是便策马谢别。

李世民登基后，整日山珍海味倒觉不出什么滋味，就想起吃过的回民母子做的面，想到他们的救命之恩，便派人寻访回民母子，以厚加赏赐。皇天不负有心人，终于找到了那母子。太宗又命御厨向老人拜师学艺。

从此，唐宫廷御膳谱上就多了这救命之面。后来，因为麋鹿极其稀少，觅猎困难，御厨只得取山羊代替麋鹿，经御厨、御医鉴定其口味和医用价值都不亚于麋鹿烩面，于是羊肉烩面便成为宫廷名膳，长盛不衰。

羊肉烩面是烩面中的极品。烩面的面是用优质精白面粉，兑以适量盐碱，用温开水和成比饺子面还软的面团，反复揉搓，使其筋韧，放置一段时间，再擀成四指宽、二十厘米长的面片，外边抹上植物油，一片片码好，用湿毛巾覆上备用。这就是俗称的水叶子面，如果是脱水挂面，效果则会大打折扣。汤用上等嫩羊肉、羊骨（劈开，露出中间的骨髓）一起煮五个小时以上，先用大火猛烧开再用小火煲，其中放入七八味中药，骨油都熬出来了，因此煲出来的汤白白亮亮，犹如牛乳一样，所以又有人叫白汤。

烩面辅料有海带丝、豆腐丝、粉条、香菜、鹌鹑蛋、海参、鱿鱼等，上桌时再外带香菜、辣椒油、糖蒜等小碟，味道更加鲜美。吃烩面前先用筷子挑一下，感受感受烩面的滋味，再一口一口地吃下去。如果能够再抿上两三口泡酒，那生活简直就赛过活神仙了。

乡村烩面因为风味独特，已经走进大街小巷，成了国人心目中的名小吃。一些好吃嘴儿，隔三岔五就去烩面馆撮一顿解解馋。几天不吃烩面，就跟丢了魂儿，缺了什么东西似的，没着没落，不踏实，就和感觉没吃饱一样。

看大师傅下面也是一种美好享受，薄薄的面片，眨眼间拉成长长的薄条。像音乐家在指挥音乐，又似魔术师在玩高超的技艺。那白白的面片，上下翻飞，似游龙飞舞，像彩绸玩花，瞬间下锅，还没看清怎么回事，面片已下锅煮熟了。

一大碗烩面下肚，吃得满头流汗，打一个饱嗝，擦擦汗，拍拍肚，真是好惬意啊！随着时代的发展，烩面日益受到人们的肯定和青睐。烩面也以其汤肥肉瘦、浓香爽口、营养丰富、独特风味而享誉全国。

# 馒头

mán tou

## 概说

馒头，古时叫『蛮头』，也叫馍、馍馍等，用面粉发酵后蒸成的食品，一般上圆下平，也有方形或者长条形的，没有馅儿，在北方俗称为馍。馒头是人们日常生活中最常见的食物之一，尤其是我国北方的居民，一日三餐都离不开馒头。而馒头在我国的历史也十分悠久。

## 渊源

关于馒头的起源，传说是三国时期的诸葛亮发明的。根据《三国演义》的说法，诸葛亮带兵攻打蜀国南方之地，采用攻心战术，七擒七纵，收服了孟获。回去的途中，泸水上风高浪急，不得过。有人说要以四十九颗人头祭祀河神，河神不生气了才能过去。诸葛亮不愿牺牲无辜人的生命，就想出了一个办法，让跟随的伙夫宰杀牛羊，用和好的面将牛肉、羊肉包在里面，做成人头的形状蒸熟，代替人头祭祀。祭祀之后，河神平息了怒气，诸葛亮率领军队顺利通过了泸水。

这种说法通过《三国演义》为人们所熟知，但《三国演义》毕竟是小说，不足以作为真实的史料证据。

馒头出现时间较早，但在汉朝之前还没有馒头这一叫法。汉朝把面制食品统称为饼，汉朝刘熙在《释名·释饮食》中写道："饼，并也，溲面使合并也。"饼的历史还可以往前追溯，据《事物绀珠》记载："秦昭王作蒸饼。"这种蒸饼是否经过发酵，则不可知，因此也不能判断其是否为馒头。

魏晋南北朝时期已出现"曼头"这一名称。西晋束皙《饼赋》中有这样的记载："三春之初，阴阳交际，寒气既消，温不至热，于时享宴，则曼头宜设。"就是温暖的阳春三月最适合吃馒头。晋人卢谌在《祭法》中云："春祠用曼（馒）头、饧饼、髓饼、牢丸，夏、秋、冬亦如之。"这时馒头已成为祭祀用品。萧子显在《齐书》中对馒头的记载更为详细，朝廷规定太庙祭祀用"面起饼"，即"入酵面中，令松松然也"。这时已明确记载了馒头需要发面。

唐朝时馒头的形状开始变小，还出现了"玉柱""灌浆"之类的别称。北宋陶穀在《清异录》中有这样的记载：唐朝大臣赵宗儒在翰林院任职时，曾听宦官说："今日早馔玉尖面，用消熊栈鹿为内馅，上甚嗜之。"赵宗儒不知其所言何物，就问其形制，宦官接着说："盖人间出尖馒头也。"赵宗儒对馒头的内馅接着追问，宦官回答："熊之极肥者曰消，鹿以倍料精养者曰栈。"也就是馒头里所用的肉馅肥瘦相间，相互渗容，滋味绝佳。

宋朝的馒头有有馅和无馅之分，《宋氏养生部》中有"馒头"和"蒸饼"，这都是发酵食品的记载，区别在于前者有馅，后者无馅。宋朝馒头种类增多，如《梦粱录》中记载有糖肉馒头、羊肉馒头、鱼肉馒头、蟹肉馒头、四色馒头、生馅馒头、杂色煎花馒头、太学馒头、笋肉馒头等。

此外，宋朝还出现了包子这一名称。包子一词最早出现在《清异录》，书中提到汴梁有一家"美食店"在盛夏时节专门卖"绿荷包子"。孟元老的《东京梦华录》、吴自牧的《梦粱录》中也都提到了包子。王铚在《燕翼诒谋录》中记载："大中祥符八年二月丁酉，值仁宗皇帝诞生之日，真宗皇帝喜甚，宰臣以下称贺，宫中出包子以赐臣下，其中皆金珠也。"可见，宋朝的包子便是有馅的馒头。北宋蔡京的太师府内，有专门做包子的女厨。蔡太师家请客的蟹黄馒头，当时的价格是一只一千三百余缗。在当时，这种奢侈的"蟹黄包"估计一般人是吃不起的。

明清时期，馒头已成为大众食品。清朝时馒头基本上是无馅实心的，与现在的馒头无异。《清稗类钞·饮食类》记载："馒头，一曰馒首，屑面发酵，蒸熟隆起成圆形者。无馅，食时必肴佐之。"可知，馒头是由发面做成，且无馅，吃的时候需要配上"小菜"。

时至今日，馒头的叫法在不同地方也有差别。比如北方，人们也习惯称馒头为"馍馍""大馍""窝头"，有馅料的依然称为"包子"，没馅的称为"馒头"；而南方，不管有没有馅料，都叫作"馒头"。江浙地区还有"白馒头""实心馒头"等叫法，浙江温州一带也说"实心包"。

## 制作方法

馒头制作简单，味道香软可口，易消化，且营养价值高，是男女老幼都很喜爱的食物。现代人制作的馒头种类也是五花八门，形状有圆形的、方形的，还有做成其他特殊形状的；原料上，有米面的、麦面的、五谷杂粮的等等；口味上则有红糖的、松露的、奶香的、大枣的、南瓜的，不一而足。

馒头的制作一般分为和面、饧面、制作、蒸几个步骤，以小麦面粉制作馒头为例。

蒸馒头的面需要发酵，在和面时加水、发酵粉（过去也用酵面，俗称面引子），揉成光滑且软硬适中的面团，放置在盆中或其他容器中发酵，发酵时间视温度而定。待面团隆起，中间有蜂窝状的小孔时，面就发酵好了。

取出发酵好的面团，多次少量加入面粉揉面，揉好之后放回盆中，盖上盖子，防止面团干燥裂开。再次发酵后，以同样的方式揉面，多次揉面会使蒸出来的馒头更筋道。这时将揉好的面搓成长条，切断，每段再揉成平底圆顶的馒头，也可以搓成平底半圆的长条，切成方形的馒头。制成馒头形状后再稍微放置几分钟，因为制作过程中发面中的气孔被挤压出去，蒸的时候不利于馒头发酵。（注意：在揉面时可以加入适量的食用碱来去除发面中的酸味。）

馒头的蒸制时间大概二十五分钟左右。蒸锅中加水，笼屉铺上纱布或者蒸纸，间隔一厘米摆上馒头，大火蒸制。（注意：关火之后用手指轻按馒头，凹坑很快恢复的为熟馒头，凹陷下去不复原或者很慢恢复的，说明还差一点火候。）

若蒸出的馒头发黄，有难闻的碱味，可在蒸过馒头的水中加入二两食醋，再蒸十到十五分钟，馒头便可以变白，且无碱味。

# 文化意义

馒头在其发展史上，除了食用，还有祭祀、祝福等作用。早在魏晋时期就有以馒头进行祭祀的记载。宋朝时，有父母将馒头送给孕妇的习俗。如《东京梦华录》记载："凡孕妇入月于初一日，父母家以银盆或錂或彩画盆，盛粟一束。上以锦绣或生色帕袱盖之。上插花朵及通草帖罗五男二女花花样，用盘合装送馒头，谓之分痛。"

元朝有在喜筵中使用"葵花馒头"的记载，取葵花多子之意，有祝福新婚夫妇多子多福之寓意。

在山西、河北一带农村有农历七月十五日蒸"面羊""面人"送给亲友幼辈的传统。据光绪年间的《怀安县志》记载："相传天狗下降食婴孩，民家蒸面为人，令小儿自抱，俾作替身。"民间有传说天狗会来到民间吃小孩子，人们就蒸面人让小孩抱着给天狗吃，这样小孩就能躲过劫难，反映了人们对平安幸福生活的追求。

当然这些都是人们对美好生活的祈盼，现实中有时并不那么美好。鲁迅先生在小说《药》中讲到的人血馒头，以及袁枚《子不语》中的一篇小说《还我血》也有类似不那么美好的情节，反映了当时人们的愚昧与无奈。

馒头作为中国独特的食品，积淀了中华民族深厚的文化传统，体现了中国人民的智慧以及人们对美好生活的向往和追求。

# 白馍

曹文生

在豫东，馍比人金贵。

夜晚，日子安静下来，祖父抽着旱烟，说着豫东往事。

那年，逃荒的人多，拖儿带女，一路西行。人像乌鸦一般，覆盖着河南大地。逃荒的人，脸色蜡黄，骨瘦如柴。肚子饿了几天了，没见过一粒米，这时候，人被逼疯了，道德伦理在饥饿面前轻若无力。一个白馍就能换一个媳妇。

在白馍里藏有文化底蕴。一个受人喜爱的智者，在白馍里微笑着。这人是诸葛亮，据说他七擒孟获，战事太久，死人太多，班师回朝时，泸水阴云密布，狂风骤雨，无法渡江。孟获说这是冤魂所致，需要七七四十九个人头。诸葛亮不想无故屠杀生灵，于是用面食代替，俗称蛮头，最后被讹传为馒头。

这馒头是诸葛亮留给后人最大的馈赠。在豫东平原上，馒头永远走在人的前面。无论年关祭祖还是田间上坟，馒头都必不可少。馒头上桌，排成秩序，人方能跪拜。

我难忘蒸馒头的图景：面拌好，一夜发酵，盖在被子里，像对待一个新生的婴儿。第二天清晨，鸡未啼鸣，人已经在昏暗的灯光下，盘面揉面。

当然，蒸馍是女人的专利，她们在案板前，用娴熟的手法，将一块块面团变成馒头模样。在豫东平原的乡间，多有这样

刚出锅的馒头

的图面：男人烧火，女人等待馍出锅。

在一团雾气里，女人宛若仙女。白雾弥漫着，灯光也昏黄下来，隐隐约约的样子，让馒头的现实涂染上一层浪漫主义情怀。

第一笼馍，最为关键。如果馒头瓷青，父母皆会回忆这些天，什么地方得罪了先人。父亲怯生生地从屋内拿出响炮，连放三声，母亲嘴里忏悔祷告。这些迷信的色彩一直在我的心里闪光，我并没有一丝反感。

我常对着“白馍”这个词发笑，一个民间的风俗跃然纸上。那些年，豫东有女人给娘家带大白馍的说法，有的地方将大白馍叫作枣花。

每当乡村传来婴儿的啼哭声，许多人前来道贺，生儿子戏称为带把的，生女儿俗称大白馍。这大白馍，一下子压在生活上，成为区分性别的一种习惯。

乡间的年关，亲戚往来是一种常态，回礼必是白馍。如果哪个粗心的女人，忘了回白馍，一定会引起亲戚的不满，由此断了来往，白馍已成为一种尊重。

乡间长谈一种趣事，村西的刘二，那年去相亲，回来的路上，偷偷打开竹篮子，看见里面没有白馍，甚为生气，就一气之下回到女方家里，要了白馍而去，当然这门亲事也就黄了，但是刘二为父母争了气。在豫东平原，白馍是对方回敬父母的一种礼节，是一种生活方式，是一个大词。

豫东平原，馍是生活的重心。

红白喜事，菜打头阵，馍善后。许多人在宴席上只为等待细白如雪、柔软饱满、透亮润泽的白馍。

乡人崇拜文化，讽刺一个人没文化，常戏谑说吃白馍念白字。

在河南，白馍是救命的稻草。祖父喜欢吃干馍掉下的馍花，说这馍花好吃，我知道这是饥饿年月养成的节俭习惯。祖母在缺吃少穿的时代，用家里仅存的两个鸡蛋去包饺子。为了在饭里吃出丰厚来，祖母把馍花掺在鸡蛋里，味道依旧，只是这鸡蛋看似多了不少，一些虚假的面具，不揭开，永远温馨。

一些人，在白馍面前，等待日子写史，亲情洗礼。

我钟爱的白馍，在尘世上，是如此安静。

# 锅边馍馍

彭忠富

三月梨花烂漫奔放，行走在遵道镇棚花村的山山水水，那些雪白、金黄、翠绿夹杂着土黄的色块纷至沓来，让人仿佛走进了一幅淡妆浓抹总相宜的绝佳画面。

美景当然离不开美食，当我们从梨花湾、鸳鸯湖或者仙居岭下来，徜徉在棚花村沿山公路，仿若走进了一条乡村美食大道。公路两边粉墙碧瓦，墙上年画五彩斑斓，远看就是掩映于梨花丛中的民居。

走近来，却发现大多是农家乐。农家乐的宣传广告应该是统一制作的，暗红色的木制招牌上面用中、英、韩文写着农家乐的名字，特色菜品如点杀鸡鸭鱼兔、锅边馍馍、时令野菜、山腊肉等。

到了农家乐，当然就得吃农家菜，这应该是人们喜欢在农家乐流连的主要缘故。如果还是像城市饭店一样比拼菜品高大上，那就失去差异化竞争的意义了。

在这数十家农家乐中，我发现“锅边馍馍”就是特色菜品的标配，随便走进哪家去问一声：“有锅边馍馍吗？”老板都会响亮地回答：“当然有啊，管够！”在且亭轩、幺妹子农家乐等处，我都吃过锅边馍馍。然而我发现，他们所谓的锅边馍馍，跟我们的传统做法还是有区别的。

譬如今天在幺妹子农家乐，老板端上一盆东西来，说是锅边馍馍让我们尝尝。我用筷子夹起一块馍馍看了看，馍馍呈卵圆形，两面都有硬壳，送进嘴里嚼了一口，馍馍倒是馍馍的味道，只不过总觉得哪里不对劲儿。

文友周哥说：“这不是正宗的锅边馍馍。锅边馍馍，顾名思义，就是贴在柴火灶毛锅边上，一面是焦黄的硬壳，另一面呈面黄色，有些馍上还可看到主妇们贴馍馍时按压的指印。”

周哥这么一解释，大家都觉得言之有理。

锅边馍馍是绵竹乡村的家常面食，虽难登大雅之堂，可却是我们小时候的最爱。

三十多年前，农村没有电饭煲，也没有煤气灶。能够用上蜂窝煤的，已是我们眼中的殷实人家。我们煮饭、炒菜都是在柴灶上完成。柴灶多用砖砌成，一般三口锅，厨房外有烟囱。一口锅煮饭炒菜，一口锅煮猪食，一口锅坐热水。煮干饭多是滤米饭，先用武火将米锅烧开，待大米还稍有点硬时就用筲箕滤起来，然后再把滤米倒进锅里，垒成半球形，周围掺点水，用筷子插上气孔，用文火慢慢焖熟。这样的滤米饭有米汤喝，米饭一粒粒地散开，特别好吃。

那年月人多地少，粮食经常不够吃，母亲就想方设法地用大米混搭着面粉、蔬菜给我们做饭。那时锅边馍馍和菜干饭就是我们的主食，蔬菜是萝卜、豇豆、南瓜这些农家菜，通常是热锅打油汤红烧蔬菜，菜汤以刚淹过蔬菜为宜。然后将滤米饭倒在蔬菜上呈半球状，最后将馍馍一个个地贴在锅边上，馍馍不需要翻锅，小火慢焖。一会儿，菜饭俱熟馍馍香，我们又算过了一顿。

锅边馍馍金黄金黄的，一面香脆咬得嘎嘣嘎嘣响，一面松软如馒头一样。如果把锅边馍馍掰开，在里面放上香辣酱或者泡菜丝，那又是一番风味。如果家里实在没有米了，这也难不倒母亲，她直接将馍馍烙在蔬菜上。其实这样馍馍会更好吃，因为调料味全部融入馍馍中了。一个锅边馍馍，承载着我们太多的回忆与乡愁。就算离家再远，就算习惯了某些人群的生活方式，但只要看到锅

杂面馒头

边馍馍，我也会觉得分外亲切。

每年立夏前后，正是绵竹乡村的双抢时节。所谓双抢，就是抢收抢种，地里的小麦、油菜籽要收回家，接着打水泡田插秧。要是错过了节气，就会影响庄稼的收成，因此农人们忙得脚不沾地。小麦一天天黄了，站在田边，你似乎可以听到麦粒从麦穗上迸射出来的噼啪声。日头很毒，麦地里干燥异常，一点火星就能来个火烧连营，这当然是农人们最不愿意看到的事情。辛苦了大半年，就靠着小春粮食来救急呢。

父亲一天得去地里晃悠几次，他摘下一个麦穗来，揉出麦粒就丢进口里嚼。只要麦粒稍微使劲才能咬开，那就得赶紧收麦子了，不然就会掉在土里肥田。父亲取下钉在墙上的镰刀，拿到铁匠铺把刀刃磨快了，大清早就把我们吼起来，到地里割麦子去。

我们戴上草帽，穿上长衬衣，走进麦地里，蹲下身子，左手抓住五六路麦子捏拢，右手镰刀在麦根处使劲一拉，只听“唰”一声，一把麦子就割断了。把麦子轻轻地放在身后，估计有一大把了，就朝前走几步，很快我的身后就不规则地放上了很多麦把子。

记得在我七八岁的时候，我就下地干活了。

我食量大，吃得和大人差不多，不下地干活怎么行呢？

这是父亲说的，在干活这件事上，他从来不疼惜我们，毕竟有人搭把手，大人们会轻松一点，还能让我们从小就深知生活的不易。

我们小孩子主要是割麦子，三弟兄你追我赶，起码顶两个壮劳力吧。家里的拌桶是父亲顶出来的，拌桶平时放在杂物室里立着。父亲背对着拌桶站着，双手举起来撑住拌桶两边，轻轻一带劲儿，整个拌桶就斜着扣在了父亲的背上。

父亲顶着拌桶，在狭窄的田埂上慢慢挪动着步子，小心翼翼地来到麦田，这时才能把拌桶放下。远远地我们根本看不见父亲，只看见拌桶倾斜着慢慢朝前挪移。当然顶拌桶是需要技巧的，只有那些庄稼的老把式才会。一般人家，只有在拌桶上套麻绳，用扦担两个人抬出去。

所谓拌桶，就是一种木制的人工脱粒工具，呈四方大木斗型，四边角上各有一块拉手，麦把子在里面拌，谷把子也在里面拌。拌桶虽然只是几块木板镶起来的一张大方框，但采用的木板十分讲究，必须厚实匀称，轻便耐用。拌桶一般为4×4×2（尺），多数用两条槠木板作底边，便于拖拉又耐磨损；再用杉木板铺底，轻便而耐水浸；然后用麻柳树板或白杨树板、青木树板作主料镶起来。拌桶要扎实精致，做到无丝无缝。因此，不是专业木匠是做不出来的，从请解匠选木料、解木板，到请木匠制作，都须好酒好肉款待，付足工钱。

拌桶拌桶，当然以拌为主。说是拌，其实就是双手抓起麦把子来，举过右肩，将麦穗头对着拌桶的一个边角处使劲摔打。先“砰”打一下并轻压下去，再向里轻翻一下，再“砰砰砰”连续摔打麦把子，麦粒也随之落入桶内。

［清］谢遂 《仿宋院本金陵图》（局部）

拌桶的后面插着竹制的挡篼子，这样麦粒就不会飞到田里去了。拌桶底部的左右两边各有一根两头翘的木料，抓着拌桶前部左右两边的拉手，拌桶就可以在田里四处移动了。麦收时节，四乡八里的庄稼地，砰砰声不断，此起彼伏。挨着田的，大家还边打麦子边说点笑话，这样干活也不怎么累了。

割麦子又累又热，如果一直在地里蹲着，站起来时双腿都在打战，筛糠似的。麦芒在皮肤上划过，就是一条红线，汗水一浸，又痛又痒。

有时我也会朝着父亲发牢骚："爸爸，你看割麦子这么辛苦，

我还是回家写作业去吧！”

父亲虎着脸说：“这哪行呢！家里几亩地，每个人都得出力。这样吧，麦子收回家，过两天我给你烙锅毯子或者炕锅边馍馍吃，好不好？”

一听有吃的，我一下子就来劲儿了，蹲下身子，唰唰唰，一连就是几把麦子，连腰也不想直一下。实在累了，我就躺在割好的麦把子上躺一会儿，接着又继续干。

这里我不得不说一下锅毯子，顾名思义，锅毯子其实就是面粉做的另一种食物，跟锅边馍馍差不多，都是我喜欢吃的面食。

锅毯子的做法是在面粉里撒上适量盐巴、花椒粉、味精和葱花，然后和温水搅拌均匀，如果有鸡蛋液更好。搅拌均匀到什么程度呢？不干不稀的，端起盛面粉的容器倾斜，如果面粉能缓缓地从高到低流动，就差不多了。

接着，用文火将锅底烧热，可以用手在锅底探一下，感觉到热气逼人就可以了。将菜油倒在锅铲上，沿着锅底的3/4处缓缓地划一圈，这样菜油就能均匀地布满整个锅里了。厚薄不均匀的，得赶紧用铲子耐心地刮一下，尽量使其厚薄一致。这时灶膛里的火苗绝对不能太大，如果火太大，就得用火钳压压火头。

面粉糊在高温菜油的浸润下，迅速地开始变色，甚至会形成一些气泡鼓包，这时需要用菜刀尖将气泡割破。随着时间的推移，锅毯子会散发出一阵阵的香味来。再用菜刀将锅毯子划个十字，这样就分成了四块，用锅铲给锅毯子翻面，继续在锅里炕一会儿，待到两面的颜色差不多了，就可以起锅了。家里人多，一锅不够吃，炕两锅那是常有的事情。

锅底没油的话，一会儿锅毯子就会粘锅从而铲不掉，也不好吃。锅毯子是非常形象的方言，有些地方叫锅贴，感觉还是没有锅毯子生动。所谓毯子，就要完整地铺在整张床上。而锅毯子，则指面粉糊要均匀完整地铺在整口锅里，没有一处空白。锅毯子要想好吃，还得薄，也就两枚铜钱厚吧，太厚了不进味。

锅毯子吃法多种多样，可以将锅毯子里填上凉拌菜，卷起来吃，跟春卷差不多。也可以就着稀饭，锅毯子蘸酱吃，别有一番风味。我最喜欢的，还是将锅毯子切成大拇指宽的条形，炒肥腊肉吃。锅毯子吸油后，变得柔筋筋的，特别好吃。锅毯子即使是用红酱素炒，取它的酥脆，也是佐酒下饭的好东西。

一些精明的商家，就是抓住了现代人喜欢怀旧的情愫，经过改良，将锅边馍馍放入了饭店菜单中，没想到成了大受食客追捧的特色，至少我们每次在外聚餐时，都要点上一盘锅边馍馍来解解馋。餐馆的锅边馍馍做法和乡村类似，就是一口浅底铁锅，四季豆或者豇豆之类的蔬菜打油汤红烧，然后在菜上面或者锅边烙上锅边馍馍。

馍馍端上来时，一面是酥黄的硬壳，很有嚼劲。另一面是蒸熟的面团，上面通常还有厨娘的五根手指印，那是故意按上去的，特有乡土味儿。在吃锅边馍馍时，最好在菜汤里面多蘸一下，味道更加妙不可言。

其实所谓美食，就在身边，就在我们的记忆中，关键看你是否愿意把它们发掘出来罢了。

现在城里也有小贩用平底锅烙锅毯子出售，这个的技术含量低一些。他们葱花放得很多，油浸浸的，锅毯子很薄很脆，十来块钱一斤，口味还是很地道的。看来锅毯子这种面食，也开始以小吃的形式在各城市中攻城略地了。

这其实是件好事。既然面疙瘩、锅边馍馍早就登上了饭店的菜单，那锅毯子又凭什么不可以呢？然而那些城里的好吃嘴们，可否知道农人们收麦子的辛苦？他们所见的，不外乎是轰隆隆的收割机罢了。曾经的镰刀、拌桶，已经离我们越来越远了。

# 馄饨

hún tun

## 概说

馄饨，起源于我国的一种民间传统面食，用面粉做成薄皮，里面包上肉馅，煮熟后带汤一起吃。馄饨，古称『恽饨』也叫『混沌饼』广东地区叫云吞，四川地区叫抄手，北方地区多叫馄饨，福建地区有一种用鲜肉打制成薄皮的，称作扁食。也有地方将馄饨称为水饺。大的馄饨皮薄肉厚，形似元宝，又被称作『元宝馄饨』。

## 渊源

馄饨在我国有悠久的历史，谚语中有“冬至馄饨夏至面”的说法。关于馄饨的由来主要有三种说法，一种与匈奴有关，一种与西施有关，一种与道教起源有关。

在汉朝时，北方边疆之地经常遭受匈奴的骚扰，民不聊生，百姓苦不堪言。当时匈奴中浑氏和屯氏两个首领尤其残暴，百姓对他们恨之入骨，于是把肉剁碎包成角儿，取这两个首领名字的第一个字的音，后来就成了“馄饨”。因为开始做馄饨是在冬至日，后来人们便在冬至日这天吃馄饨。

春秋战国时，吴王夫差打败了越国，还得到了西施。夫差有些得意忘形，终日沉湎酒色。有一年冬至，吃腻了山珍海味的夫差在宴饮中没有胃口。西施冥思苦想之后，将面粉加水和面，擀成薄皮，包上少许肉馅，放入滚水中汆一下，一只只就浮上了水面。西施将这些食物捞出，加上汤汁，献给夫差。夫差吃后，赞不绝口，问是何物，西施觉得夫差现在不问政事，整天浑浑噩噩，就信口答曰：“混沌。”后来，这种食物传入民间，人们为了纪念西施，就在冬至这天吃馄饨。

冬至时，京师各大道观举行盛大法会，庆贺元始天尊的诞辰。道教认为，元始天尊象征着混沌未分、道气未显的时期。《燕京岁时记》中说：“夫馄饨之形有如鸡卵，颇似天地混沌之象，故于冬至日食之。”“馄饨”与“混沌”谐音，吃馄饨有“打破混沌，开天辟地”的寓意。

馄饨起源较早，汉朝便有记载。扬雄《方言》曰：“饼谓之饨。”馄饨是汤饼的一种。陆宗达在《关于几个古代食品名称的研究》一文中说：“‘馄饨’

原是一种汤饼，名源于‘混沌’，即汤饼煮后清浊未分之态，‘馄饨’即‘混沌’的俗写。”

北魏时，贾思勰《齐民要术》中有“水引馄饨法”的记载。颜之推有“今之馄饨，形如偃月，天下通食也”之语。可见，当时馄饨已经成为流行的食物，但从“形如偃月”这一形状来看，饺子逐渐从馄饨中分离出来。

唐朝时馄饨有了进一步的发展。韦巨源在《食谱·烧尾食单》中记载：“生进二十四节气馄饨（花形、馅料各异，凡二十四种）。”这时人们已根据二十四节气包制不同形状、馅料的馄饨。晚唐段成式在《酉阳杂俎》七《酒食》中说：“今衣冠家名食有萧家馄饨，漉去汤肥，可以瀹茗。”可知，这时的馄饨与汉朝已有很大不同，汤不再浑浊。

宋朝时不但冬至吃馄饨，还有用馄饨祭祖的习俗。周密在《武林旧事》中有载：“三日之内，店肆皆罢市，垂帘饮博，谓之‘做节’。享先则以馄饨，有‘冬馄饨年馎饦’之谚。贵家求奇，一器凡十余色，谓之百味馄饨。”陆游在《剑南诗稿》中有“中夕祭余分馎饦，黎明人起唤钟道”的记载。自注曰：“乡俗以夜分毕祭享，长幼共饭其余。又岁日必用汤饼，谓之‘冬馄饨，年馎饦’。”

宋朝之后，馄饨与现在已十分接近。元末明初倪云林在《云林堂饮食制度集》中详细记载了馄饨的制作方法和煮制方法：“细切肉臊子，入笋米，或茭白、韭花、藤花皆可。以川椒、杏仁酱少许和匀，裹之。皮子略厚、小，切方，再以真粉末擀薄用。下汤煮时，用极沸汤打转下之，不要盖，待浮便起，不可再搅。馅中不可用砂仁，用只嗳气。”

唐宋时出现了馄饨店铺，如唐朝的张手美、萧家馄饨等。宋朝之后店肆更加繁多，清朝还有挑担卖馄饨的流动摊贩。《一岁货声》中记载了：“馄饨……开锅啊！……”注曰：“前锅灶，后方柜，卖杂面、元宵，煮炸货略同。偏于晚间卖，或赶或当，以其担设摊。小贩左手握馄饨皮一摞，右手持一短竹筷，挑掐面皮，一抹，一摁，左手两指一合，即是一只馄饨，边包、边煮、边卖，异常快捷。”这种挑担的小贩沿街叫卖，制作馄饨十分利落。

现在人吃馄饨不拘于时令，早中晚都可以吃。在粤港一些地区，还流行将馄饨和面放在一起吃，叫作“云吞面”。云吞面的做法有讲究，汤要用大地鱼和猪筒骨熬成的浓汤，面条得用竹竿子打的竹升面，云吞的馅料要用三分肥七分瘦的猪肉，还要用鸡蛋黄浆住肉味。不过现在很多地方面馆也会做馄饨面，就是馄饨面条各一半，没有什么讲究。

## 制作方法

馄饨作为一种传统面食小吃，从馅料来分，主要有鲜肉馄饨、三鲜馄饨、白菜鲜肉馄饨、大葱鲜肉馄饨等。从形状来说，有圆形馄饨、半圆形馄饨、长方形馄饨、三角形馄饨、元宝馄饨等。从烹饪方式来说，有煮馄饨、煎馄饨、炸馄饨等。

不同地区馄饨的做法大同小异，区别主要是面皮、馅料、汤汁的制作方法不同。

馄饨皮用面粉加凉水、少量碱和成面团，将面团擀薄，在擀皮过程中以玉米淀粉代替面粉，就可以擀成所需的厚薄，切成 8 厘米见方的片，大小也可根据需要来切。（注意：和面时可加个鸡蛋，使面有韧性。面不宜太软，由于皮薄，不宜包太多馅。）

馄饨馅一般由肉馅、蔬菜、葱、姜、盐、酱油等制成。调制馅料时，肉馅要沿着一个方向搅打上劲儿，这样调出的肉馅才好吃。

馄饨可以煮、煎、炸等，煎、炸的馄饨可以直接食用，煮出来的馄饨需要搭配汤汁。煮馄饨时不宜时间过长，浮起即可。捞出放入调配好的汤汁中即可食用，汤汁中可以加入少许盐、醋、紫菜、虾皮、香菜、葱花等，汤汁可以是清汤，也有鸡汤、骨头汤等。

## 文化意义

现代人吃馄饨几乎没有什么讲究，而古代吃馄饨有一定的讲究，其中也包含了丰富的文化和内涵寓意。有的地方春节吃馄饨，取其开初之意。神话传说中，盘古开天辟地之后，气之轻清者上浮为天，气之重浊者下凝为地，结束了宇宙混沌的状态。因此，新年伊始，吃馄饨就象征着不再混沌，会聪明。此外，馄饨与“浑囤”谐音，吃馄饨也有粮食满囤的寓意。

有的地方大年初二的早上会吃上一碗馄饨。初二有祭财神之说，馄饨有元宝形状，因此，吃一碗馄饨，是人们希望新的一年能够发财，过上更好的生活。

宋朝时便有在冬至吃馄饨祭祖的风俗，《武林旧事》中有明确记载。到清朝的《燕京岁时记》中也有“民间不为节，唯食馄饨而已。与夏至之食面同”的记录。清朝时，冬至吃馄饨仅仅是一种习俗，不再像宋朝那样“乡俗以夜分毕祭享，长幼共饭其余”。

有的地方认为夏至吃了馄饨，游泳就不怕水了。馄饨稍微煮一会儿就会浮上来，因此，人们认为吃了馄饨游泳就会浮上来，不怕水。

# 无肉的抄手

张清明

成都人叫它抄手，北方人称馄饨，重庆人叫它包面。其实就是麦面皮包着的肉，一个个形似把手抄起来的样子。

我第一次吃抄手时年纪很小，这事已过了几十年。那次，我随大人们去赶集，在 20 世纪 70 年代能赶集的乡镇很少，人们每赶一个集都得跑几十里山路，背包带伞的。特别是那些做生意的人，挑着沉重的担子，背着很大的包袱，半夜就开始赶路，不知道有多辛苦！

也是受母亲所托，那天跟本队的大人一起去买过年货。天刚蒙蒙亮就出发了，走拢到场上一看，人潮汹涌，满街全是人。街道两旁一个接着一个的货摊，我们像插针一样地插进人潮里，人们推搡着挤过来挤过去，同路的大人急忙招呼："注意包儿，扒手多哈！"我的手就不由自主地伸向揣钱的那个地方，把口袋捂得紧紧的。

等大家都买齐了需要的年货，已是下午一点多，走了几十里山路，这时候已饿得眼前发黑的一行人，不知不觉就走到一个国营食店门口。里面三个穿白大褂的妇女，看见来了几个乡下来的人，连忙招呼："吃包面，吃包面啰！老乡进来嘛！"

正饿得喉咙管能伸得出爪子来的几人，哪经得住这一通吆喝？脑壳想的是怕花钱，脚却怎么都不听使唤地进去了。领头的问包面多少钱一碗，回说三毛钱一碗，每碗

馄饨

二两，外加每一两包面要一两粮票。这样，大家方才坐下来，一人要了一碗包面和一碗米饭，我人小，没有要米饭。可等到那黄褐色的粗瓷碗盛了大半碗包面端上桌的时候，才知道二两包面的分量是极其有限的，大人们三下五除二，把那碗加了酱油的包面和着汤水吞下肚，那碗饭也没刨几下就不再见一粒米。

而我，从来吃饭是慢吞吞的，加上才出锅的包面很烫，等我咬第一个包面的时候，发现旁边有些异样，一抬眼，发现他们个个都很专注地看着我。我不知道怎么了，就问："你们啷个不吃了？"他们说吃饱了。

一望面前的几个空碗，连水都没剩一滴，我分明看见有的人喉结在上下游动，不停地吞着口水。我顾不了那么多，嚼了几下吞下去，才发现根本没有嚼到肉味儿，再用筷子夹起第二个，一口咬去，也只咬到很浓的咸味，没有肉的感觉。肚子饿得实在没办法，管他三七二十一，狼吞虎咽了下去，一计数，才知道二两包面的数量是八个。

没吃到渴望已久的肉，心里老惦记肉的滋味，馋虫不好惹，惹了就无法收拾。我就跟一路的人说，还要吃一碗，他们也同意，反正用的是我家的钱，服务员很快又给我端来了一碗，等把第二碗吃完，还是没有咬到一口肉！嘿！我就不信了，今天还非吃到肉不可！又要了一碗，吃完后，还是没有一点肉的滋味！肚子好像还没饱，继续再要了一碗，结果还是令我很失望。包面里咋没肉呢？奇怪得很！

这时候，我的小肚皮已被那些汤水撑得饱饱的。几个大人很奇怪又像都明白似的，一个小娃儿怎么吃了那么多碗包面！我拿眼睛看着包抄手的服务员，只见她飞快地包着每一个面皮，包面皮在她手上一过就迅速地飞了出去，一个完整的抄手落在托盘里，托盘里本来不多的抄手，以迅猛的增长速度堆了起来。这时候我才清楚地看见，她拿筷子的那只手，在那碗红红的肉末上点了一下，根本就没有沾到一点肉，再在另一个水碗里沾了一点水，包面皮，一个抄手就被她用娴熟的技术包了起来，扔在托盘里。原来如此，国营食店也坑人！从来不骂脏话的我，在心里狠狠地骂了半天。

多年以后，每次在家里包抄手的时候，我都把每个抄手包得饱饱的一肚子肉。有一次大姑子说，别包那么多肉，多了腻人，但她哪知道我以前吃抄手的经历呢！

# 煎饼

jiān bing

## 概说

煎饼是用高粱、小麦、小米或豆类等浸水磨成糊状，在鏊子上摊匀烙熟的薄饼。煎饼作为传统美食，分布地区较广，主要集中在山东、河北、天津、北京等地。传统的煎饼是将粮食泡水后磨成糊，摊在鏊子上烙熟而成，现在多用面粉和水调成面糊制作。煎饼水分少，较为干燥，吃起来口感筋道。煎饼还衍生出了煎饼果子、菜煎饼等小吃。

## 渊源

煎饼历史悠久，具体产生于何时，已不可考。有传说煎饼是诸葛亮发明的。刘备三顾茅庐感动了诸葛亮之后，诸葛亮便出山辅佐兵微将寡的刘备。他们经常被曹操追杀，有一次，被围在沂河、涑河之间，由于逃得狼狈，锅灶都丢失了，将士们饥饿困乏。没有做饭的工具，诸葛亮便让伙夫把水和面粉调成糊，将铜锣放在火上，用木棍将面糊在铜锣上摊平，煎出香喷喷的薄饼，将士吃过之后士气大振，杀出重围。后来这种吃法传到民间，由于铜锣又贵又容易开裂，人们便用铁打造成锣状来煎饼烙。

从出土的魏晋时期的画像砖可以证实至少在魏晋时已有煎饼。1972 年在嘉峪关附近出土的“庖厨图”画像砖上有一个跪在地上烙煎饼的婢女。图中烙煎饼的炊具与蒲松龄《煎饼赋》里“鏊为鼎足之形”的记载相符。东晋王嘉《拾遗记》中记载：“江东俗称，正月二十日为天穿日，以红丝缕系煎饼置屋顶，谓之补天漏。相传女娲以是日补天地也。”此外，晋代《述征记》，南梁《荆楚岁时记》,《太平广记》《北齐书》等都有关于煎饼的记载。

目前还没有发现汉朝有关于煎饼的文字记载。但在出土的仰韶文化遗址中，发掘出一种圆形平面的陶器，下面有三足或四足，底部有火烧过的痕迹。有人推测可能是烙饼用的铁鏊的最初形态，距今有五千多年的历史。但这毕竟是推测，所以并没有明确的文字记载。

鏊出现较早，东汉许慎的《说文解字》将鏊解释为：“鏊，面圆而平，三足高二寸许，饼鏊也。”这里可知鏊是用来做饼的，但不能确定这种饼就是煎饼。《玉篇》也有“鏊，饼鏊也”的记载。《正字通》对鏊的记载为：“鏊，今烙饼平锅曰饼鏊，亦曰烙锅鏊。”

唐宋时期关于煎饼的记载就多了起来。唐代牛僧孺在《玄怪录》中记载：“既同诣其家，二吏不肯上阶，令全素入告，其家方食煎饼，全素至灯前拱曰：‘阿姨万福。’”《太平广记》引《河东记》有“夜邀客为煎饼”的记述，可见，在唐朝，煎饼已成为生活中的常见食物。《唐六典》中有光禄寺准备的百官膳食中有“三月三日加煎饼”的记载，在古代，三月三日是上巳节，看来煎饼还被作为一种节令食物。唐朝文人聚会也吃煎饼，根据《唐摭言》记载，段维“性嗜煎饼，尝为文会，一饼熟成一韵诗”。文友聚会，一边吃着煎饼一边聊天，段维特别喜欢吃煎饼，一张煎饼烙熟，一首诗也写成了。

宋朝时期，煎饼还出现在人日、乞巧日等。《岁时杂记》记载：“人日前一日，扫聚粪帚，人未行时，以煎饼七枚覆其上，弃之通衢，以送穷。”就是将煎饼扔到四通八达的路上，希望将贫穷带走，这当然只是人们对美好生活的一种祈盼。另还有七夕吃煎饼，供祭牛郎织女的记载：“七夕，京师人家亦有造煎饼供牛女及食之者。”

元代文献中已有杂粮煎饼的记载。《王祯农书·谷谱二》有将荞麦“治去皮壳，磨而为面，摊作煎饼，配蒜而食”的记录。这时还出现了有馅的煎饼，如《居家必用事类全集》记载的七宝卷煎饼和金银卷煎饼。

到了明朝，关于煎饼的记载，已可以看出制作方法。如沈榜的《宛署杂记》：“用面摊煎饼。熏床炕令百虫不生。”二月二，龙抬头，百姓在这一天有很多习俗，如撒灰引龙、引龙熏虫等。不过刘若愚在《酌中志》则有更详细的记载：“二月初二日……各家用黍面枣糕，以油煎之，或以面和稀，摊为煎饼，名曰熏虫。”以灰熏虫、摊煎饼作为二月二的一种习俗尚能理解，但摊煎饼“名曰熏虫”笔者实在无法理解。明朝的煎饼接近现在的煎饼，如山东省泰安市出土了万历年间的一份分家契约，有“鏊子一盘，煎饼二十三斤”的记载，可见煎饼应该能存放较长时间。

明朝之后煎饼没有太大变化，除了日常食用，也可作为节日用品，如有些地方在正月二十日将煎饼挂在屋檐下，祈求一年风调雨顺。

## 制作方法

煎饼因材料、地区的不同，制作方法也有不同。现在已经有机器制作煎饼，制作速度非常快，且大小、厚薄均匀。但传统的手工煎饼味道更佳。传统煎饼制作过程相对复杂，主要包括磨制面糊、摊制或滚制。由于煎饼能长时间存放，过去制作煎饼时往往一次制作很多。

手工煎饼的面糊有磨制和面粉调制的两种。磨制的面糊需要提前将小麦或谷物泡发，然后用石磨将其磨成糊状，面粉调制则简单多了，在面粉里加水，调成黏稠的糊状即可。面糊里可加入鸡蛋、葱花等。

煎饼的制作工具有鏊子、油擦、勺子、篦子、铲子。

鏊子是生铁铸成，圆形，中心稍微凸出，表面光滑，下有三足可支撑在地上或灶上，鏊子分大号、中号、小号等各种不同的尺寸。

油擦是用来擦鏊子的，在摊煎饼前，用油擦先擦一擦鏊子。勺子是用来将面糊舀到鏊子上的。篦子用来推动面糊，使面糊均匀地涂抹在鏊子上。铲子，有的地方也叫“抢子”，用来沿鏊子边把摊好的煎饼铲起揭下。

煎饼有摊制和滚制两种。摊制一般用来制作以小麦、小米等为原料的煎饼，摊制前先在鏊子上擦油，将面糊舀到鏊子上，用篦子沿着鏊子将面糊摊一圈，推成薄饼。再用篦子反复涂抹，以使面糊分布均匀。滚制一般用来制作杂粮煎饼，如地瓜面或玉米面，沿外圈把鏊子滚满一层，烙熟就可揭下。不过这种方法制作的煎饼比较松散，且不好控制煎饼厚度。

## 文化意义

煎饼更多被北方人所偏爱，生活在“煎饼故乡”的蒲松龄就对煎饼情有独钟，曾为煎饼专门写了篇文章——《煎饼赋》。在文章中，蒲松龄对煎饼的制作方法、食用方面、外形特点等都描写得十分生动：“溲合米豆，磨如胶饧，扒须两歧之势，鏊为鼎足之形，掬瓦盆之一勺，经火烙而滂澎，乃急手而左旋，如磨上之蚁行，黄白忽变，斯须而成……圆如望月，大如铜钲，薄似剡溪之纸，色如黄鹤之翎，此煎饼之定制也。”“若夫经宿冷毳，尚须烹调，或拭鹅脂，或假豚膏，三五重叠，炙嫥成焦，味松酥而爽口，香四散而远飘。”

煎饼作为食物承载了太多的记忆，在物资匮乏的年代，一家人围坐在热气腾腾的房间，吃的是煎饼，咀嚼的是平淡而幸福的日子。

# 母亲的煎饼

宋新明

母亲记不清粮缸储存过多少粮食，就像记不清自己做了多少饭一样。每次收下了小麦，生产队刚刚分下来，还没有入缸，天刚放亮，母亲就从热被窝里爬起来用石磨磨出面粉（后来有了磨面机就省力了），蒸出新麦子饽饽，在天井里祭奠，敬天敬地，感谢上天的恩赐。这是一种多么朴素的敬畏自然的情感！心怀感恩，心存感激，永不忘本。

粮缸前忙碌的母亲，总会放下粮瓢，拿起磨棍。没有机械，全靠一副硬朗的身板，常常转完磨坊，进碾坊，磨面，磨糊糊，碾地瓜面。高粱、玉米收获后，母亲隔些日子天不明就起来推磨，将高粱或玉米磨成糊糊，抹煎饼，调剂生活。记忆最深的，是寒冷的冬季，母亲悄悄从热被窝里爬起来，架上磨棍开始推磨。推完磨后，母亲便坐在油亮的鏊子前，开启了与鏊子的对话，舀一勺糊子，转一圈木耙，添一把烧草。那跳动的火焰，映着母亲疲惫的脸庞。母亲从鏊子上一张一张地揭着圆圆的煎饼，就像在翻阅一本大书，这一本写满了劳累的大书，到中午才能翻完。隔三岔五，母亲还会从粮缸里舀出一瓢半瓢的小米或豌豆，掺上地瓜干或地瓜熬粥喝。每次掀起锅盖，那五谷的味道便飘溢房内，让人陶醉，也给苦涩单调的生活，增添了一抹亮色，让我们紧锁的眉头绽放出了微笑的花朵。每到过年的时候，母亲会揭开屋角的一只小缸盖，里面卧着黄灿灿的大豆。那是母亲用盖顶千选万选的精品，粒粒个大饱满，专门用于过年做大豆腐，既用来改善家人的生活，也为了招待来家里的客人。经过推磨、烧汁、斩卤水、压汁等多道工序，香喷喷、白晃晃的大豆腐便端上了吃饭桌，捣上一碗蒜泥子，一家人在热气腾腾的房间内，欢欢喜喜地品尝大年的滋味，咀嚼幸福的日子。

（节选自《粮缸岁月》）

为了让家人吃得可口一点，母亲绞尽脑汁，经常变着花样来做饭。有时她将地瓜干用碾碾成地瓜面粉，用水和成面团，在鏊子上一圈圈地骨碌，摊成一张饼再吃。这种饼叫地瓜面煎饼，也叫“骨碌煎饼”，吃起来筋道，不像直接吃地瓜干那样噎人。有时母亲还用地瓜面蒸窝窝头或地面饼子，在面里加点白菜、菠菜、南瓜、胡萝卜等蔬菜，拓展成一道道味道鲜美、甘甜的美食。

母亲最擅长的是将地瓜干和小米、绿豆、红豆或其他杂粮一起放在锅里煮熟吃。这种吃法，要把地瓜干煮烂，然后用勺子将地瓜干捣成糊状。这样的“多宝粥”，色艳、味鲜，还发香，是全家人的最爱。

地瓜干不仅是乡下人的主食，有时也充当“货币”。到门市部去打酒，没有钱，就可以用地瓜干换。

记得上初中三年级的时候，我考入了公社的重点班，要到离家二十多里地的公社驻地去上学。那时没有交通工具，全靠两条腿走路，学校规定一周回家一次。在学校住一个周，需吃十八顿饭。为了吃饱，也为了背干粮不累，我自己规定每顿吃三个地瓜面煎饼，也就是每周吃五十四个。周日下午回校时，我就全部背上。到夏天或初秋，天气炎热时，怕煎饼坏了，我和其他同学都在宿舍里扯上一根绳子，将地瓜面煎饼挂在上面晾干，像一面面白色的旗帜，静静地垂在屋内。到了吃饭的时候，扯下两三个，用热水泡着吃，也是一道美味。

家里的咸菜也不多，母亲只好用葱花、大油炒一瓶子盐粒给我捎着。每次她都细心地嘱咐我："多吃煎饼，少吃盐，别咸坏了嗓子。"

我记着母亲的嘱咐，每当泡煎饼吃的时候，就撒上些许盐粒，咸滋滋的，香喷喷的，一股母亲的味道弥漫开来。有时泪水会无端地充满双眸。

20 世纪 80 年代，国家实行了大包干政策，将土地承包到每家每户，并且规定了三十年不变的家庭承包政策，让农民放心在地里增加投入，提高收益。人们除了种植玉米、小麦这些基本作物外，大多种植花生、黄烟、大桑等高产、高效农作物，地瓜这种作物就种植得很少了。有的农户因喜爱，少种些自家吃；有的农户把地瓜作为增收的经济作物，种部分到集市上卖；还有的农户是在城市里卖烤地瓜的，需要种些地瓜自己用。地瓜以其独特的甜美，装点着美好的生活。

如今，随着农业科技的不断发展，地瓜品种很多，红瓤的、黄瓤的、六九瓤的，花色多味道美。煮熟或烤熟后，还没入口，就有一股甜丝丝的香气扑鼻而来，让人馋涎欲滴，咬一口，满嘴香甜。地瓜逐渐成了餐桌上价格不菲的稀罕物，滋养着甜蜜的岁月。

每次在饭桌上看到地瓜的身影，我心里就会涌起一股温情，总有一种沧桑感。时光流逝，人生易老，经过岁月的淘洗，儿时的困苦便转化为了今日的香甜。

（节选自《酸甜往事》）

# 油条

yóu tiáo

## 概说

油条，也叫馃子、油炸鬼、油馍、半焦馃子、炸秦桧等，是一种古老的长条形的油炸类面食。油条作为一种大众化的美食，口感松脆，物美价廉，多作为早点食用。不同地区对油条叫法各异，如山西称为麻叶，安徽的一些地方叫油馍，广州及周边地区称为油炸鬼，东北和华北地区很多地方叫馃子。

## 渊源

油条起源应早于唐朝，但具体时期不得考证。油条作为一种民间食品，历史典籍中对它的记载不多。有说油条是起源于南宋，与秦桧有关。岳飞率领岳家军将入侵南宋的金军打得节节败退，而秦桧设计将岳飞召回，将其害死在风波亭。当时风波亭附近有个卖早点的小贩，听到这个消息后，无比愤怒，就不自觉地将手中的面团捏成秦桧和他妻子王氏的形状，再把它们拧在一起扔进油锅里炸。围观的百姓也觉得这十分解恨，纷纷购买。后来人们一边炸还一边喊着："炸秦桧！"因此，炸秦桧很快传开了，并成为一种美味的大众食品。

油条还有一个名字叫油炸鬼。据清代学者刘廷玑在《在园杂志》卷一中记载："东坡云，谪居黄州五年，今日北行，岸上闻骡驮铎声，意亦欣然。铎声何足欣？盖久不闻而今得闻也。昌黎诗，照壁喜见蝎。蝎无可喜，盖久不见而今得见也。予由浙东观察副使奉命引见，渡黄河至王家营，见草棚下挂油炸鬼数枚。制以盐水合面，扭作两股如粗绳，长五六寸，于热油中炸成黄色，味颇佳，俗名油炸鬼。予即于马上取一枚啖之，路人及同行者无不匿笑，意以为如此鞍马仪从，而乃自取自啖此物耶。殊不知予离京城赴浙省今十七年矣，一见河北风味不觉狂喜，不能自持，似与韩苏二公之意暗合也。"通过这段文字，可知文中的油炸鬼即现在的油条，另一方面，油炸鬼是北方食品，所以刘廷玑在浙江省十七年未曾吃到油炸鬼，故而"一见河北风味不觉狂喜"，不顾礼仪，在马背上就吃了起来。

周作人认为刘廷玑此文记载不实，油条并非北方特有食品，只是叫法不同，江南市中到处有麻花摊，且以范寅所著《越谚》中的记载为例进行反驳，“麻花，即油炸桧，迄今代远，恨磨业者省工无头脸，名此”。炸油鬼和油炸桧的差别不过是南北语言差异造成的，笔者也认为油炸鬼和油炸桧的两种说法可能是因南北语言差异造成的，两者当为同一种食物，但麻花则未必是油炸鬼，刘廷玑岂会不认识心心念念的家乡美味？

不管是油炸鬼还是油炸桧，都是有文字记载的，且与现在的油条几无差异，都出现得较早。如北魏贾思勰《齐民要术》中有细环饼的记载：“细环饼，一名寒具，以蜜调水溲面。若无蜜，煮枣取汁。牛羊脂膏亦得；用牛羊汝亦好——令饼美脆。”寒具是指寒食节食品，细环饼当为一种油炸面食。《续晋阳秋》：“桓灵宝好蓄书法名画，客至，尝出而观。客食寒具，油污其画。后遂不设寒具。”再次印证了细环饼是一种油炸食品。魏晋时，细环饼还是贵族和士大夫的寒食节食品。这种环形油炸面食与油条还有很大的差距，因此细环饼只能作为油条的“前身”。到宋朝时，寒具已经被称为馓子，吴炯在《总五志》中有明确记载：“寒具，今曰馓子。”但也有人持怀疑态度，如林洪曾说：“寒具，此必用油蜜者。《要术》并《食经》者，只曰环饼，世疑馓子也。”

到了清朝，咸丰年间张林西在《琐事闲录》中对油条的名称做过系统的梳理：“油炸条面类如寒具，南北各省食：点心，或呼果子，或呼为油胚，豫省又呼为麻糖，为油馍，即都中之油炸鬼也。”我国油炸面食起源较早，历史上对寒具的记载较多，但寒具并非油条，油条应是油炸面食在宋朝之后的创新。

## 制作方法

从油条的定义——油炸面食可知做油条离不开两样材料：面和油。

能否炸出好的油条，面粉和油的选择非常关键。不同的面粉有不同的特性，如有的面粉含面筋质高，面劲大，可塑性差，且饧面时间长；有的面粉含面筋质少，面劲小，可塑性好，饧面时间长。因此，炸油条适合选择面劲大的陈麦面粉，新收割的小麦加工成的面粉不宜用来炸油条。

炸油条的油适合选择半干性的油，像芝麻油、菜籽油、棉籽油等属于半干性油，不过芝麻油较贵，很少有人选择用芝麻油炸油条。菜籽油虽是半干性油，但新油会有辣嗓子味，但炸过一次之后味就可以去掉。一般炸油条用的菜籽油都是新油、老油搭配使用。

炸油条除了最主要的面粉、油之外，作为添加剂的盐、明矾、食用碱也是必不可少的。这些物质可以使油条发酵，不过使用比例要合适，如果明矾少、食用碱多，油条在炸的过程中不容易膨发，且面会发黄，碱味较重；如果明矾多、食用碱少，油条在炸制开始时会膨胀，但后来会越炸越小，僵硬不酥脆，影响口感。有经验的油条师傅曾总结过关于添加剂的一条谚语："盐是骨头碱是膘，没有明矾不起泡，含水量不当也不好。"

炸油条的面要用发面。现在的发面是用酵母粉（过去用酵头，也叫酵面）与面粉混合，加水和成，也可将酵母与水混合，加入面粉中。等面团发酵到一定程度，加入适量的食用碱、食盐进行反复揉搓。再次放置发酵，这一过程叫饧面。

面饧过几次之后，将面团搓成长条，按压，擀成10厘米宽、

1厘米厚的薄条形，将其切成条状，两条上下叠在一起，中间用筷子按压一下，使两条面团在中间处黏合。从两头捏住轻轻拉长，放入八成热的油锅中，一边炸一边翻动，等油条鼓起来，呈金黄色即可捞出控油。

## 文化意义

油条作为一种古老的面食，通常作为早餐搭配豆浆、豆腐脑或者汤食用。各地吃油条又有不同，如天津人喜欢用煎饼卷油条吃，广东地区则喜欢用肠粉裹住油条，并蘸上精制的酱料食用，还有的地方喜欢把油条泡在汤里吃，有些地方会把油条切成段，配上蔬菜炒着吃，还可以配上韭菜鸡蛋包饺子吃。

也有迷信的说法说学生考试前吃一根油条加两个鸡蛋，能考一百分。油条当然不具备这种神奇的功效，这只不过是人们一种美好的愿望。

过去能吃上一顿热乎乎的油条早餐，对于普通百姓来说十分不易。“在这寒冷的冬天，一个油果子泡汤已吃得我浑身暖乎乎的。爸爸坐在冰冷的街沿上，却舍不得进店吃一碗。”这一碗油果子泡汤吃出的是无言的父爱。

# 难忘儿时油果子

李柯漂

我的老家街上小食店炸的油果子，与现在成都街头卖的糖油果子有很大区别。

糖油果子是用糯米面揉成球状，放油锅里慢慢炸制，并用锅铲不停地搅动，以防粘锅。待熟透了后，便捞起来盛在筲箕里，洒上芝麻粒，然后晃动筲箕，让芝麻粒沾在糖油果子上，再用竹签穿上几个成一串，以便拿在手上边走边吃。糖油果子纯粹就是茶余饭后的休闲食品。

而老家的油果子，则是用小麦面粉做成的。20 世纪七八十年代，那时油果子是可以当正餐来吃的。那个年代，物资匮乏，上街赶场时，中午为了解饥饿，若能吃上两个油果子泡汤，那是很奢侈的事了。毕竟中午吃了油果子可以支撑到晚饭的时候，甚至都不觉得饿。

老家油果子的炸制过程比较复杂，一般的白案师傅能和好炸油果子的面团，那是要下很大功夫的。据说，头天晚上就需要和好面，盖上纱布发酵几个小时，第二天一早，才开始油炸。那面在瓦钵里看起来很稀，用手抓不起来。师傅在炭火上烧开一大锅清油，两手并用，各拿一根竹筷子，右手的竹筷在面钵里一挑，另一手的竹筷跟着一绕，两根竹筷在空中绕来绕去，一小团面就粘在竹筷上了。师傅把双手绕起的面团放在油锅上，再慢慢竖起竹筷，让面团缓缓滑进翻滚的热油里，面团周围立马冒起油珠，待先下锅的大部分面团成型，后下锅的小部分才进油里。这样炸制的动作使老家油果子的形状特别，像焉耷耷的葫芦瓜，一头大一头小。炸得地道的油果子很有韧性，两手拿起撕开，里面有很多蜂窝状的孔，很均匀，吃起来的感觉就像是油条炸好后，放了一阵子才吃一般，很有嚼劲儿。

小时候，我跟父亲一起上街赶场，啥都不要，事实上也买不起啥，但若能吃上一个油果子坨坨，那就是很幸福的事。

那时，我们家种了一片地的莲花白菜。放寒假的时候，莲花白菜就已经成熟了。如果第二天是当场天（四川方言，赶集的日子），头天下午爸爸妈妈就会去地里收拾好菜。他们一个一个地剥去莲花白菜外面的青叶子，此部分留着自己家里吃，里面裹得很紧的部分则拿去街上卖钱。

冬天的早晨很冷，在起了青雾、结了霜的乡村土路上，我们穿着解放胶鞋走在上面，发出吱吱的声响。爸爸挑着两竹筐莲花白菜走在前面，我则打着手电筒跟在爸爸后面。走拢街头，天才蒙蒙亮。这时，街边的油果子小食店老板早已开始炸油果子了。

见小店里亮着灯，爸爸就把菜挑子放在小店门外的街沿边上，等待顾客的光临。

赶场的人来得早的都是一些拿着自己地里种的瓜果蔬菜来街上卖钱的，买东西的人一般没那么早上街赶场的。不一会儿，爸爸的身边陆陆续续就有人摆上了自家的菜、豆等绿色食品。过了好一阵子，爸爸裹的两支叶子烟都已抽尽了。我一直站在爸爸身后，先前走路还发热的双脚，热度已经慢慢退去，我开始觉得脚僵了，身体也在微微颤抖。爸爸在耐心地等着顾客光临，我却背过身去，望着油果子店老板挥舞着两根竹筷，动作娴熟地炸着热气腾腾的油果子。那炸好的油果子在筲箕里也已堆成了一座小山。看着冒着热气的油果子，我吞咽着口水，满身被寒气包围，感觉更冷了。

我说："爸，我冷。"爸爸回过头来说："那你进去吃一个油果子泡汤吧。"而此时，爸爸的菜还没有卖出去一棵，我却为油果子

早餐中的油条与豆腐脑

店老板花钱开张了。

油果子泡汤这种吃法，在那个年代就是美味。老板拿一个碗，把油果子切成块状放在碗里，放少许盐、味精、香醋，舀一勺滚烫的开水在碗里，然后撒上葱花就成了。

被寒冬的冷气夺去大部分热量的油果子，已经变得很筋道了，经滚汤一泡，里面的油渍浮在汤面上，和葱花一起飘香四溢。油果子块儿迅速变软，用筷子搛一块放嘴里，那种香味直逼味蕾。

我狼吞虎咽地吃着油果子泡汤，爸爸却在街沿上等待着买主。在这寒冷的冬天，一个油果子泡汤已吃得我浑身暖乎乎的。爸爸坐在冰冷的街沿上，却舍不得进店吃一碗，他裹着旱烟一支接一支地吸，烟杆头的火光忽暗忽明，我知道那是取不了暖的。

时光如小河淌水，后来物质生活愈来愈丰富了，家家再不为吃发愁了。那道油果子泡汤的美食，人们也很少吃它了，甚至它已经被遗忘。

然而，对我而言，时至今日，那段艰辛的岁月和油果子泡汤的味道，仍然在我心底里留下了不可磨灭的记忆。

# 叁

## 无肉不欢

# 鱼肉

yú ròu

## 概说

鱼，既是动物，也可作为食物。鱼作为食物，味道鲜美、营养丰富。《说文解字》对鱼的解释是：『鱼，水虫也。』即生活在水中的虫子。《仪礼·有司彻》中对鱼的注释为：『鱼无足翼。』这时人们对鱼的认识有了进步，将其与水中有脚、有翅的动物区分开来。《史记·周本纪》对鱼的记载是：『白鱼跃入王舟中。』马融注曰：『鱼者，介鳞之物，兵象也。』这时对鱼的定义更加准确。

## 渊源

我国吃鱼的历史悠久。早在神话传说的尧舜时代就有相关记载,《文子》:“尧使水处者鱼。”《淮南子》:“舜钓于河滨。”在织网捕鱼之前人们应该已经知道利用自然工具捕鱼。人面鱼纹彩陶盆是新石器时代的物品，半坡遗址还出土了很多鱼钩、鱼叉，说明当时捕鱼在人们生活中已经非常重要。殷墟出土的甲骨文上有这样的文字:“贞其雨,在圃渔。”这是对古人捕鱼的文字记载。

周朝时人们对鱼有了进一步的认识。《诗经》中记载的鱼的种类已有十多种，如“岂其食鱼，必河之鲤?”意思是难道吃鱼一定要吃黄河中的鲤鱼吗?春秋时期还出现了养鱼，范蠡著有《养鱼经》。

鱼多了，人们就实现了吃鱼自由。古人吃鱼的方法主要有脍、炙、腌渍、蒸煮等。脍，指生鱼片。《诗经》里已有鱼脍的记载:“炮鳖脍鲤。”《论语》中有“食不厌精，脍不厌细”。《礼记》:“牛与羊鱼之腥，聂而切之为脍。”这里还讲到了生食牛肉、羊肉、鱼肉要切成小块，因为这些肉有腥味。当然后来有了酱料之后，鱼脍就成了美味。只是鱼脍虽美味，但不卫生,《后汉书·华佗传》就记载了广陵太守陈登因爱吃鱼脍而付出了生命的代价。有一天，陈登感到胸中烦闷，脸色发红，没有胃口，就找华佗给他诊治。华佗看了之后说:“府君胃中有虫数升，欲成内疽，食腥物所为也。”就是说陈登由于经常吃生鱼，胃中已有大量寄生虫。

炙鱼是人类学会使用火之后,吃鱼的另一个主要方式。炙,《说文解字》的释义是:“从肉，在火上。”也就是把肉放在火上烤的意思，这是一个典型的象形文字。炙鱼，也叫叉烧鱼，是春秋时期吴国的宫廷名菜。如吴王濞因为吃炙鱼(烤鱼)被刺客专诸杀了。由此可知，当时的烤鱼应该没有剖开，是整条烤的，否则专诸的剑如何藏在鱼腹内？

在北魏时期，炙鱼的做法已十分讲究。《齐民要术》一书中记载了炙鱼的原料、制作方法等。炙鱼最好选用鳊鱼、白鱼，调料有姜、橘皮、花椒、葱、胡芹、小蒜、紫苏、食茱萸、盐、豆豉、醋等，可以切段烤，也可以去骨、去刺剁成肉糜做成鱼饼用油煎，这种称为饼炙。

腌渍鱼分两种，一种是腌制后将鱼晒干制成咸鱼，另一种是做成鱼酱。古人所说的咸鱼与现在不同，指“鲍鱼”，而鲍鱼又指盐渍鱼、干鱼。王充在《论衡》中有“肴食腐鱼之肉，不以为讳”的记载，腐鱼就是不新鲜的鱼。《史记·秦始皇本纪》记载：“会暑，上辒车臭，乃诏从官令车载一石鲍鱼，以乱其臭。”秦始皇死在了出巡的路上，由于天热，不久车子里就发出了臭味。赵高联合丞相李斯又秘不发丧，于是下令让每一辆车都装上一石鲍鱼，以混淆臭味。这里的鲍鱼就是古代的咸鱼。《颜氏家训》中也有记载：“与恶人居，如入鲍鱼之肆，久而自臭也。”这里的鲍鱼之肆就是指专门售卖咸鱼的店。

酱在古代出现较早，“成汤作醢”说的便是商朝君王商汤做酱。西汉戴胜在《礼记·内则》中记载了各种酱：“濡鸡，醢酱实蓼；濡鱼，卵酱实蓼；濡鳖，醢酱实蓼。腶修，蚳醢，脯羹，兔醢，麋肤，鱼醢，鱼脍，芥酱，麋腥，醢，酱。”就是说煮鸡时，加入酿酱，并在鸡腹中塞入寥菜；煮鱼时，加入鱼子酱，并在鱼腹中塞入寥菜；煮鳖时，加入酿酱，在鳖腹中塞入寥菜。吃肉干时，配以蚁酱。吃肉羹时，配以兔肉酱。吃糜肉切片时，配以鱼肉酱。吃鱼切片时，配以芥子酱。吃生糜肉时，配以酿酱。不得不说，古人对吃的还真是讲究啊。《齐民要术》中还记载了制作鱼酱的配料：“鱼酱（二）：成脍鱼一斗，以曲五升，清酒二升，盐三升，橘皮二叶，合和，于瓶内封。一日可食。甚美。”

鱼蒸煮的吃法也出现得较早，周朝时便有用鼎烹鱼的记载。《礼记·内则》提到了菜品“濡鱼”，孔颖达对“濡”的解释是“亨（烹）

之以汁和也"，也就是用鼎烹煮，用汁调和。殷墟出土的陶鬲中还保留着残碎的鱼骨，鬲是一种煮食器具，说明水煮鱼也是古代一种常用的烹饪方法。

唐朝经济繁荣，开放程度较高，与欧亚国家多有往来，都城长安更是繁盛一时。物质生活富裕了，自然就会变着花样吃。吃鱼也讲究起来，这时清蒸、红烧、水煮、糖醋、煎、炸、烤等做法已不能满足大唐人挑剔的口味。达官贵人又回归到了最原始的吃法——生吃。这种吃法叫生切，也就是古代的脍。生切讲究的是厨师的刀工，鱼要切成薄片。唐朝大诗人杜甫一生穷困，平时应该是享受不到这种高级吃法的。有一次他的朋友姜七请他吃了一次鱼脍宴，他还专门写了一首很长的七言古诗——《阌乡姜七少府设脍，戏赠长歌》记录这顿美食。宋朝的欧阳修也爱吃生鱼片，但切生鱼片实在考验刀工。当时梅尧臣家的佣人手艺非常好，于是欧阳修想吃生切鱼片就拎了鱼去梅尧臣家。

宋朝调味料广泛使用，鱼的烹饪也出现了创新。如《山家清供》中记载的"莲房鱼包"便是对鱼的做法的创新。据书中记载，将鳜鱼肉切丁，用酒、酱、香料拌匀后，放入掏空的嫩莲蓬中上锅蒸熟。这样蒸出的鱼肉质鲜美，还增加了莲蓬的清香。

经济的繁荣也使得宋朝士人享受生活。南宋的范成大对吃鱼也很讲究，曾写诗："细捣枨齑卖脍鱼，西风吹上四腮鲈。雪松酥腻千丝缕，除却松江到处无。"吃的鱼既讲究产地，也讲究季节。杨万里吃鱼更是任性，"鲈出鲈乡芦叶前，垂虹亭下不论钱"。秋季是鲈鱼肥美的季节，但秋季吃鲈鱼不是宋朝才出现的，早在三国时，曹操就已经开始了，在一次宴会上说："今日高会，珍馐略备，所少吴松江鲈鱼耳。"关于吃鲈鱼，西晋的张翰应该是最潇洒的。张翰有才华，为人纵放不拘，有阮籍风度，人称"江东步兵"。他在洛阳为官，有一年秋天因思念家乡的莼菜羹、鲈鱼脍，就辞官回家了，美其名曰："人生贵得适意尔，何能羁宦数千里以要名爵！"

明清之际，鱼的吃法与现

在无甚差别，只是当时的运输方式和保鲜技术不及现代。但那时的统治者为了一时的口腹之快，不知多少人遭殃。明朝都城在南京时吃鲥鱼还算方便，迁都北京后，想吃鲥鱼就不那么容易了。一方面，鲥鱼的季节性明显，另一方面鲥鱼又较娇贵，离开水很快就死。宋朝《食鉴本草》中说："鲥鱼，年年初夏时则出，余月不复有也。"从明朝中期起，鲥鱼便作为贡品向皇帝进贡。每年到鲥鱼季节，就以快马和冰船作为交通工具，将鲥鱼分水路和陆路向北京运送，沿途驿站还要设立保鲜的渔场和冰窖用作临时保鲜储藏。可想而知，统治者吃一条鱼是多么劳民伤财。

## 烹制方法

我国吃鱼历史悠久，吃鱼也十分讲究，制作方法自然也复杂多样。但基本烹饪主要包括处理生鱼和制作两部分，以清蒸鱼为例，各地做法略有差异。

制作前先准备好材料：鱼、香菜、油、盐、大葱、姜、蒸鱼豉油、料酒等。清蒸鱼可以选用肉质较嫩的鱼，如鳊鱼、鲈鱼、鳜鱼、石斑鱼等，一定要新鲜。

生鱼的处理一般是去鳞、去腮，清洗干净，用少许料酒、葱、姜腌制。

清蒸鱼的关键在蒸，蒸的时候要注意在水滚之后将鱼放入锅内，蒸六七分钟即可。这个时间是针对一斤大小的鱼。

关火后，利用水蒸气的余热再蒸一会儿。同时，准备热油，将油、蒸鱼豉油等加热，淋在出锅控出多余汁水的鱼身上。

## 文化意义

鱼文化历史悠久，在我国象征着吉祥、幸福、美好等。由于鱼的繁殖能力较强，在古代便受到人们的崇拜和信仰。后来，鱼由多子的象征逐渐演变为爱情的象征，古代男女会以鱼传书，如《饮马长城窟行》：“客从远方来，馈我双鲤鱼。呼儿烹鲤鱼，中有尺素书。”所以，鱼就成了恋人之间的信使，因此情书也叫“鱼书”。人们对鱼的崇拜一直延续至今，鱼也由原来的繁育信仰到后来有了“年年有余”的吉祥寓意。除了背负美好的寓意，鱼还有很多其他作用，如刺客专诸将剑首藏在烤鱼肚子里，陈胜、吴广起义前也是把“陈胜王”的字条藏在鱼腹中。

鱼神司雨，而庄稼的丰收则与雨密切相关，因此，鱼在古代也就象征着富足。鱼与余同音，“年年有鱼（余）”也就成了人们美好的希望，尤其是春节和各种祭祀活动都少不了鱼，家家户户还会贴上有鱼的年画。过年吃鱼在民间也就有了很多讲究，如有的地方年三十晚上的祭品要等到过完年才能吃。

各个地区吃鱼也有不同的讲究。一般来说，鱼头要对着家中的长辈或者客人，吃鱼时鱼头对着的人没有吃，其他人不能先吃。在正式场合下，一般不动鱼头。江苏、安徽的有些地方过年吃鱼要行酒令，即“头三尾四”，也就是说鱼头对着的人要喝三杯酒，鱼尾对着的人要喝四杯酒。以打渔为生的人家，在吃完一面鱼时忌说翻鱼，忌讳“翻”这个字，寄托了人们出船打渔时能够平平安安的希望。

鱼文化是人们对幸福生活的一种追求，也反映了人们的生活观和朴素的心愿。

# 老河湾的味道（节选）

刘善民

每次到烧烤店，我都要点一道烤鱼片，为的是寻找一种味道，一种当年在滹沱河边烧烤的况味。

然而，走遍了小城自称售卖野味的店铺，也总找不回当年的感觉。于是，我召集几个同龄吃货，自备烧烤架、木炭和鱼片等材料，驱车回到村庄的老河湾，重燃往日的篝火。

流水虽去，河沙依存，故道沧桑，热土含情。缕缕乡烟把我们带回粗犷古朴的岁月。

老河湾位于姚庄大桥东面河道的拐弯处。湾内是一片开阔的沙滩，是当年人们下网捕鱼的地方，也是过去吃烤鱼的地点。

20 世纪 70 年代，县里为防止河流冲刷东岸，组织民工在大齐村西重开了一段河道。虽减轻了河水对东岸的冲刷，但挖出的泥土均积于新旧河道之间，一遇泄洪，新旧河同时进水，分成河岔，两岔间自然形成一块高出河面的枣核形开阔地，沙滩因此而来。

人们在河岔下网，往往能捕获颇丰，窝棚也常常搭在这里。我今生所享的首串烤鱼，就在这渔火阑珊的沙岗上。当年那鲜美的鱼片，在哔剥燃烧的柴火中浸出点点鱼油，由白而黄，散出淡淡清香。抹一把自制的辣酱，便是天下最美味的佳肴。借熊熊燃烧的篝火，再熬一锅新鲜的鱼汤。刚出秋水的打鱼人，就着鱼汤鱼片，干一碗浓酽的老白干，吼几声酣畅淋漓的梆子腔，总让我联想到水泊梁山的阮小七。

那时我十来岁，白天和大人一起逮鱼

捞虾，晚上不愿回家；偶尔听他们讲稀奇古怪的故事，增长了不少河边的经验。比如，看到水边的土窝窝能很快分辨出哪些是小王八的窝，哪些是小螃蟹的窝。我们把逮到的王八拴住腿倒挂在树上，它的脖子就伸得老长。用刀子在它身上刺个口子，下面接上一张纸，就制作出了“王八血纸”。据说，人若受伤了，撕一块晾干了的“血纸”贴在伤口，既可止疼也可止血。

逮王八的时候，大人常提醒我们，王八是咬人的，而且咬人不松嘴。遇到这种情况，只管学驴叫，它会立刻把嘴松开。我们想试试这个方法是否真的奏效，不过，一次也没碰到王八咬人的情况。

秋后，河里的虾味道最鲜，也最好逮。拉起虾耙子顺着河边走，大虾小虾尽收网底。虾可以生着吃，把虾两头一掰，中间部分就是虾仁，放到嘴里，非常鲜嫩。

看网的老刘头最喜这一口。他在网上随手一摸，摘出一只白虾，一掰一挤放到嘴里，眯起眼睛慨叹：“真鲜啊！”

我问他：“什么是鲜？”他说：“就是人们常说的腥气。”对此，我虽不敢苟同，却也说不出个子丑寅卯。

多年来，总不解“鲜”为何味。偶读汪曾祺的散文《四方食事》，先生写道：“要解释什么是‘鲜’，是很困难的。”他举例说：“我的家乡最能代表鲜味的是虾子。”虾的确是“鲜”，但绝不是“腥气”。看来，这“鲜”的感觉只可意会，不可言传。

我们曾捞到一条鳝鱼，黄色有黑线，像一条大长虫（蛇）。由于好奇，便把它用小桶装回家，放到院里的“山东罐子”中喂养。在滹沱河很少看到这种鱼，因此我们舍不得吃。

一天早晨，我忽然发现罐子倒了，水流了一地，鱼也失踪了。有人猜测是猫尝了“鲜”。

老河湾的味道不仅仅在水里，茫茫沙滩也有的是野味。金蝉刚一出土，就被孩子们收入囊中；即使脱壳高飞，攀上高枝，也难逃顽童的罗网。孩子们断其翅，将其下油锅，炸至酥香可口。林中雀、空中雁、草中蚂蚱，以其各自的风味丰富着人们的味蕾。

# 花婆婆与酒淘黄鱼

● 虞燕

花婆婆的名字里并没有“花”字，只因脸上麻子排列的形状似花朵，同辈人叫她阿花，我们便喊花婆婆了。花婆婆五官秀气，身量中等，整个人清清爽爽，头发已有了霜色，却梳得滑溜溜，纹丝不乱，脑后的发髻堆得稳稳的。人们说，要不是那几粒麻子，花婆婆年轻时可算美人。

在同村人心里，花婆婆简直是跟酒淘黄鱼绑定的，大伙儿一看到花婆婆就会联想到酒淘黄鱼，而吃到或提到酒淘黄鱼，多数人则自然而然念叨起花婆婆来。那年月，从花婆婆家飘出酒淘黄鱼香的频率太高了，诱人的香味是长了翅膀的，飞来串去，还特意凑到你鼻子底下，小孩们齐齐望向花婆婆的灰旧房屋，恨不能用目光推倒屋墙，勾出美食来。

作为主妇，花婆婆笃信酒淘黄鱼是大补，拂去家中顶梁柱的艰辛疲累靠它，少年长身体供给元气靠它，女人家坐月子补气血也靠它。花婆婆还认为，除了坐月子，酒淘黄鱼便跟女人没什么关系了，整日里做做饭织织网割割草，补什么补？哪像男人，出海下田得搏命拼力气。花婆婆家四个男人，老头子加三个儿子，吃下的酒淘黄鱼是算不清了。那个时候，黄鱼实在多，每年农历四五月间的夜里，岛上的人是听着此起彼伏的黄鱼叫声入眠的，花婆婆说听多了都能分辨出雌雄了，雌鱼的叫声低沉，像点煤油灯时发出的“哧哧”声，雄鱼叫起来高亢，跟池塘里的蛙鸣似的，待天亮了去海边转转，多数能捡到黄鱼。不过即便如此，酒淘黄鱼也没两个女儿的份儿。花婆婆轻描淡写地带过一句，女娃可不兴补，肥成柴油桶还有谁要？

据说，陈家阿爷年轻时身体弱，当渔民曾被嫌弃病恹恹，花婆婆嫁过来几年后，竟日益壮实起来，花婆婆将这归功于酒淘黄鱼。陈家三个儿子渐渐长大，进补得趁早，她隔三岔五地做酒淘黄鱼，儿子们从少年吃到青年、中年，有人开玩笑，说就连花婆婆院子里的冬青树都有了黄鱼味。后来，野生黄鱼突然销声匿迹，我甚至觉得，岛上最失落的，除了渔船老大，就数花婆婆了。

做酒淘黄鱼，花婆婆认真到近乎虔诚。取两三斤重的新鲜野生黄鱼，去鳞去腮去内脏，洗净后往鱼肚里塞入切好的姜片，在鱼背上划上几刀，浸泡于黄酒中，如此可去腥、入味。第一步完成后，院子里，花婆婆用干树叶、刨花等生着了炉子，拎回屋。她的右肩略往下倾斜，拎着炉子，迈过门槛，整个人稳而有力，脑后的发髻一动不动。花婆婆没缠过脚，走起路来“噔噔”响，每一步，黑色一字扣布鞋都结结实实贴在地面上。浅咖色砂锅早已摆于桌上，那是酒淘黄鱼的专用锅，锅底与锅身略有熏黑，平日里，砂锅可不轻易现身，花婆婆宝贝似的用布包好，藏在角落里。我每次见到它，就会想起神话里的某种宝物，你渴求什么，里面就能变出什么，花婆婆的砂锅只会变出酒淘黄鱼。取出姜片，黄鱼入锅，加入冰糖、乌枣、核桃肉等，以黄酒当水，漫过黄鱼，最后，盖上锅盖，端到炉子上。

“淘”是岛上的俗语，意即用文火慢慢炖。炖有讲究，前头宜旺火，花婆婆握着火钳子拨了一通煤球后，坐在小杌子上拿蒲扇来回挥动，这只手扇累了就换另一只手，人工风“呼呼呼”，红红的火苗像舌头舔着砂锅底，直至有淡淡的香气从锅沿与盖子缝隙里钻出来，若有似无。之后便省力了，让炉子里的火顺其自然，只要不熄灭就行，任其慢慢煨，无赖似的跟时间较着劲儿。这时，花婆婆可以腾出手来做其他事了，比如缝补、拣菜、腌鱼等，都在近旁，因她必须将炉子上的那锅东西圈定在自己视线范围内，不然没法安心。

终于，浓香随着“咕嘟咕嘟”声溢出来，迅速弥散。空气里充盈了鱼的鲜、酒的醇厚和糖的甘甜，那种混合的香让人禁不住连做深呼吸。也就只能闻香过过瘾，花婆婆是不会让谁解个馋之类的，哪怕一口汤。在炖的过程中，她自己也从不尝味，随它淡了浓了甜了，就这样了，甚而中途绝不揭锅，说是揭锅会漏掉“一口气”。花婆婆每锅只炖一条黄鱼，酒淘黄鱼做好时，在锅里依然是整条的，用筷子一扒拉，鱼肉从鱼骨上爽快地脱落，扑进浓稠的汁里。在她的逻辑里，补品是不可分食的，吃酒淘黄鱼的人，须把除鱼骨鱼刺之外的通通吃光，连汤带汁，一滴不剩，这样才会见效。

也有过例外。有一年，花婆婆的酒淘黄鱼正炖得喷喷香，门外来了两个要饭的，一大一小，应是母子。岛上经常出现一些来自外地的乞丐，他们说着我们听不大懂的话，或手拿布袋子讨点儿大米，或要点儿零钱。当时的情景，花婆婆后来是这样跟村里人描述的：她把量米筒里的米“嗖”地倒进妇人的袋子，对方转身欲走，发现小男孩倚住门框不动，正贪婪地翕动鼻子，一脸痴相，妇人便捉住他的手往外拉，男孩仰起灰扑扑的脸，嘀咕了一句什么，涎水从嘴角滴下，妇人涨红着脸，手上用了劲儿，差点儿将单薄纤弱的孩子拽倒在地，男孩撇了撇嘴，眼泪唰地掉了下来，就像雨水流过脏玻璃那样，泪水所过之处，在脸上留下了两道痕迹。花婆婆叫住了他们，回屋盛了一碗酒淘黄鱼给男孩。

花婆婆说，看看锅里的鱼少了小半截，而儿子马上放学到家了，又突然有些后悔，那一瞬间会不会魔怔了？只是那男娃怪可怜，实在瘦，整个儿跟个豆芽菜似的，嘴巴还裂了口子，哭起来眼睛往下一垂，像我那个弟弟。花婆婆的眼里掠过一抹柔柔的光。花婆婆有个弟弟，十多岁就没了，水库里淹死的。

花婆婆的小女儿每每讲起此事，眼珠子往上一翻，唉，我跟我姐还不如一个要饭的，无奈中透着怨气。花婆婆听到了也不回应，眼皮耷着，神情淡然，只顾忙自己的。花婆婆素来有主见有原则，你说归你说，她做归她做，抱怨几句又翻不起什么浪花。

当然，若真触及她底线犯了她忌讳，花婆婆是不会客气的。那事还是跟酒淘黄鱼有关。儿子成家了，花婆婆的酒淘黄鱼依然持续供应，雷打不动。酒淘黄鱼做好后，儿子要么在花婆婆那里一口气吃完，要么连锅端去，回自己屋里慢慢享用。二儿子常端去西屋自家处，有一次，花婆婆过去问事，恰好撞见二媳妇正凑在砂锅旁吃得咂嘴舔唇，儿子却像个要饭的，捧了只碗靠在边上。这一幕把花婆婆气得当即翻了脸，一向爱面子的她没控制好自个儿的声量，冲儿子儿媳吼上了，接着，儿媳的声音也越来越响，我们还听到了二儿子的劝说声，不停地重复，最后好像还认了错。

花婆婆跟我母亲提及时，仍旧愤愤的，说二媳妇坐月子时，没少吃她做的酒淘黄鱼，吃得又白又胖，自出娘胎都没过得那么舒服吧，居然还不知足，这么自私，不识相，抢自家男人的滋补品。懒婆娘长了一副馋相，每天就带带孩子啥事不干，吃了不怕上火啊，烂嘴巴烂鼻子的东西！又说儿子傻，傻货一个，他自小就知道酒淘黄鱼得一个人吃啊，不然达不到效果的……激动处，花婆婆的眉毛眼睛鼻子几乎扭作一团，每一粒麻子都发红，似是刚刚用燃着的香头点上去的。

听说此后，花婆婆规定，二儿子吃酒淘黄鱼必得去她处，婆媳关系如何，自是可想而知了。

天气好的话，每天早晨花婆婆会在院子里梳头，她坐在小杌子上，背后一排冬青树，面前摆一条方凳，方凳上有碗泡着榆树皮的水，她的梳子在碗里蘸了水后，自额头发际梳至颈后、发梢，一遍又一遍，嘴里“咿咿呀呀”地哼着，不知是越剧里的哪一出。

夏日里，小孩子起得早，有时特意转悠到花婆婆那儿，因为她的院子一角种了葡萄。花婆婆梳好了头，会把熟了的葡萄摘下来，趁阳光还不毒辣，我们多少能沾到光。碰上她心情好，我们还有故事听，神话啊民俗啊，犹记得《海龙王招婿》，里头说虾潺下巴合不拢是因大笑所致，箬鳎原先是圆桶身材，被龙王打了一巴掌才扁的，而小黄鱼之所以颌下有一点儿红，则跟龙虾打斗时吐了口鲜血有关……关于黄鱼那点红痣，花婆婆有自己的说法，红点加上金黄的身躯，多尊贵，那叫王相，不愧是万鱼之王嘛，不然能有那么好的营养？花婆婆用夸张的语气说起鱼汛旺发期，黄鱼群啊蜂拥而来，海面就像铺满了金子，闪闪发光。

其实彼时，黄鱼已趋于式微，岛上的人都能感觉到，最明显的，水产公司剖鲞和翻鲞的工人闲了起来，主因是黄鱼鲞骤然减少，而在我家，父母亲基本不做醉黄鱼鲞了，改成醉马鲛鱼鲞等。身在渔民家庭，关于黄鱼的捕捞前景，花婆婆应该还是清楚的。长大后的某一刻，我突然想到，花婆婆那会子焦虑过吗？毕竟，她一直以能做得一锅上好的酒淘黄鱼为傲，家里的四个男人也均作证说，不是没尝过别家的酒淘黄鱼，甜度恰好的，火候不够；火候足了，有腥味；无腥味的，汁水稀薄了……反正，总是欠了那么一点儿。嘴巴都被花婆婆养刁了。

花婆婆自然不是天生就会做酒淘黄鱼的，她是个很爱琢磨的人。早年，做酒淘黄鱼，难办的是配料。有段时期，糖酒等都要凭票买，且每家是定量的，花婆婆绞尽脑汁，终于想出用茅草根来替代糖，茅草根嚼起来甜滋滋，还是一味中药，她将其从地里挖出，洗净，切得细细的，与黄鱼、酒同炖，有一股特别的草香。缺黄酒，她买来酒曲，自己酿米酒，想舀几勺舀几勺，做出的酒淘黄鱼倒是酒香浓郁，肉却略酸。花婆婆由此得出经验，要做出地道的口味，所有材料都不能凑合。待条件好到配料可以肆意选用时，花婆婆又琢磨起了配比、火候等。按她大儿子说的，我妈就是喜欢耗在酒淘黄鱼上，细致郑重得像造原子弹。

花婆婆哪能料到，有那么一天，黄鱼这味主料竟如此难觅，应该说，是消失得如此决绝。长期的酷鱼滥捕导致野生黄鱼资源枯竭，但花婆婆固执地认为，这跟岛上那位金姓船老大的去世有某种神秘的关联。金老大被誉为“黄鱼大王”，创下过黄鱼捕捞的辉煌佳绩。她不止一次跟人讲，黄鱼都跟着金老大走了。随后，又长叹一口气。

没了黄鱼，花婆婆自然不再做酒淘黄鱼了，然而花婆婆依旧是那个闲不住的花婆婆，她腌萝卜，制霉苋菜梗，家中一年四季常驻着坛坛罐罐，邻近的老婆婆们时不时端着碗盘过来捞，花婆婆乐得分享，总让她们盛得满满的走。某日，花婆婆清洗坛瓮时，突然想起了那口砂锅，找出来解开布，发现锅已开裂，一条细细的缝从锅底爬上了锅壁。大概久置不用，也要坏掉的吧。

时间毫不客气地带走了陈家阿爷，花婆婆也一年一年地老下去，她走路变得轻而慢，脸愈发瘦了，眼睛和嘴巴凹陷了进去，一笑，皱纹快把麻子挤没了。平日里，她多数就跟其他婆婆们聚在一起念念经，晒着太阳说说话，偶尔说着说着，她却睡着了。

花婆婆临终前，突然想吃酒淘黄鱼，这可难坏了儿女们，当时，野生黄鱼踪迹难寻，养殖黄鱼尚未普及，遂想到了以与黄鱼近似的梅鱼代替，却被隔壁的刘婆婆劝阻了，她说花婆婆已经坚持吃素念佛十多年了，临走还是别让她破戒了。儿女们思量再三，只好让人用面粉制了一条“黄鱼”，按照做酒淘黄鱼的方法炖了。花婆婆躺在那儿，勉力张开嘴，女儿将调羹凑近，一丁点儿“酒淘黄鱼”便翻了进去，她含了半天，咕哝一句，一点儿味道都没有。而后，闭了眼。

# 羊肉

yáng ròu

## 概说

羊肉是我国居民主要的食用肉类之一。羊肉有绵羊肉、山羊肉和野羊肉之分，在古代称之为羝肉、羖肉和羯肉。羊肉中含有丰富的蛋白质、维生素及矿物质，肉质细软，易消化吸收，是很好的进补食品。羊肉性热，味甘，是冬季的御寒佳品。

## 渊源

羊是古代六畜之一，自古就被人们视为吉祥之物。作为食草家畜，羊在我国至少有五千多年的饲养历史。早在母系氏族公社时期，生活在北方草原地区的原始居民就开始逐水草丰茂之地牧羊狩猎。

许慎在《说文解字》中说："羊，祥也。从羊，象头角足尾之形。"在甲骨卜辞中，羊常与犬、牛等一起作为祭祀物品，如"甲午卜，侑于父犬百、羊百、卯是牛"。与羊有关的字，大多带有美好的寓意，比如"祥""养""美""善"等。《说文解字》中有"美，甘也。从羊从大。羊在六畜主给膳"。西汉董仲舒说："羊，祥也，故吉礼用之。"汉朝的器物款识中有"大吉羊"字样，有人认为是祭祀或吉祥的意思，也有人认为是一种图腾。通过这些文献记载，可以看出羊很早就成为人们的主要肉食之一和祭祀用品。

羊肉在古代已有多种吃法，最初当为烤着吃。在湖北出土的曾侯乙墓葬中有猪羊合烹的做法。商周时期已有醢、酱的吃法，也不排除把羊肉切碎了做羹的吃法。

据《周礼》等文献记载，羊在西周时已成为天子食谱上的食材。先秦古医书《五十二病方》中还增加了羊肉用于食疗的记载。由于文献年代久远，有缺失，现在仅存七个字："煮羊肉，以汁□之。""汁"后面缺失了一个字，据周一谋、肖佐桃主编的《马王堆医书考注》分析，缺失的当为"饮"字。商周时期，煮肉基本不放盐，在当时的观念中，这种享用食物本味的方法，是统治阶级不忘本的象征。《论语》中有"子贡欲去告朔之饩羊。子曰：'赐也！尔爱其羊，我爱其礼。'"的记载，说明春秋战国时期，对于用羊祭祀的礼制非常讲究。

这一时期，羊肉的吃法除了煮、烤、炖等，还出现了“炮”。屈原在《楚辞》中就提到了“炮羔羊”，就是把羔羊用泥巴糊起来放在火上烤。

汉朝开始立法保护牛，规定“不得屠杀少齿”，到唐宋时期对牛的保护更甚，不管大小、生病与否都在禁杀之列。因此，从汉朝始，羊肉在人们的饮食中地位逐渐上升，吃法也不断增多，出土的《汉代画像》《庖厨图》中已有烤羊肉串的图像。

魏晋南北朝时期政局动荡，南北交流融合频繁，在饮食上不同的烹饪方式之间也相互融合，出现了新的烹饪技术。《齐民要术》中就记载了一种当时颇为流行的“灌肠炙”做法，将出生只有一年的羊宰杀后，剁成肉馅，加入豆豉、盐、葱白、姜、花椒、胡椒等调味品，装进清洗干净的羊肠内，放入火中烤。随着吃法的改进，人们对羊肉的需要也在不断增加。据《魏书·食货志》记载：“正光后，四方多事，又水旱，国用不足，内外百官及诸蕃客人食及肉，悉数减半，省肉一百五十九万九千八百五十六斤。”说明当时牧场是为朝廷提供肉类的主要机构，而且数量较大。另据《齐民要术》记载，羊已成为重要的养殖家畜。

唐朝作为一个兼容并蓄的王朝，羊肉的吃法更是花样繁多。据记载，唐太宗长子李承乾崇尚突厥风俗，模仿突厥人的饮食，喜欢把羊肉煮熟后用佩刀割着吃。武则天喜欢的一种吃法叫“冷修羊”，即把羊肉加葱、姜等调料一起煮，煮好后放入盘中，把卤汁浇在煮好的肉上，冷冻起来，随吃随取。这种吃法类似于现在的白切羊肉。

据《唐语林》记载，当时的文人雅士吃羊肉有一种吃法叫“古楼子”，就是将羊肉剁碎夹在胡饼里，用花椒、豆豉等调味，放在火上烘烤，这种吃法既有肉的肥美，又有饼的酥脆焦香。

唐中宗时，韦巨源拜尚书仆射后，向中宗进献“烧尾宴”，五十八道菜中，就有八道与羊肉相关。

宋朝对羊肉的吃法又有精进。如炖羊肉，据林洪的《山家清供》记载："羊作脔，置砂锅内，除葱、椒外，有一秘法，只用捶真杏仁数枚，活火煮之，至骨亦糜烂。每惜此法不逢汉时，一关内侯何足道哉！"这应该是改良版的炖羊肉，在常规炖法中增加了几枚杏仁，不但增加了羊肉的鲜香，还有防上火的功效。林洪不禁感叹，要是在汉朝，凭这道菜就能封个关内侯！

苏轼作为美食家，对羊肉的吃法也是作出了巨大贡献。苏轼被贬惠州时吃不到羊肉，仅有羊骨头。这样的条件下，他还真创出了一种新吃法，不由得给弟弟写信"炫耀"了一番。这种吃法载于《与子由弟书》："惠州市井寥落，然犹日杀一羊，不敢与仕者争。买时，嘱屠者买其脊骨耳。骨间亦有微肉，熟煮热漉出。不乘热出，则抱水不干。渍酒中，点薄盐炙微燋食之。终日抉剔，得铢两于肯綮之间，意甚喜之，如食蟹螯。率数日辄一食，甚觉有补。"

这种吃法被称为炙烤羊脊骨。苏轼把羊脊骨煮熟了，趁热捞出来，沥干水分，洒上酒和少许盐，放在火上烤到稍微焦黄就可食用。

《东京梦华录》中也记载了羊肉的不少吃法，如虚汁垂丝羊头、乳炊羊、罨生软羊面、排炊羊等，光听名字就已垂涎欲滴了。此外，还有不少其他吃法，如熟肉加香料腌渍的"羊肉旋鲊"，肋排明火炙烤的"炙子骨头"，整只入坑炉里烤熟的"坑羊"，切丝后用皮子包作卷状、以油炸熟的"羊肉签""羊头签"，蒸到软烂，吃的时候"以匕不以箸"的软羊等。

元朝作为游牧民族，对羊肉更是情有独钟。《饮膳正要》中《聚珍异馔》一章里记述的菜肴有九十四种，以羊肉或其内脏为主要食材的菜肴就超过七十种。在成吉思汗时期，全羊宴已经盛行。当时菜名已取得十分风雅，据《蒙古族风俗志》记载，用羊眼睛做的菜为"玉珠顶"，用羊百叶做的菜叫"素菊花"，用羊脑做的菜为"烩白云"等。

明清时期，吃羊肉更加盛行。全羊宴的菜品已多达上百种。袁枚在《随园食单》中就记载了与羊有关的七十二道菜肴。

## 基本知识

羊肉既能御风寒，又可补身体，适合在冬季食用。但因羊肉的脂肪中含有石炭酸，所以羊肉独具膻味。有的人对羊肉的膻味爱不释手，有的人却敬而远之。去除羊肉的膻气也有办法，用葱姜、料酒、胡萝卜等食材与羊肉同煮，可以去除膻腥之气，同时保持羊肉的风味。

羊肉的吃法多种多样，蒸煮、清炖、红烧、炙烤等，味道都非常鲜美。除羊肉外，羊肚、羊心、羊脑、羊胆、羊骨、羊髓等都可以食用。红焖羊肉、清炖羊肉、烤全羊、孜然羊肉、羊蝎子火锅、凉拌羊肚、手抓羊肉等等，都是备受食客喜爱的菜品。

我国地域广博，有些地方的羊肉较为有名。如山西右玉羊肉，右玉县地处塞北高原，饲草丰富，水源充足，这里的羊肉香味浓郁、肉质鲜嫩，肥瘦相间，食之爽口。苏州藏书羊肉，藏书镇地处太湖之滨，这里所产的羊肉肉质鲜美。安徽萧县羊肉，当地有国家级森林公园皇藏峪、天门寺、圣泉寺等，水草丰茂。这里的传统名菜多以羊肉为主，有“无羊不成席”之说。

羊肉营养丰富，还有食补作用，常吃羊肉可以补血助阳、益气补虚、促进血液循环。但吃完羊肉后不能立即喝茶，否则容易引起便秘。患有肝炎病症的人，不可以过多食用羊肉，否则会加重肝脏负担。羊肉不宜与醋同食，《本草纲目》说：“羊肉同醋食伤人心。”羊肉也不适合用铜制炊具烹制，因为铜遇酸或碱并在高热状态下，均可起化学变化而生成铜盐。羊肉作为高蛋白食物，以铜器烹煮时，会产生某些有毒物质，危害人体健康。《本草纲目》亦有记载：“羊肉以铜器煮之：男子损阳，女子暴下物；性之异如此，不可不知。”

# 文化意义

羊自古便与人类生活密切相关，对我国的文字、饮食、礼仪等都产生了重要影响。在古代，羊与祥相通，表示吉祥。古人在过年的时候还会在门上悬挂羊头，娶亲以羊作聘礼等，都是取其吉祥之意。

羊肉也是人们喜爱的美食，为了吃羊肉，还发生过不少趣事。苏轼是北宋著名的文学家、书法家、美食家，他的朋友韩宗儒非常喜欢羊肉，但家里太穷，买不起，又不像苏轼那样一根羊脊骨都能吃得津津有味。苏轼的字在当时已经颇有名气，于是，想来想去，韩宗儒就决定把苏轼寄给他的信拿去送给达官贵人，以此来换取羊肉吃。韩宗儒发现此法可行后，就不停地给苏轼写信、收信、换羊肉。没多久就被苏轼发现了，有一次，韩宗儒的仆人又来送信，苏轼笑着对仆人说："回去你就说，屠户休息，今天没肉吃。"虽是文人间的一桩趣事，但也说明了人们对羊肉的喜爱，也说明羊肉不是普通人家想吃就吃得起的食物。

南宋时期，三苏的文章影响非常大。陆游在《老学庵笔记》中说："建炎以来，尚苏氏文章，学者翕然从之，而蜀士尤盛。亦有语曰：'苏文熟，吃羊肉；苏文生，吃菜羹。'"就是说把三苏的文章读熟了，考试就能考好，就能做官有羊肉吃，读不好，落选就只能喝菜汤了。

当然，现在人们已经实现了吃羊肉的自由，吃羊肉也多是因为它的美味以及养生滋补的作用。有不少地方有在冬至喝羊肉汤的习俗。

# 冬至羊肉汤

李柯漂

早年在农村生活的时候，于我来说，二十四节气就是季节的变化，农事的转换过程，关于二十四节气，农村人早有广为流传的谚语，它反映的其实就是农民们抓住二十四节气进行农业生产的经验的升华。

对于二十四节气中的冬至，人们赋予了它更深层的意义。大家看重它，是因为冬至乃阴阳二气的自然转化，是上天赐予人们的福祉。在南方，过冬至节就是过小年，家家户户在这一天吃得丰盛，过得隆重，把冬至这一天等同于春节、中秋、端午一样的传统节日来过。

来到成都，每每冬至节到来，让人联想到的就是那香飘飘、热腾腾的羊肉汤。喝羊肉汤，过冬至节在这里由来已久，没有人去追溯它的起源。只要喝上一碗香喷喷的羊肉汤，自然就算过冬至节了。

我在农村生活的那些年，吃羊肉跟冬至节是没有关联的，只要有机会上街，到馆子里要一份粉蒸羊肉，随便就吃了，没有什么特别的意义。老家人吃羊肉的方法多是粉蒸着吃，或炖着吃。吃完羊肉就喝汤，没什么特别的含义在其中。

那年初到成都，恰逢冬季。冬至节前二十多天，人们就在议论羊肉汤的事了。电视、报纸都在宣传，说羊肉因冬至节的到来价钱一路攀升，一斤羊肉要卖到百多元钱。到冬至节这天，各羊肉汤餐馆更是火爆至极，人们都争先恐后地去喝羊肉汤。据说，喝了冬至节的羊肉汤，就可以御寒，一个冬天都不怕冷了，以至于人们把羊肉汤熬成了“羊肉烫”。

那时我们家刚到成都，就碰到冬至节喝羊肉汤的火爆场面。我也不甘落后，于是排了一个多小时的队，买了两斤羊肉汤。师傅动作麻利地称好羊肉汤，用塑料口袋装好，外加一包剁好的青红辣椒和一包切好的香菜。

晚上，我摆好电磁炉，一家人围着桌子喝羊肉汤。羊肉在锅里煮着，我想这不就是吃羊肉火锅吗？于是，我把师傅包给我的辣椒包和香菜包一股脑儿倒进汤里一起煮。结果，筷子搛起羊肉吃，辣辣的。羊肉汤简直就不敢喝了，它实在是太辣了。好好的羊肉汤，一家人都没喝成，就吃了两斤涮羊肉。

后来我才知道，自己的吃法有误，剁辣椒和香菜是放在碗里的，拈起羊肉蘸着吃，然后再喝汤。我意识到，自己还没搞懂成都冬至节喝羊肉汤的餐饮文化习俗。不过，我也算真的领教了，在大冬天，喝羊肉汤喝得毛毛汗直冒的那种酣畅淋漓的快感。但我还是不相信，在冬至节喝了羊肉汤就有超常的抗寒能力。不过，中医理论上讲，冬天吃羊肉、喝羊肉汤，能够增强人的抵抗能力，强身健体倒是真的。

# 鸡肉

jī ròu

## 概说

鸡肉，味甘，性微温，营养丰富，不但可以炒、烧、炖汤等，还可以凉拌，是大部分人喜爱的一种美食。鸡是一种家禽，由野生原鸡驯化而来，是古人驯养的六禽之一。《说文解字》曰：『鸡，知时畜也。从隹，奚声。』『鸡』是一个象形字，在甲骨文中，其字形像一只昂首挺胸打鸣的公鸡。鸡的繁体字是雞或鷄，奚是『世世代代』的意思，从繁体字可以看出，在古代，鸡就是『世世代代家养的鸟』。

# 渊源

在我国的传统文化中，鸡是被神化的一种灵禽，在神话传说时代，鸡被当作神鸟——凤凰。《太平御览》有“黄帝之时，以凤为鸡”的记载。从出土的新石器时代遗址中发掘出的鸡骨头可以看出，新石器时代，鸡已经被普遍饲养，而且还被作为食物。

商周时期，王室祭祀常常用到鸡血，当时还设有“鸡人”一职，专门负责掌管祭祀用鸡等。这时，鸡是一种珍贵的祭品。《诗经》中也有不少关于鸡的记载，如“鸡栖于埘，日之夕矣，羊牛下来。”“风雨凄凄，鸡鸣喈喈。”说明当时鸡在人们生活中已经很常见。但普通人是吃不到肉的，周朝规定只有贵族才能吃肉。据《国语·楚语下》记载：“天子食太牢，牛羊豕三牲俱全，诸侯食牛，卿食羊，大夫食豕，士食鱼炙，庶人食菜。”天子是想吃什么肉都不受限制，诸侯可以吃牛肉，卿能够吃羊肉，大夫可以吃猪肉，士可以吃烤鱼，普通百姓只能吃菜。《礼记·内则》记录了鸡的吃法，如“濡鸡，醢酱实蓼”，就是加醢及酱，并在鸡腹内塞入蓼进行煮。此时已有鸡羹的吃法，“麦食脯羹鸡羹”。还有传说，彭祖曾向帝尧献鸡羹而受封。

春秋战国时期，一般人还是吃不起鸡，普通人家只有老人才能吃鸡。据《孟子·尽心上》记载：“五母鸡，二母彘，无失其时，老者足以无失肉矣。”一般人吃不起鸡，但统治者已经吃出花样来了。据《吕氏春秋》记载，齐王吃鸡“必食其跖数十而后足”，意思是说齐王吃鸡一定要吃鸡爪，一次还要吃几十个。

秦汉时期，经济发展，尤其是汉武帝在河西置四郡以后，给予河西移民土地、耕牛、种子、农具等，农业和畜牧业都得到了发展，甚至要求每户要养两头猪、五只鸡。此后，普通百姓才逐渐能吃上肉。汉朝开始使用植物油。因此这时，除了传统的羹、炙、炮、醢、脯、煮等制法，还增加了煎和濯，濯就是油炸。

唐朝时出现一道名为“仙人脔”的菜肴，这道菜的用料是乳鸡，但具体做法不详。唐朝大臣韦陟是一位对吃极有追求的人，相传葫芦鸡便与此人有关。有一天，韦陟想吃酥嫩的鸡肉，就让厨师去准备，结果厨师炸出的鸡肉太老。韦陟吃了很不满意，就让人把这位厨师打了一顿，最后厨师被打死了。第二位厨师自然是十分谨慎，采取先煮后蒸再油炸的方法，这种做法做出的鸡肉确实酥嫩可口，但经过几道工序的折腾，鸡已经不成形了。韦陟还是不满意，又将第二位厨师也打死了。第三位厨师总结了前两位的经验，在煮、蒸的过程中，为了保持鸡的完整性，就把鸡捆起来。最后炸出来的鸡不但酥嫩，而且鸡身完整似葫芦。韦陟这才满意，后人将这种方法做出来的鸡叫作葫芦鸡。

唐朝时吃鸡已相对普遍，不少诗人都写到与鸡相关的饮食。如李白的“亭上十分绿醑酒，盘中一味黄金鸡”，孟浩然的“故人具鸡黍，邀我至田家”等。

宋朝人对吃鸡是更加讲究，据《梦粱录》记载，南宋时临安街市上与鸡有关的菜品不下几十种，如鸡丝签、鸡脆丝、笋鸡鹅、鸡鼋鱼、酒蒸鸡、五味鸡、夏月麻腐鸡皮、鸡头穰沙塘、柰香新法鸡、八焙鸡、红鸡、脯鸡、炙鸡等。为了口感鲜嫩，宋朝人对小鸡的吃法也是颇有研究，如麻饮小鸡头、汁小鸡、小鸡二色莲子羹、小鸡假花红清羹、撺小鸡、五味炙小鸡等。

据洪迈所著的《夷坚丙志》记载，临安有家专门做“爊鸡”的饭店，其做法类似于叫花鸡，就是用泥巴把鸡裹住，埋在火堆里慢慢煨熟。这种做法早已有之，《齐民要术》中还有记载，即“草里泥封，塘灰爊之”。

苏轼不论到哪里，都不放弃对吃的追求。被贬到黄州时，为了吃，他就到处抓野鸡，为后世留下了“东坡山雉汤”和“东坡春鸠脍”两道名菜。

明朝时，鸡的常见吃法有煎、炸、炖等，此外，鸡还用于食疗。李时珍在《本草纲目》中就介绍了大量用鸡肉食疗的方子。如豆草炖乌鸡，用豆蔻、草果与乌鸡司炖，有健脾利湿的功效；白雄鸡粥，用白雄鸡熬的鸡汤煮粥，有宁心安神的功效。

清朝时，鸡的吃法已基本与现在无异，甚至比现代人吃得还要讲究。袁枚在《随园食单》中详细记录了几十种吃法，还写了一首简单却有深意的咏鸡诗：“养鸡纵鸡食，鸡肥乃烹之。主人计自佳，不可使鸡知。”

清末出现了一道现在仍常吃的菜——宫保鸡丁，这道菜与丁宝桢有关。丁宝桢原籍贵州，故而喜食辣味较重的菜。他在担任山东巡抚时让家里的厨师制作了酱爆鸡丁。后来调任四川总督后，丁宝桢又让厨师用花生米、干辣椒炒嫩鸡肉丁，这道菜不但丁宝桢自己爱吃，也受到了宾客的青睐，后来逐渐流传开来，成为清末的一道名菜。因为丁宝桢有“太子少保”的头衔，故而被称为“丁宫保”，这道菜也就被称为“宫保鸡丁”了。

## 烹制方法

我国食用鸡肉的历史悠久，吃法也多种多样。常见的吃法主要有煲汤、红烧、干煸、油炸、凉拌等。

煲汤的鸡一般选用老母鸡或乌鸡，母鸡的脂肪含量高，肉质松散，煲汤时适合用小火慢炖，营养成分会更容易溶于汤中。炖汤时还可加入虫草、红枣、枸杞、当归等。秋冬季节多喝鸡汤，有助于提高身体的免疫力。

红烧也是人们偏爱的一种做法。红烧可放辣椒，味道香辣，深受人们喜爱。红烧鸡需要将鸡肉剁成块，先焯水，再入油锅爆炒，然后加清水炖。

油炸除了历史上著名的葫芦鸡吃法，现在多是用裹上佐料或面糊炸至酥脆，更适合小朋友的口味。

凉拌的吃法主要是白斩鸡，因肉质鲜嫩，也受到不少人的喜爱。

# 文化意义

鸡作为较早被驯化的一种家禽，对人们的生活产生了重要影响，对我国的传统文化也有重要影响。

在古代，鸡被用来祭祀，因此后来有些地方有杀鸡吓鬼的习俗。传说在农历的十月一日阎王会放鬼出来，到第二年的清明节再把鬼收回去。民间认为鬼怕鸡血，就在十月一日这天杀鸡吓鬼以避邪。《荆楚岁时记》中有类似的记载："正月一日……贴画鸡户上，悬苇索于其上，插桃符其傍，百鬼畏之。"虽不是杀鸡，但也是利用鸡可以避邪的特点使百鬼害怕。

在三国时期，出现了一种名为曹操鸡的吃法。曹操曾屯兵庐州（今安徽省合肥市）逍遥津，因军务繁忙，过于操劳而卧床不起。厨师按照大夫的吩咐，添加中药制成药膳鸡。曹操吃过之后病情逐渐好转，这道菜后来就被称为"曹操鸡"，也称"逍遥鸡"。

"鸡"与"吉"谐音，因此鸡一直受到人们的喜爱。不少地方在过年的时候，餐桌上都少不了鸡，寓意着吉利美好。

# 大盘鸡

刘善民

周末傍晚，下班回家，没水没电。妻说，小区对过刚开了一家“大盘鸡快餐”，前天和几个邻居吃过，赠送了一张优惠券，可以到那儿吃顿饭。我欣然答应。

下楼出门，顺便到路西的超市买了一瓶半斤装的“江小白”和营养快线。心想，我也赶一次时髦。

进店门，我俩在里面靠墙的位置坐下来。妻子来过一次，算老顾客，主动到柜台点单。我望着迎门处“西部传奇”的广告语，扫一眼大厅里方阵似的餐桌，看到门口食客络绎不绝。上次她们消费了59元，按店规，今天可以免费吃到同样价位的大盘鸡。这样，只需花4块钱，买两套餐具便可。我们享受了刚开张的优惠。

不一会儿，服务员将大盘鸡端上桌。所谓“大盘”，其底座类似小笼包的笼屉，鸡块堆在上面与之相连的盘子里，像一座“鸡山”；盘的一侧贴有纸条，提示本桌下单时间和负责的服务员，体现着店家的经营理念和效率。我们点的是五香型炒鸡，微辣。黄鸡块，绿葱花，烘托着缕缕麻香；几条板面从“鸡山”上飘下来，俨如白色的丝带，又如银色的瀑布，蜿蜒至欲海；而金黄的玉米段、紫色的薯块散布其间，点缀出田园秋色。

趁没有开吃，我拿出手机拍了张照片，发给在湖城的儿子，换回了五个大拇指的表情图的点赞。受到鼓励之后，我将“江小白”缓缓倒入杯中……

自从有了微信，人们喜欢将酒局饭局或拍或录后发出，我开始不认同，以为是有意炫耀，后来一想，这也是一种亲朋间的交流，是对生活的赞美，不失为一种积极的生活态度。况且人们感受到现代生活的变化，眼里总有几分惊讶和喜悦。分享，未尝不可。

麻辣，是典型的川菜味型，我本不习惯，久而久之才习以为常。饶阳人习惯吃烧鸡、黄焖鸡块、清炖鸡，这些菜味道平和，犹如这大平原，舒服坦然。

记得小时候我村的东头有一个卖鸡的老头，光棍一人。他每天就做那么几只鸡，傍晚出锅。他手提枣红色的食盒子，没出家门就开始吆喝“烧鸡呀，卤煮鸡——”，公鸭嗓儿贯穿整个街筒子，从东头香到西头。他做的鸡师出无门，属于滹沱河边的土做法，却是乡亲们眼里顶尖的食品，人们连鸡骨头都舍不得扔。至今想来，仍回味无穷。

后来，饶阳旧县城的十字街，有一家“朱造烧鸡”。他家的做法也没什么出处，但鸡味道纯正，肉质酥软，托在手里，稍微一颠，鸡架就散开了，着实红火了一阵子。

东关村赵新合的烧鸡是有一点来历的。其祖上曾在旧时饶阳县有名的盛林饭店拉过风箱，公私合营后，盛林饭店改成了国营饭店，他家继续有人在那里主灶。后来，他家也有人做过烧鸡生意，到新合这一辈传承了这门手艺（除祖传的汤料外，盘鸡时鸡头、鸡爪如何摆布，都有说道）。因此，上了年纪的人能从淡淡的中药味里尝出些许不同。

现在，饶阳流行“南马烧鸡”“五公烧鸡”，也是老字号。不同的是，他们多一道熏的工序，做出来的烧鸡除肉质更加浓香之外，皮色微黄，透出鲜嫩，增加了一些外在美。

饶阳出现大盘鸡是在20世纪90年代初期。在县城振兴街中段西侧，有一个绿色的铁皮屋，内有四五个餐桌，店家是黄土坡上来的，即所谓的“勺勺客”。虽然小两口干净利落，辛勤经营，但只开了一年零三个月就关了门。原因很简单，这里的人享受不了那股子麻辣味。

味道是饮食的主宰，不同地域有不同的风格。相互间的吸纳融合有规律也有随性，需时间更需磨合。从单纯的烧鸡派，拓展到麻辣派，其间蕴含着文化融合的发展历程，也为人们的味蕾增加丰富的滋味。

今日，伴着这瓶“江小白”的甘洌，大盘鸡的麻辣撩拨起了我点滴的灵性，也燃烧了周末的日子。

# 宫保鸡丁

彭忠富

去陕南汉中游玩。陕南的地貌和关中地区却截然不同，看不到沟壑纵横的黄土高坡，目之所及，青山巍峨，溪流潺潺，似乎我们还停留在天府之国。公路两边，集镇前后，可以看见很多“正宗川菜”的招牌，让人倍感亲切。想不到翻过秦岭，还能吃到麻辣鲜香的正宗川菜，真是惬意啊！

陕南北靠秦岭，南倚巴山，汉江自西向东川流而过。从西往东依次是汉中、安康、商洛三地。陕南的汉中、安康在自然条件方面具有明显的南方地区特征，该地区的人主食是大米，主要栽种水稻，盛产橘子、茶叶。汉中、安康尤其是汉中方言已接近巴蜀方言。该区域古属梁州，自秦立汉中郡（整个陕南）以来一直为一级行政区，直到元朝为了让四川“无险可守”才并入以关中为主体的陕西。

在漫长的历史中陕南地区与四川关系紧密，特别是汉中市，其次是安康市，至今风俗极似川北。看来历史上，陕南和四川本属一家，直到元代才各奔东西，怪不得三国争雄时刘备首先在汉中称王呢！

中午到达宁强县城，我们走进路旁一家名为“汉源川菜馆”的饭馆吃饭。老板一听我们的口音，就知道我们是四川人，赶紧报上一些招牌川菜让我们选择。

我点了宫保鸡丁等一些家常菜，就坐在餐桌边喝茶聊天。

不经意间，我发现菜单上居然写的是“宫爆鸡丁”，这就有点问题了。

我把老板叫过来说：“你们菜单上的菜名写错了，应该是宫保鸡丁，这可是四川的一道文化名菜。”

我用手指蘸着茶水在餐桌上写了一个“保”字，老板仍然疑惑不解的样子，认为我在开玩笑。

老板说他是本地人，书读得少，“宫爆鸡丁”在菜单上写了五六年，从来没有人说写错了。

于是我只得解释了一番：宫保是明、清各级官员的虚衔，有太子太师、太子太傅、太子太保等，源于大臣加衔或死后赠官，通称宫衔。宫保鸡丁和晚清名臣太子太保丁宝桢有关，水有源树有根，乱改经典菜名无异于荒腔走板，让方家笑话。

丁宝桢是个出名的美食家。他小时候喜欢吃鸡，家里的厨师时常做清蒸鸡给他吃。有一次，他去拜访拜把兄长王小勤，小勤杀鸡来款待他，因忙，来不及炖，小勤便将鸡肉切成丁块。家中无油，便用鸡油爆炒丁块，而后加上切成小节的干辣椒、橄榄菜、蒜苗等，再加水煮熟。丁宝桢食之觉得香味非常，比家中厨师做得更为好吃。

丁宝桢任四川总督后，接王小勤到住所。一日大宴群僚。席间摆上此菜，众僚吃了均称赞美味佳肴。不想席上的抚台突然问到这菜的名字。丁宝桢虽喜欢食此菜十年，却没有命个名，一时答不上来，只好请教王小勤。

那王小勤本是目不识丁之人，一时也寻不出个菜名来。

这时，席间的丁宝桢义子王藕丰不假思索地说道：“各位大人，愚以为凡菜之名皆因味、色、形、技等，各地均有不同。其实此菜义父早已命名为‘宫保鸡’，不知是否确切，还得请教众位大人斧正。”

众人一听，拍手叫好！因丁宝桢已领太子少保衔，人名“宫保”。

从此，宫保鸡这道菜随着丁宝桢的声誉而出名。

丁宝桢去世后不久，宫保鸡丁就被四川当地官员作为贡菜献给皇帝，以至于后来发展成为御用名菜之一。

宫保鸡丁选用鸡肉为主料，佐以花生米、黄瓜、辣椒等辅料烹制而成。成菜辣中有甜，甜中有辣，鸡肉的鲜嫩配合花生的香脆，入口鲜辣酥香，红而不辣，辣而不猛，肉质滑脆，早已成为闻名中外的特色传统川菜。宫保鸡丁选用鸡脯肉，由于鸡脯肉不容易入味，炒出来鸡肉容易嫩滑不足，需要在码味上浆之前，用刀背将鸡肉拍打几下，或者放入一只蛋白，这样会使鸡肉更加嫩滑。其原料中必须使用油酥花生米和干辣椒节，味必须是辣型荔枝味。辣椒节炸香，突出煳辣味。

在烹饪过程中，很多人掌握不好油酥花生米的火候，往往炒出焦苦味，让人难以下咽。其实很简单，冷锅冷油花生米，搅拌均匀后开中火，听到锅里发出“哔哔噗噗”的声音，就可以关火装盘了。等到花生米冷却以后，就会变得酥脆，更不会外煳里不熟。

老板听了“宫保鸡丁”的来历后，觉得大有裨益，居然慷慨地再三说这份宫保鸡丁就送给我们免费品尝，让我们多提意见。

其实老板的宫保鸡丁还是很地道的，鸡丁鲜香细嫩，辣而不燥，略带甜酸味道，特别是此菜中的花生米，点缀在鸡丁、黄瓜片和青辣椒节之间，让人赏心悦目，不忍动筷。用调羹舀起几粒花生米丢进嘴里，又香又脆，真是佐酒下饭的一道好菜。

吃菜就是吃文化，一道普通的川菜，如果能跟某个名人结合起来，那一定能促进这道菜的推广。这就正如宫保鸡丁，如果没有丁宝桢的名头，说不定它就叫香辣鸡丁了，转眼间就会消失在川菜的汪洋大海中。

肆

## 青菜绿　豆腐白

# 咸菜

xián cài

## 概说

咸菜，用盐腌制的某些菜蔬，有的地区也指某些酱菜。咸在简化之前的写法是『鹹』，这个字的左边是表示盐的『卤』字。《说文解字》中对鹹的解释是：『衔也。北方味也。』清代学者王筠在《说文句读》中对许慎解释的『衔』字做进一步解释：『咸味长，故衔而咀味之。』也就说咸味悠长，需要含在嘴里慢慢品尝。至于『北方味』，段玉裁在《说文解字注》里认为是后人在抄录《说文解字》过程中出现的错误。也有用阴阳五行观念来解释『北方味』的，即北方与『五行』中的水对应，『五味』中的咸也与『水』对应。咸菜由于用盐和其他调味料腌制，一般较咸，但可以长期保存。黄瓜、白菜、萝卜、大蒜、辣椒等各种蔬菜都可以用来腌制咸菜。

# 渊源

咸菜历史悠久，起源已不可考，至少可以上溯至青铜器时代。说到咸菜自然离不开腌制咸菜的重要佐料——盐。在古代，最初没有“盐”这个说法，自然盐叫作“卤”，经过加工的盐才叫“盐”。自然盐的发现和利用较早，据说在神话传说时代已有。张其昀在《中华五千年史》中提到：“炎黄血战，实为食盐而起。”人工盐也出现得非常早，在炎帝时期，风沙氏已知“煮海水为盐”。从福建省发掘出土的实物中可知，仰韶时期，已有煮盐的工具。

由于产量少、国家管控等因素，古代盐较贵，因此，用盐腌制的食物最初也不是普通百姓可以吃得起的。周朝时贵族的食谱包含食、羞、羹、酱、饮等，而平民百姓只有羹。这里的酱多指肉酱，与现在的酱菜不同。《说文解字》曰：“酱，从肉、从酉，爿声。”可见，酱是指加盐、加酒，经过腌制、发酵的肉酱。《周礼·天官·膳夫》记载：“凡王之馈，酱用百有二十瓮。”郑玄对此注曰：“酱，谓醯醢也。”这里的醢、醢也都是肉酱。到汉已经出现了不以肉为主要原料的酱，如东汉王充在《论衡》中提到：“作豆酱恶闻雷。”这是关于豆酱的明确记载。古代的“酱”菜当是现在咸菜的高级形式。当然有人对古代肉酱还有一些比较深刻的印象，商纣王酒池肉林，对九侯施以“醢刑”，即做成肉酱。《汉书》也有诛杀彭越，将其做成肉酱并“盛其醢以遍赐诸侯”的记载。

用盐腌制蔬菜可能起源于周朝以前，《周礼·天官·醢人》中关于“七菹”，郑玄注为：“韭、菁、茆、葵、芹、箈、笋……凡醯酱所和，细切为齐，全物若牒为菹。”这里的菹应该是用酱制作的蔬菜。《现代汉语词典》对“菹”的解释是酸菜。现在的酸菜也是咸菜的一种。《说文解字》中对“菹”字的解释是：“菹，酢菜也。”汪曾祺认为这里的“酢”与酒有关，不是咸菜的意思。《玉篇》对“酢”的解释是“酸”，也就能理解《现代汉语词典》中为何把“菹”解释为酸菜了。

北魏贾思勰在《齐民要术》一书中记载的“菹”有数十种，如葵菜、菘菜、芜菁、蜀芥等，多为盐、醋制品，对腌制方法也有详细的记载。南朝时对咸菜的记载提到了制作时间和方法，如南朝梁宗懔《荆楚岁时记》记载：“仲冬之月，采撷霜芜菁、葵等杂菜，干之，并为干盐菹。”

唐宋时期，咸菜有了进一步的发展，出现了酱渍、醋渍、糖渍等多种腌制方法。如《唐代地理志》有：“兴元府土贡夏蒜，冬笋糟瓜。”据《东京梦华录》记载：“是月立冬，前五日，西御园进冬菜。京师地寒，冬月无蔬菜，上至宫禁，下及民间，一时收藏，以充一冬食用，于是车载马驮，充塞道路。”不但记载了制作咸菜的时间，还讲了原因，即京师（北方）冬天寒冷，没有蔬菜，而且腌制咸菜在当时是很盛行的，“车载马驮，充塞道路”。这时的咸菜已成了普通百姓的寻常食物。

明清时期，对咸菜也有较多的记载。如袁枚在《随园食单》中对咸菜记载得更为详尽：“腌冬菜黄芽菜，淡则味鲜，咸则味恶。然欲久放非盐不可。常腌一大坛三伏时开之……香美异常，色白如玉。”

咸菜也曾是穷苦人家不可或缺的家常菜肴。如范仲淹小的时候家里贫苦，曾作过《齑赋》，其中有：“陶家瓮内，淹成碧绿青黄；措大口中，嚼出宫商角徵。”

## 制作方法

咸菜的制作大同小异，主要原料为各种蔬菜、盐和其他调料。菜品主要是就地取材，如芥菜、白菜、萝卜、黄瓜、豇豆、梅干菜等。以酱黄瓜为例：

材料：新鲜黄瓜、粗盐、甜面酱。

方法：

1. 将黄瓜清洗干净，沥干水分，切成条。

2. 将切好的黄瓜加粗盐拌匀压实，用石块或其他重物压住，腌制三四天，把黄瓜捞出，沥干盐水。

3. 把腌制过的黄瓜放入缸中，加入甜面酱拌匀，密封缸口，十天左右可以食用。

由于咸菜中含有亚硝酸盐，而亚硝酸盐属于致癌物质，因此不宜过多食用。咸菜中的盐分也较高，会影响代谢，容易导致高血压，引发心血管疾病等。

# 文化意义

咸菜在古时曾是贵族的食物，而现在作为一种普通的小菜，成为饮食中主要菜品的一种调剂，如喝粥时来一点咸菜，也是别有一番滋味。

关于咸菜，历史上也有不少有趣的记载。如《宋稗类钞》中曾记载了这样一个故事，宋太宗问大臣苏易简什么东西最好吃。苏易简回答:“物无定味，适口者珍。臣止知齑汁为美。臣忆一日寒甚，拥炉痛饮，夜半吻燥，中庭月明，残雪中覆一齑盎，连咀数根。臣此时自谓上界仙厨，鸾脯凤胎，殆恐不及。”苏易简认为适合自己口味的就是最好吃的，当时在苏易简看来咸菜便是最好吃的，吃了咸菜后，再好的厨师、再珍贵的食物也“殆恐不及”。

大才子金圣叹与咸菜之间也有一个有趣的故事。金圣叹在被砍头前，托狱卒给家里送了一份密信。这个狱卒胆小怕事，不敢帮忙，就将这封信上交了。领导也怀疑金圣叹在传递什么秘密，就将密信打开，竟然是金圣叹写给大儿子看的，内容是“咸菜与黄豆同吃，有胡桃滋味。此法一传，我无遗憾矣”。一代文豪临死前居然惦记的是将咸菜的吃法传递下去。

每个地方关于咸菜也有不同的习俗。如畲家会以咸菜腌制得是否好吃、品种多少来评价女主人贤惠与否。此外，农闲时，畲家妇女会带着自己的拿手咸菜聚到一起，举行“咸菜茶会”，也就是一边品茶，一边相互品尝咸菜。

咸菜虽普通，但可以让我们记住祖辈生存的艰辛与不易，也可以帮助我们更好地理解勤俭的传统，更好地传承中华文化的精神与内涵。

# 乡愁是一味咸菜

张静

妗子是四川人，腌菜是一把好手。因了这份绝好的手艺，使她很快在村子里有了好人缘。农闲时候，家里总有一些串门的远亲或近邻，来讨一盘妗子炝好的雪里蕻或者腌好的萝卜干，这份难得的热闹，渐渐驱散了妗子远离故乡的孤独和寂寞。

我上了初中后，碰上下雨天或者大冷的冬天，中午饭多数时候在妗子家里解决。有时，放学到妗子家里，饭还没做好，我就很自觉地给她帮忙。从妗子口中得知咸菜主要分三类，一种是普通泡咸菜，一种是蒸肉炒肉用的干咸菜，一种是工序多、用料考究、成本高的豆瓣咸菜。如要做好豆瓣咸菜，得用晒得半干的胡萝卜或白菜等拌上辣酱、食盐、酱油、清油，再捂上一两个月，直到捂出混着辣香、甜香、酱香的浓香来，才把晾干水气的洋姜、生姜、大刀豆（挟剑豆、葛豆）、大蒜、大头菜放进去泡，泡熟了，一缸咸菜就成了。

我终于吃到妗子腌的豆瓣咸菜时，简直唇齿泛香，即便一碗白面条，只要有了它，便令人胃口大开，食欲陡增。后来，我的母亲也跟着妗子学会做豆瓣咸菜了。因为做起来麻烦，总舍不得吃，只有家里来了亲戚或客人时才会拿出来招待用。

小时候，我印象最深的是，每次家里来了客人，一碗咸菜往桌子上一端，在堂屋里坐的，或在地坝边做事的，一闻到那股扑面而来的辣味中带一丝酱香和生姜、大蒜、洋姜的咸菜味儿，就知道快开饭了。

大家往桌边一坐，一圈人看到桌子中央那碗咸菜，立马两眼放光，都忍不住要多看几眼，深深地呼吸几下那股浓浓的香气。

这时队上扛着锄头、铁耙，驾着犁从地坝边路过的男人，背着满满一背篼牛草、猪草的妇女，就会高声赞美道："哈，这咸菜腌得好香啊！"姈子便会响响亮亮地按辈回答："二叔，就在这里吃吧，添双筷子而已！"

被姈子称为二叔的男子我自然叫二爷。他一方面很客气地对姈子说："不用了，家里你二婶饭也快煮好了，一样的。"另一方面，他腿脚并没有挪得很快。于是，姈子家那一顿饭桌上，自然多了一些欢声笑语，随着乡间的一缕晚风，从前院一直传到后院。

碰上放暑假或者寒假，二姨、三姨家的几个表哥表姐也会去姈子家里玩耍，他们自然知道姈子会做拿手的咸菜招待他们，刚进门，便猴急一般凑到姈子跟前，打趣地说："姈子，你做的咸菜真的是香啊，我们走在半路上都闻到味儿了呢。"

一顿饱饭过后，姈子下地去了，我们一起玩滚铁环、打沙包、跳大绳等游戏，玩累了，也饿了，不停跑出门，朝大路上张望，空荡荡的土路上，一个人都没有，只有风卷起尘土，打着转儿地乱飞。实在忍不住了，表弟只好钻进厨房，从黝黑的坛子里抓出一把还没腌好的大蒜和生姜，切成片，夹馍吃。因为有些辣，表哥、表姐们不停地"哧哧"伸着舌头，甚至直流眼泪，却还自顾自地舔着嘴巴，并不停下来，一个个龇牙咧嘴，相互取笑看谁的脸被辣得最红。待日落西山时，姈子锄草回来了，她看着狼藉的盘子，顿然明白是怎么回事了，却也并不生气，相反微笑着说："下次不要直接吃，舀一勺子烧熟的油泼在上面，用筷子搅拌匀，吃起来会更有味道。"

在舅婆家里，每当村子里有人家要给父母办大寿的时候，酒

腌白菜

席上是断然离不了一盘腌制好的酸白菜或辣萝卜，这是绝好的下酒菜。但并不是所有人家的女主人都会将咸菜腌制得唇齿泛香，有的甚至上不了台面，要味道没味道，要品相没品相，怎么能拿得出手？男主人只顾一声叹息和摇头，似乎再好的酒，也喝不出该有的味道了。

舅婆家斜对面住着的三婶就是其中之一，但她很会来事，每逢家里办大事，头天下午，就差她儿子用盘子装了十几个鸡蛋来妗子家里，要换一盘咸菜。妗子很大方，一边应承，一边大踏步到厨房，揭开咸菜缸子，然后把平时舍不得吃的、香气四溢的咸菜抓出一盆，用一张洗得干干净净的白塑料纸蒙上扎紧，亲自送过去。

开饭时，客人们很快发现，一上桌子，即便是穿得干干净净的村干部和收拾得体体面面的老太婆、打扮得漂漂亮亮的年轻媳妇，都会齐刷刷举起筷子来，朝着饭桌正中的那碗咸菜，拈起一片洋姜或一叶大头菜，先咬一点点，一嚼，“吧咻吧咻”一品，很享受的样子。

这时，准会有人问："这咸菜是哪家的？"当听到主人说是妗子腌制的，十之八九都会说："腌得真的好，比铺子里卖的正经得多！"然后，不停地点点头："老八家的媳妇就是能干！"

妗子逢人便传授秘诀：像这咸菜一类的，看似平常小菜，做起来并不顺当，尤其是想得到气正、味纯的上好味道，除做法选料需要讲究以外，保存也有一定的门道，那就是，咸菜在做的过程中或者放进坛子里后，每次碰咸菜前，都得先把手洗净擦干，平时不能去掏鸟蛋逮雀鸟，手上不能沾水、带汗染腥气，更忌讳满身胡摸乱挠了去抓咸菜。总之一句话，咸菜爱干净，只要这一点做到了，即便再日久天长，捂在坛子里的咸菜，都能香气浓厚、醇正味美。

当然，村子里也有爱戏耍之人，见妗子个头不高，但人很能干，做啥都比一般女人强，就故意问小舅："老八，你咋就这么有福气，隔着万重山水，都能娶回来这么能干的一个媳妇，准是上辈子烧了高香！"

每当此时，小舅并不反驳，相反，很有几分得意扬扬地哼起一段山歌来：

正月里来是新春，
媒婆领我去相亲。
幺妹见了——
躲着把我看哦，
她妈忙叫，
幺女幺女端板凳……

小舅唱这歌时，妗子会在一边安静地听着，待小舅一唱完，她装作翻两下白眼，回一句："这么好的咸菜都堵不住你的嘴，还真当你吃饱了！"

# 涪陵榨菜

彭忠富

“水软橹声柔，草绿芳洲，碧桃几树隐红楼。者是春山魂一片，招入孤舟。

乡梦不曾休，惹甚闲愁？忠州过了又涪州。掷与巴江流到海，切莫回头。”

清人左辅羁旅巴蜀山川，无法压抑乡愁，竟将桃花花瓣撒入长江，希望带走自己的思念。

词中的涪州就是涪陵，它位于长江、乌江交汇处，因乌江古称涪水、巴国王陵多在此而得名。临水筑城，古之通例。一则江河为天然屏障，便于保境安民；二则尽享舟楫渔猎之利，善加利用可衣食无忧。凡两江交汇处皆出名城，攀枝花、重庆、宜宾、涪陵均在此列。

所谓乡愁，我想那应该就是老家的味道吧。老家让人牵肠挂肚，一是因为它“老”，祖坟在那里，老屋在那里，我们的少年时光定格在那里，我们的伙伴生长于那里，它是我们乡土熟人社会的最后依靠；二是因为它有“家”，家是最微小的社会细胞，家是我们的温馨港湾，家是我们人生起步的地方。我们的牙牙学语，我们的蹒跚学步，都是在家里完成的。

“地里的青菜头，都种上了吧！荷锄的老父亲，别踩疼了晚霞。儿时吃剩的面条，凉了吧！老母亲做的老咸菜，还有吗……”青菜头、老咸菜，让涪陵成为一座被榨菜滋养的城市。当涪陵人离开家乡在外地打拼时，他们日思夜想的一定会有涪陵榨菜，也一定会有漫山遍野绿油油的青菜头。

在涪陵乡村的田间地头，让我们倍感亲切的就是青菜头，这是制作涪陵榨菜的主要原料。青菜我们都见过，叶大柄厚，口感苦涩，可用于腌制泡菜，也可制梅干菜，炖汤炝炒两相宜。但青菜头和青菜不一样，青菜汤是一种奇特的绿色或紫红色叶的蔬菜。涪陵人称之为包包菜、疙瘩菜或青菜头，因为它茎部有膨大凸起的乳状组织，显得奇形怪状。有的像圆球，有的像羊角，有的更像是儿童胖乎乎的脸，平滑光亮显得特别可爱。

青菜头表皮青绿，肉质白嫩肥厚，煮、炒、腌泡均可，鲜香可口。在涪陵民间，主妇们喜欢将青菜头去皮切块后，直接用白水煮熟，然后蘸着调料吃。青菜头如果与肉类同煮，其味更美更鲜。榨菜还未发明前，涪陵人就开始用青菜头制作泡菜、干咸菜，其中以城西聚云寺和尚所制最为讲究，远近驰名。每年庙会，远近香客云集，其中不少人是专为能在斋席上品尝到天子殿咸菜而来，涪州青菜头咸菜也因此闻名遐迩。

1898 年，涪陵县城郊商人邱寿安将涪陵青菜头“风干脱水”加盐腌制，经榨压除去卤水（盐水），拌上香料，装入陶坛，密封存放，当年送一坛给在湖北宜昌开“荣生昌”酱园店的弟弟邱汉章，邱汉章在一次宴会上将哥哥邱寿安送予的榨菜让客人品尝，客人们倍觉可口，其风味“嫩、脆、鲜、香”，为其他任何咸菜所不及，争相订货。

1899 年，邱寿安专设作坊加工，扩大生产，并按其加工工艺过程将其命名为“榨菜”。从此涪陵榨菜进入饮食江湖，一路势如破竹，行销国内外，逐渐成为中国咸菜里的一支劲旅。它与法国酸黄瓜、德国甜酸甘蓝并称世界三大名腌菜，也是中国对外出口的三大名菜之一。

“好看不过素打扮，好吃不过咸菜饭。”咸菜据说起源于青铜器时期，是用食盐等调味料腌渍后的蔬菜，有较强的咸味，可长期保存。不同种类的咸菜，用的原料不同。大多都是就地取材，有的地方用芥菜，有的地方用白菜，有的地方用萝卜，有的地方也用其他菜来腌制。

咸菜之所以在中国如此广泛地被食用，是因为古代没冰箱，更没有反季节蔬菜，人们要想在冬天吃到青菜是很难的，因此咸菜堪称是一个伟大的发明。与咸菜类似的还有泡菜、酱菜等，都是为了保证餐桌上一年四季有蔬菜吃而发明的。不过它们之间也有细微的差别，简单来说，咸菜是用盐腌制的，泡菜是通过装坛发酵的，酱菜则是用酱或酱油腌制的。

咸菜又叫盐菜，走在川渝乡村，谁家没有储存咸菜的坛子啊！家庭主妇会不会过日子，我们只要走进厨房，尝尝她家的咸菜味道如何便可知晓了。

三十年前，我住在乡村，尽管家里有自留地，可以吃到新鲜蔬菜，但到了冬天天寒地冻，在哪里去找蔬菜啊！好在母亲会做咸菜，才不至于让我们的餐桌变得乏善可陈。早晨吃粥，就着一碟爽滑脆嫩的咸菜，暖胃暖心有嚼头，赛过神仙日子。咸菜也可烧汤，从乡场上买回新鲜猪肉，煮肉时汤里加些咸菜进去，别有一番风味。

本地咸菜种类极多，据说必以自贡井的粗盐腌制乃佳。行销全国，远至海外，堪称咸菜之王的，应数榨菜，而涪陵榨菜则是榨菜中的翘楚。涪陵榨菜是选用重庆市涪陵区特殊土壤和气候条件下种植出的青菜头，经独特的加工工艺制成的鲜嫩香脆的一种风味产品。

初冬时节，涪陵山野生机盎然，独特的江河地形使这里的空气中充满了湿漉漉的水汽，曼妙的薄雾把这块奇山异水装点得如梦如幻，宛若仙境。涪陵榨菜系出武陵山，涪陵这块土地滋养的青菜头，肉质肥厚，脆嫩少筋，气韵天成。

同样的种子，如果撒播在其他地方，肯定长不出涪陵青菜头的样儿来，这就是水土不合了。选料、剥口、切丝、翻晾、淘洗、压榨、清洗摊晾、秘方配料、拌料、装坛、扎口、封口倒甑，涪陵榨菜的工序可谓繁杂，每道工序都各有一定的操作规程和半成品质量标准。

立冬过后，青菜头开始收获了。村民们男女老少齐上阵，在欢歌笑语声中，将青菜头用背篼背，用箩筐挑，一筐一筐地将其搬回家。那些小个的青菜头去掉老皮后，以细棒为针，软塑料条带为线，一个个穿起来。再将成串的青菜头放在阁楼上、竹架上或栏杆上晾晒。每到这个季节，涪陵乡村处处可见成排晾晒的青菜头，在江风的吹拂中摇曳，仿佛为秀丽的山水装饰上了连片的绿色屏风。

青菜头晾晒五个太阳天后，从晒架上一个个取下来，一筐筐地倒进腌制榨菜的池子，当池底铺的青菜头有一尺多厚时，按比例在上面撒一层盐。盐撒好以后，八九人一组，选一个领队，踏着梯子下到池底，排成一排，像蜜蜂跳采蜜舞一样，一个个背着双手，弯着腰，脚掌使劲，随着领队的号子声，跟着领队在青菜头上面踩踏、挤压。这样来回地在青菜头上转圈圈，走一个小时，直到一点都看不到撒在青菜头上面的盐以后才算合格。踩池子是一种极为风趣的劳动，口要喊、脚要踩，需要所有的踩池人动作协调一致，齐心合力。一人领喊，众人附和，似川江号子。声音粗犷豪放，很气派；言辞丰富，委婉动听，而且从不会有语言障碍。

个头大的青菜头，则直接切成细丝。村民们一手持刀，一手切菜，刀口好像从来没有离开过青菜头，菜丝好像是从刀口下游出来的。每条菜丝厚薄均匀，厚度基本都在三到四毫米之间，这样可使每一条菜丝在相同的腌制条件下咸淡相同、味道相近。切好的菜丝在直径约两米的大竹匾内摊开晾晒，菜丝在阳光和江风的双重作用下自然晾干。晾晒时还要经常翻动菜丝，使各个部分都能受到光照。晾晒过程中不能沾水，因此要随时关注天气变化，如有下雨迹象，则需要迅速将其转移到室内通风处。大约五六天后，菜丝变成了暗黄色，形状没有以前饱满，变得干瘪卷曲，菜丝就晾干了。

将菜丝在大缸内腌制发酵七八天后，就在大木桶内反复淘洗，直到水中没有杂质，然后进入压榨环节。涪陵榨菜，重在一个“榨”字，一点儿也马虎不得。准备一个四方木盒，底板与边框可以分离。底板镂刻着横竖相间的条纹，便于压榨时水分流出。将菜丝从木桶内捞出来，放到木箱里平铺均匀，压上木板箱盖。将一根同盖子等长的圆木横担在盖子上，再把一根长约三米的长圆木垂直于短圆木上，让短圆木成为支点。长圆木一边短一边长，短端不过半米，顶端用粗绳套着一个两三百公斤的大石磙子。三四个工人在另一边有节奏地按压，运用杠杆原理榨出水分。

在工人们有节奏的号子声中，木箱里的水分便随着底板缝隙淅淅沥沥地流了出来。排尽水分后，继续将菜丝晾晒 24 小时就成。拌料也很关键，不同的传承人有着不同的配方。盐巴、花椒面、辣椒粉、香辛料必不可少，只是各种配料的比例，那就是各个传承人的商业机密了，一般不会告诉外人。最后则是装坛腌制，完成一百天的发酵过程就可以开坛食用了。

榨菜工日复一日，年复一年地重复着这看似原始的工序，脆、嫩、鲜、香的涪陵榨菜之魂也在这周而复始的执着中传承下来。在按照传统工艺制作的涪陵榨菜里，我们能品尝到母亲的味道，感受到温暖和煦的阳光，以及潮湿的江风。

中国人饮食注重天人合一，将所有的食材整合、混合、拌和，演绎出万千变化。涪陵榨菜青翠中透着鹅黄，炒肉、烧汤、夹馒头、蒸鱼、焖肉、涮火锅、送粥、泡面、下米饭均可，它在各种美食间游刃有余，让我们大饱口福。

若是你锦衣玉食惯了，不妨换换口味来，份涪陵榨菜佐餐，保你连声叫绝，因为人间美味也不过如此，更因为涪陵榨菜中寄托着我们每一个游子内心深处那浓淡不一的乡愁。

# 豆腐

dòu fu

## 概说

豆腐是一种由豆浆煮开后加入石膏或盐卤使其凝结成块，压去部分水分而成的食品。豆腐作为一种营养丰富的食材，素有『植物肉』之美称。豆腐是我国的一种传统食品，营养价值丰富，烹调方式多种多样，一直以来深受人们的喜爱。

# 渊源

豆腐产生于汉朝，据说是淮南王刘安发明的。朱熹《素食诗》有记载："种豆豆苗稀，力竭心已腐，早知淮南术，安坐获泉布。"并在诗后自注"世传豆腐本为淮南王术"。朱熹这首诗的意思是说农民种庄稼很辛苦，如果知道做豆腐的方法，就能稳稳地赚钱了，诗中的泉布是货币的意思。宋代寇宗奭《本草衍义》在"生大豆"条下有"又可硙为腐，食之。"的记载。硙是磨的意思，把豆子磨碎做成豆腐。明李时珍《本草纲目·谷部豆腐》还有："豆腐之法，始于前汉淮南王刘安。"

豆腐产生于汉朝是后世较为一致的看法，尽管豆腐一词在汉朝并未出现。但制作豆腐的材料——豆子在春秋战国时期就有记载，制作豆腐的工具——石磨在汉朝也已普遍使用。豆子在春秋时期已成为五谷之一，那时叫菽。《诗经·小雅》已有"中原有菽"的记载，也许夏商周时期已有豆子。磨在《说文解字》中为"䃺"，"石硙也。从石靡声"。《汉书》中也有关于磨的记载，可见在汉朝磨已成为常用工具。

制作豆腐的条件已经具备，刘安是否制作出了真正的豆腐，可以先看两个关于刘安发明豆腐的故事。

刘安是汉高祖刘邦的孙子。刘邦建立汉朝后，为了巩固刘家的天下，把自己的儿子分封到各地。刘长被封到了淮南。刘安作为刘长的长子，初封阜陵侯，文帝十六年（前164）封淮南王。刘安信奉道家思想，政治上主张无为而治，但实际上野心很大，只是后来因密谋败露而自杀。刘安还醉心于长生不老之术，门下招揽宾客方术之士数千人，以求能炼出灵丹妙药。刘安召集方术之士在淮南的八公山炼丹，在尝试各种炼丹方法时，竟把豆汁和盐卤混到一起，无意间炼出了“豆腐”。有方士冒死品尝，感到非常美味，就献给刘安。后来，豆腐就在当地传开了。

还有一个说法是刘安是个孝子，他的母亲卧病在床吃不动豆子，刘安便想方设法将豆子磨成汁，在煮豆汁时，为了改善味道，就在里面加入盐卤，竟然煮成了膏状，也就是现在的豆腐脑。刘安的母亲吃后心情大悦，病很快就好了。这种吃法也得以保存下来，后来经过不断改进，就成了豆腐。

豆腐是否为刘安发明，《淮南子》中并没有明确的记载。洪光住在《中国食品科技史》中认为《淮南子》中豆腐的名称为“腐”，而且自宋朝以来，“腐”作为豆腐的简称，仍很常见。如宋葛长庚《琼琯先生集》：“嫩腐虽云美，麸筋最清醇。”明宋应星《天工开物》：“菽，种类之多与稻、黍相等；凡为豉、为酱、为腐，皆大豆中取质焉。”

五代时期的谢绰认为豆腐是由刘安发明的，在《宋拾遗录》中有记载：“豆腐之术，三代前后未闻。此物至汉淮南王亦始传其术于世。”

生活在五代末北宋初的陶穀在《清异录》一书中记载了豆腐这一名称，“时戢为青阳丞，洁己勤民，肉味不给，日市豆腐数个，邑人呼豆腐为小宰羊”。陶穀是皖南人士，这段表明安徽淮南豆腐已成为普通食品。

明朝时豆腐的制作技术已十分成熟。李时珍在《本草纲目》中记载了豆腐的制作方法：“豆腐之法……凡黑豆、黄豆及白豆、泥豆、豌豆、绿豆之类，兼可以为之……水浸、粉碎、滤去渣、煎成。以盐卤或矾汁或醋浆、醋淀，就釜收之；又有人缸内以石膏末收者。大抵得咸、苦、酸、辛之物，皆可收敛尔。其上面凝结者，揭取晾干，名曰豆腐皮，食甚佳也，气味甘咸寒。”可以看出，当时不但有豆腐的制作方法，还制作出了豆腐皮。

明清之后豆腐已成为大众食材，豆腐的食用方法也多种多样。以豆腐作为原料的菜品有麻婆豆腐、小葱拌豆腐、砂锅豆腐、鲫鱼豆腐汤等等，都是家常好菜。五代时，人们把豆腐称为“小宰羊”，认为它的营养价值与羊肉相当。清代袁枚在《随园食单》里曾说：“豆腐得味胜燕窝。”

## 制作方法

传统豆腐有南北之分，主要是因制作时添加的凝固剂不同而造成的。南豆腐也称水豆腐，用石膏点制，含水量较高。水豆腐质地细嫩，口感爽滑，适合煮汤。北豆腐也称老豆腐，多用卤水或酸浆点制。老豆腐含水量少，质地粗老，适合炖菜。

不管哪种豆腐，前期的制作工艺基本相同，主要包括泡豆子、磨豆浆、煮豆浆、点豆花、压豆腐。

泡豆子：通常干豆子需要浸泡十个小时左右，具体要随着温度的高低而适量缩减或增加。因为时间过长豆子就泡坏了，时间短了不出浆。

磨豆浆：浸泡过后的黄豆需要沥干水分，按所需比例重新添加清水，把黄豆放进石磨，推动磨石，快速旋转的磨石不停挤压，黄豆内部组织分离，浓郁的豆浆就挤压出来了。这时的豆浆有浮沫和渣滓，需要用纱布过滤一两次，使豆浆细腻。

煮豆浆：过滤后将豆浆倒入锅中烧火煮，煮开豆浆沸腾冒泡时称“一滚”，如此让豆浆滚三次，称为“三滚”。煮豆浆时要严格把控好火候。

点豆花：点豆花也称点卤。卤水，又叫胆水、盐卤，也有用石膏点制。卤水中含有氯化镁、石膏中含有硫酸钙，都能够与黄豆中的蛋白质分子结合，凝聚沉淀形成豆腐。倒入卤水时需不停搅拌，直至豆腐凝结成霜花状。

压豆腐：点卤过的豆浆静置一段时间后放进铺有纱布的容器中，裹好纱布后压上木板之类的重物，直到不再出水时就可以了。

# 文化意义

豆腐不仅是一道美食，历史上还有许多与豆腐有关的故事。

如与朱元璋有关的珍珠翡翠白玉汤。朱元璋小时候家里很穷，经常饿肚子，有时一天也讨不到一口饭吃。有一次他一连饿了三天，昏倒在路边，被一位路过的老婆婆救起带回家中。老婆婆家里仅有一块豆腐和一点菠菜，红色的菠菜根也没舍得摘去，她配上一点剩米饭一煮，就给朱元璋吃了。朱元璋吃后，觉得特别美味，就问老婆婆刚才吃的是什么。老婆婆是个乐观的人，开玩笑说是“珍珠翡翠白玉汤”。

朱元璋与豆腐还真是有不解之缘，小葱拌豆腐也与朱元璋有关。开国功臣刘伯温刚正不阿，得罪了不少人。有人把他视为眼中钉，经常在朱元璋面前诬陷排挤刘伯温。朱元璋本就多疑，就对刘伯温动了杀心，让他三天内交出账簿备查。第三天，刘伯温一手拿着账簿，一手提着一只瓦罐来见朱元璋。朱元璋见到刘伯温，有些纳闷，看过账本后仍旧将信将疑，示意人将瓦罐打开，里面装的是小葱拌豆腐。他立刻就明白过来。这就是歇后语“小葱拌豆腐——一清二白”的由来。

豆腐的洁白，象征了为官者清廉的形象，也寓意着清清白白做人这一传统美德。另外，豆腐谐音“都福”，因此也寄寓了人们的美好祝福与希望。

# 西坝豆腐西坝味

朱仲祥

把简单家常的豆腐，做出数十上百种菜品，做成一桌堪称“高大上”的宴席，这是乐山五通桥人的创举。

乐山城南岷江西岸有座古镇叫西坝，据说有上千年的历史，可以作证的就是鼎盛于两宋时期的西坝古窑。这里为岷江冲积平原，河渠密布，水网纵横，土地肥沃，物产丰富，是五通桥境内的鱼米之乡。这里不仅出产稻米，也出产大豆，更拥有清澈的溪水。这里的人们从明代时就有制作豆腐美食的优良传统，这里的人能够把豆腐的文章做深做透，做得花样翻新，异彩纷呈。天时地利人和，造就了“西坝豆腐”的独特风味和响亮品牌，使它成为乐山美食的一张名片。

至今，西坝古镇还有许多与豆腐有关的遗迹和民间传说。传说很久以前，八仙中的张果老、吕洞宾、曹国舅云游至此，见树木葱茏的山林间有一块平坦的巨石正好下象棋，于是张果老和曹国舅摆开战场厮杀。晌午，他们肚中饥饿，一旁观战的吕洞宾遂向附近山民讨吃喝。纯朴的山民便煮豆花招待，不想几个时辰过去，豆浆始终煮不开。吕洞宾掐指一算，原来是一金龟精作怪，因为二仙下棋占了它每日晒太阳的巨石。于是吕洞宾一剑刺向沐溪河，金龟受惊升到天空，与吕洞宾展开激战，直杀得昏天暗地，不决高下。杀至凉水井，见一老妪在此纳凉，吕洞宾向她讨水喝，喝过之后功力倍增，斩杀金龟于真武山下。如今，西坝镇有三仙坝、棋盘石、磨刀沟、金龟嘴等地名。据传凉水井就是观音洒下的圣水，滋养出西坝三绝：西坝豆腐、西坝生姜、西坝糯米酒。

但据《嘉州府志》记载，与赵匡胤比剑论道于华山的陈抟老祖，曾隐居于西坝境内的圆通寺，炼丹未成却炼出了西坝豆腐。这一史料写在官方的史志上，似乎不能不信。传说虽然是传说，却是饮食文化不可或缺的一部分。西坝关于豆腐的民间传说还有很多，并形成了不少通俗朴实的豆腐歌谣、富有哲理的豆腐谚语与幽默风趣的豆腐歇后语，汇成了豆腐文化的源头。不仅如此，历朝历代咏赞豆腐题材的古体诗就有二十余种，今人咏豆腐的旧体诗词和新诗也在百首以上。这在其他地区的特色美食中是很少见的。

而西坝豆腐的确切历史，要比西坝古窑晚了许多。在明朝万历年间，镇上的人就有吃豆腐之俗。而真正使西坝豆腐声名远播的，是老字号“庆元店”的第六代掌勺人杨俊华师傅。杨师傅磨制的豆腐，洁白、细嫩、绵软、回味甜润，无论蒸、煮、煎、烧、炸，都不碎不烂。在烹制豆腐时，他将烹饪技艺与审美工艺相结合，火候适宜，佐料合理，先后推出了熊掌豆腐、一品豆腐、灯笼豆腐、绣球豆腐、桂花豆腐、雪花豆腐、三鲜豆腐、盖碗豆腐等上百个品种。他烹制的熊掌豆腐，金黄油亮而不冒气，外酥内嫩又滚烫；他烹制的芙蓉豆腐，朵朵金灿灿的“芙蓉花”，盛开在“白雪”之上，入口却香酥化渣；他烹制的一品豆腐，那豆腐如一朵睡莲，漂浮在高汤中而不下沉，形妙、色美、味鲜。

独具特色的西坝豆腐，按其佐料配兑和烹饪方法，可分为红油型和白油型两大类。红油型以麻、辣、烫、绵、软、嫩、香为特点，白油型则玉嫩似髓，色彩油亮，淡雅清醇。这两类豆腐，色、香、味、形兼备，令人观之饱眼福，食之饱口福。经过杨师傅师徒数十年的努力，西坝豆腐已有300多个品种，常做的有108种，精品36种，荟萃成了饮誉中外的美食品牌，也成为乐山旅游文化的重要组成部分。

炸豆腐

通过烧、炸、炒、熘、蒸、拌，烹饪出360多种菜肴，荟萃成精妙的豆腐宴席，让人惊叹不已。有人写诗赞美道："四川豆腐甲天下，西坝豆腐冠四川。洁白如玉细若脂，几乎舌头一起咽。""一品豆腐宴，尝尽天下鲜。美味甲寰宇，疑似作神仙。"

所谓特产，就是只在此地生产的东西。比如西坝豆腐，就只能在西坝这个特定的环境中，才能做出那么地道的口感品质，换了其他的地方，同样的师傅同样的工艺，做出来的豆腐宴就差一筹。究其原因，是因为这里有一条清澈的小溪，有一口神奇的凉水井。用这里的水研制这里的豆子，才能做出不一样的豆腐来。每天深夜西坝人还在准备明天磨制豆腐的原料，同时要提前将黄豆泡在水里备用。次日凌晨天不亮，西坝豆腐坊就开始工作了，"皮肤褪尽见精华，旋转磨上流浆液"，再经过大锅里的一番挤浆、烧煮、压单，制成白如玉、细若脂的豆腐，等待包括乐山城里的附近餐馆酒店前来提取。凡做西坝豆腐来卖的，必须每天一早来西坝运豆腐回去，再加工成花样翻新的豆腐宴席，供八方游客品尝。

有人给西坝豆腐总结了几个特点：一是口感细腻绵滑，营养倍加丰富；二是细若凝脂，洁白如玉，清鲜柔嫩；三是托于手中晃动而不散塌，掷于汤中久煮而不沉碎。其味在清淡中藏着鲜美，吃起来适口清爽生津，可荤可素。其实还要加上一点，就是工艺上的巧夺天工。比如灯笼豆腐，把豆腐做成灯笼的形状，在里面填上肉馅，上笼蒸熟后浇上酸酸甜甜的汤汁，看上去饱满圆润，油光闪亮，充满喜气。芙蓉豆腐能把豆腐做成一朵盛开的芙蓉，花瓣娇嫩，色彩诱人，令人产生美好的遐想。熊掌豆腐，先是把几大块豆下锅油炸得松松脆脆，再下锅烹制，端上桌来时，一份几乎以假乱真的熊掌豆腐，令人垂涎欲滴。水煮豆腐按照普通水煮肉片的工艺，将豆腐做出麻辣鲜香、汤色红亮的效果来。如此种种，不一而足。能够把家常的豆腐做出三百多种菜品，不能不赞叹厨师的生花妙手。这其中有许多菜品，都是按照斋宴的做法，素菜荤做，包含着佛家严谨的经学理念。

西坝豆腐不仅是人们餐桌上的美味佳肴，营养丰富，而且具有医疗保健作用。豆腐及其制品所含的植物蛋白，有人体必需的八种氨基酸。常食用豆腐，可以降低血液中胆固醇的含量，减少动脉硬化。嫩豆腐中还含有大豆磷脂，磷脂是生命体的重要组成部分，对人体细胞的正常活动和新陈代谢起着重要的作用。经常食用豆腐不仅对神经衰弱和体质虚弱的人有所裨益，而且对高血压、动脉硬化、冠心病等患者有一定的辅助疗效。目前西坝豆腐已经被全球公认为“国际性保健食品”。

邀请朋友来到乐山，招待他吃西坝豆腐，是一种很真诚的待客安排。一个外地人，面对一道道花样不同的豆腐菜，灯笼豆腐、咸黄豆腐、箱箱豆腐、怪味豆腐、雪花豆腐、一品豆腐等等，那表情一定是兴奋与惊喜的。再一一下箸品尝，有的滑嫩，有的松脆，有的麻辣，有的甜香，荤素兼备，干湿相偕，川菜的色香味形，还有盛菜的青花盘子，色彩缤纷，琳琅满目，几乎完美到无可挑剔。此时，感觉是在欣赏一套艺术珍品，一幅风情画卷。

古人云：“鱼米三江金天府，峨山沫水秀嘉州。”乐山的好山好水，不仅孕育了地灵人杰，而且蕴藏了天宝物华。风味独具的西坝豆腐，就是这片山水孕育的饮食奇葩。

# 豆腐乳

张冬娇

也许年龄越大，越喜欢删繁就简，包括衣物和美食。在我们村里，那些老人，每天穿着棉麻衣服，餐桌上的大鱼大肉渐渐少了，但少不了的是蔬菜和豆腐乳。寒冷的冬天或春风浩荡的早晨，喝一口或稀或稠的粥，佐以豆腐乳，那种滋味伴着淳朴的米饭香浸入味蕾，他们的眼里便有了满足和对尘世的感恩。他们年年岁岁，从小吃到老，那种滋味早已刻入记忆里，根深蒂固，成为舌尖上的乡愁。

这种记忆跨过千年的历史，早在唐朝，茶陵豆腐乳就已兴起，到南宋，竟盛行起来了。据《宋史》以及民间传说记载，那一年，南宋绍兴二年（1132 年），为了平定叛军曹成一部，岳飞率军在茶陵境内待了三年，留下了“墨庄”题字、光泉和一经堂等故事和遗迹。其中还有一个故事，这位南宋最杰出的统帅岳飞及其岳家军，当他们尝到当地百姓腌制的豆腐乳后，赞不绝口。平定叛乱后，带回一坛进贡皇上，宋高宗赞曰“此物只应天上有”，并要求茶陵人每年向朝廷专项进贡。

豆腐乳制作过程精细严密但也简单，几乎每户人家都能制作，是极为平民化的食物。豆腐乳的原材料主要为豆腐。家乡人有句俗话，“世上有三苦，打铁挖土磨豆腐”。由此可见，做豆腐绝不是轻巧活，程序烦琐，费时耗力，还有一定的技术含量。

制作豆腐，家乡人称为“作豆腐”。一个“作”字，用得妙趣横生，与作文的“作”字有异曲同工之妙。作文要讲究谋篇、布局、衔接、文字的打磨，而“作豆腐”呢，是要经历泡豆、磨豆、筛浆、熬浆、点浆、收浆、压榨等诸多程序，劳心费力，才有“作”好的豆腐。

记得小时候，吃得最多的是父亲的水煮豆腐。烹调很简单，把豆腐对角切成薄薄的三角形，放入加好盐辣椒的沸水中，两三分钟后，放点葱、酱油就可以了。每一次，当饭菜上桌，父亲总是情不自禁地夹上一两块，在空中弹几下，那薄薄的豆腐顺势波浪式地动几下，并不断裂。父亲说，瞧，再怎么弹，也不会断裂，这就是好豆腐，这才是真正的豆腐。然后他饱含深情，放入口中，抿几下，一副陶醉的样子。我们迫不及待地也夹上一两块豆腐，送入口中，只觉清嫩柔滑，一丝淡淡的清鲜，合着淡淡的香气滋润着我们的心。

有了好的原材料，还要选择时令。腌制豆腐乳的最佳时节，是每年的立冬后到第二年立春前。此时，气温寒冷，适宜豆腐长菌发霉。乡人准备一只大大的竹篮，竹篮里平铺一层稻草梗，稻草梗上平摊着一块一块豆腐，放在通风的房里。竹篮、稻草梗都要注意干燥清洁，不然，就会积垢产酸，造成“逃浆”，影响豆腐乳的味道。天气温和的日子，只需五六天的时间，豆腐块表面就有了几抹黄霉，空气中弥漫着丝丝豆腐乳香。待到青霉一起，立即切成小方块，于白酒中翻个身杀杀菌，浇上炒好的盐和辣椒粉，收入坛中，淋上茶油，密封，豆腐乳就做成了。半个月后，揭开坛盖，清香扑鼻。挑入碗里，黄澄澄，嫩生生，令人馋涎欲滴。古人有诗为证：“才闻香气已先贪，白褚油封由小餐。滑似油膏挑不起，可怜风味似淮南。”

入口一尝，果然细腻柔滑，一股爽甜鲜香旋即向舌床蔓延，再浸入五脏六腑，整个人仿佛都融进了那馨香甜润里了，让人有种幸福的眩晕感，难怪茶陵豆腐乳素有“最令人魔化的美食”之称。

当然，只是注重制作过程的精细严密，还不足以体现茶陵豆腐乳的美味。当年，岳飞曾带了一位茶陵人随军腌制，但味道逊色多了，岳飞感叹道：“南橘北枳，其然乎？”原因何在？在于制作佐料的讲究。茶陵地理位置优越，气候宜人，土壤肥沃，水源充足，境内多山丘，是典型的丘陵地带，适宜大豆、辣椒、山茶的生长。经过特定土壤的孕育，承接日月精华和露水的滋润，这些饱满的大豆，辣味十足的红椒，纯绿清香的山茶油，再加上清纯的云阳山泉水，腌制的豆腐乳当然色、香、味俱全了。

茶陵豆腐乳的美味，还在于口感的千滋百味。制作的时间、各人的手法与习惯不一样，豆腐乳也各有各味。有的色艳甜大于香，有的橙黄甜中带酸，有的色暗香大于甜，有的干硬香大于甜……相传早在宋代，年年都要进行大规模的比赛，大家集体品尝，从中选取每年的“豆腐西施”。

印象最深的是儿时的乡下，每年都要制作一种又干又硬又香的豆腐乳，这是一件像杀年猪和做米花糖一样极为盛大的事情。在这个过程中，人们仿佛忽略了劳动的艰辛和生活的困顿，以美食来表现乡村生活的欢喜自在。每年腊月开始，家家户户就浸了大豆，捆了干柴，陆陆续续来到村里豆腐作坊里轮流“作豆腐”。一部分豆腐炸成油豆腐，用于过年或腌制好平日里吃。剩下的就平摊在菜篮的稻草梗上，菜篮被高高吊起在对着地炉的天花板上，一挂就是个把月。菌丝越来越多，越来越长，豆腐越来越干，越来越香。寒冬腊月，一家人围炉而坐，或读书或聊天或织毛衣。窗外，寒风像刀一样扑向万物，窗台发出“呜呜”的怪响；窗内，炉火正旺，满屋里弥漫着豆腐乳香，令人感觉日子美好而温暖。

到了年底，菌丝有了几寸长了，豆腐已熏成灰黄，又硬又干，乡人才用刀切好腌制入坛。这种干硬的豆腐乳别有一种香味，保质时间也最长，可以吃到第二年的播种时节。那时节，过年的大鱼大肉已经吃完，菜园里只剩下菜薹，正是青黄不接的时候，豆腐乳就派上大用场了。那时节，田野里油菜花开得正艳，空气里有新翻的泥土气息，家家户户门前晒满了剁碎的黄绿菜薹，人们喜欢端着饭碗坐在门前的春风里，扒几口饭，蘸点豆腐乳往嘴里咂摸几下，那种香甜伴随着暮春的暖风扑面而来，温馨而甜蜜，一小块豆腐乳就能送下一大碗饭。最妙的是喝稀饭，当豆腐乳的鲜红浸入白色的稀饭中，先漾出一丝丝红色，搅拌后，整个稀饭如同染色，粥香和着豆腐乳香一起，让人胃口大开，吃了一碗再来一碗，总也吃不厌。

坛里的豆腐乳吃到差不多时，会剩下半坛豆腐乳汁，乡人会把炸干的油豆腐浸入豆腐乳汁里，半个月左右，豆腐乳汁渗透到油豆腐里，干硬的油豆腐变得绵软湿润，豆腐乳汁的浓郁醇厚加上油豆腐的嚼头，吃起来耐人寻味。油豆腐吃完了，接着还有干笋、萝卜干等，只需一周时间，浸润的干笋、萝卜干就变得鲜嫩晶莹剔透，入口香润清爽。小时候，总觉得那些雕花的瓷坛像个聚宝盆，里面有取不完的美味。每一次，当母亲从坛子里夹出这些美味上桌时，油淋淋、鲜嫩嫩、香喷喷，令人馋涎欲滴，食欲大振。除此之外，豆腐乳汁还可以拌炒空心菜、冬瓜、箭笋、黄瓜，在没有大鱼大肉的时代，豆腐乳把各种蔬菜也滋润得千滋百味。它的美味不仅恩养着我们的身，也恩养着我们的心，拉近我们与自然世界的关系，形成牢固的味觉记忆和丰富的情感积淀。在那个物资匮乏的年代，有豆腐乳调和着，再简单贫困的日子，也是甜蜜和幸福的呢。

如今，茶陵豆腐乳的腌制和保存技术更高，一年四季都可以吃到豆腐乳了。茶陵豆腐乳已远销海内外，其腌制技术也传到了大江南北，长城内外。豆腐乳含有丰富的氨基酸和多种微量元素，可降低人体内胆固醇的含量，减少高血压等心脑血管疾病的发生。它还有助于消化，能增强食欲。在物资丰裕的今天，豆腐乳仍备受人们青睐，茶陵县城大大小小宾馆、餐馆及粉馆的餐桌上，大都备有一小碟豆腐乳。人们在尝够众多美味佳肴时，总不忘蘸点豆腐乳品味几下。尤其是早餐，豆腐乳的作用很多，可以蘸点放入一碗粉里吃，可以用豆腐乳涂抹馒头吃，将馒头一分为二，用筷子夹点豆腐乳涂抹均匀，合在一起吃，味道妙不可言。很多人吃的也许不仅仅是豆腐乳了，而是一种儿时的味道，一种乡愁。茶陵豆腐乳不仅成为茶陵人餐桌上一道不可或缺的美食，同时，也逐渐内化成茶陵人们精神文化的一部分。

# 麻辣鲜香豆腐脑

朱仲祥

走进物华天宝的乐山，无论城市还是乡村，人们都喜欢吃豆花。他们因为喜欢，所以就爱在上面动脑筋，玩出点新花样，以满足人们的食欲要求。其中麻辣鲜香的豆腐脑，就是乐山民间创新的一道美食。

乐山的嫩豆花非常有名，其特点是鲜嫩爽口，清香诱人，配上用红油、芝麻、花椒、葱花等佐料精心调制的油碟，其口感刺激又鲜香，令人难忘。乐山民间又在此基础上，将豆花做得更嫩，让佐料变得更香，干脆就将嫩豆花与麻辣佐料合二为一，精心调制在一个碗里，再加上更多的其他配料，变成人们解决嘴馋的风味小吃。

乐山的豆腐脑，以主城区和夹江、峨眉、五通桥等地做得最好，也最盛行，豆腐脑小吃店分布在大街小巷，随处可见。几个地方的做法大同小异，但也各有风格。通常说来，乐山的豆腐脑喜爱加粉丝和香浓的牛肉汤，增加其滑腻入口和牛肉的鲜美口感；峨眉的豆腐脑一般要加酥肉，提升其酥脆的口感；五通桥的豆腐脑，则吸取了两地的特点，既加入粉条也加进酥肉，显得更加完美一点。

我最喜爱的还是夹江豆腐脑。这里的豆腐脑既不加酥肉，也不加粉条，而是加入了鸡丝或粉蒸肉。特别是鸡丝豆腐脑，可称是夹江最著名的小吃，味道鲜美，四季皆宜，是夹江人最喜爱的食物，也是平

加入配料的豆腐脑

时消遣的好东西。其做法是：放入味精、酱油、红油辣椒、花椒末、葱花、芹菜叶、油酥黄豆和花生仁、馓子等十多种配料，最后再加一大撮银线般的鸡脯肉丝，就大功告成了。当然，食客们也可以凭自己的喜好，加上一两笼粉蒸牛肉，和豆腐脑搅拌着吃。其中的油酥花生和馓子，相比其他地方的豆腐脑，增加了香脆的口感；再加入了鸡丝或粉蒸牛肉后，豆腐脑既滑嫩鲜香，又有了嚼劲。夹江豆腐脑有一个特点：在麻辣的味道之外，还可以选择糖醋口味，糖醋豆腐脑那酸酸甜甜的味道，让不少食客流连忘返。

据我观察，每个地方在豆腐脑的具体做法上各有差异，但万变不离其宗，主要有如下几个步骤。

首先，要准备一些川味小吃中常用的调味小菜。葱适量，香菜适量，切成小段；大头菜切成粒；花生粒适量。大头菜可以在农贸市场卖腌制菜品的摊位买到，如果是非四川地区不好买的话，个人认为榨菜粒可以替代。正宗的豆腐脑使用的是炸黄豆，因为家庭不好制作，所以一般使用花生粒替代，如果是炒过或炸过的花生粒就更好了。调味小菜准备好，装盘备用。下面介绍另一样重要的配料——馓子，就是面粉和着蛋清一块儿入锅油炸，制成一种酥脆的小食品，可就这样作休闲食品食用。馓子遇上豆腐脑，那真是绝配，酥脆与滑嫩，一刚一柔，一脆一鲜，别有一番风味。同时准备一盘粉蒸牛肉，将牛肉切成小条，调好味（加豆瓣酱或只加盐、酱油等，口味不重的可什么都不用加），与蒸肉粉搅拌均匀，上锅蒸 20 分钟即可。至于夹江豆腐脑所用的鸡丝，最好用土鸡的胸脯肉，加上香料煮熟后，撕成一条条的肉丝，装在盘子里备用。豆腐脑烹制完成后，用筷子拈一撮放在上面即可。

接下来是重要的一环：调制豆腐脑。先烧开一锅水，如果有条件，这锅水可换成骨头汤，口味更鲜美。然后将在超市购买的普通淀粉，用冷水调成均匀的稀水糊状，待锅里水开之后，将冷水调好的淀粉慢慢倒入，同时用筷子搅拌，待凝固成浓稠的糊状，再切少量的嫩豆腐片到汤汁里，用超市卖的内酯豆腐为最佳，一般的豆腐切薄片也可。加豆腐片后可不开火，用本来的温度焖热豆腐。如果豆腐片较冷，或糊糊较少，开火煮开即可。另取一个碗，碗内先放底料，我放的是红油辣椒、酱油、盐、味精和糖（只是提味，不能放多吃出甜味）。将糊糊和豆腐片盛到碗内，撒上馓子、大头菜粒、香菜末、葱花，配上粉蒸牛肉或鸡丝等，就算大功告成。

置身虽然简陋但不失整洁的小店，面对桌上一碗红红绿绿、白白嫩嫩的豆腐脑，我总会觉得生活如此简单却又如此美好。用陶瓷的小调羹轻轻搅动，豆腐脑的各种香味顿时扑鼻而来，猛烈刺激你的味蕾，让你垂涎欲滴，欲罢不能。于是，你低下头去舀上一勺，一边轻吹，一边吞下香香滑滑的豆腐脑，麻辣香脆烫等各种感觉一起袭来，鼻尖上立即冒出细密的汗珠，香辣的味道从身体的各个部位透出来，怎是一个“爽”字了得。遇上赶场天的时候，大街小巷的豆腐脑店生意都特别好，有的食客即使没有坐到位置，也甘愿不顾形象地站到大街上痛快地吃上几大碗。其实，豆腐脑就是一风味小吃，品尝时也用不着什么讲究，衣冠楚楚也好，不修边幅也罢，文质彬彬也好，粗犷奔放也罢，都没有人去计较和评论。怀着完全放松自如的心态，更能品味到美食的真味。

我的好吃嘴朋友中，不少人把豆腐脑当作解馋的小吃，走到店子前便迈不开腿，不由自主地坐了下来，叫上一碗豆腐脑，一勺接一勺地慢慢尝鲜。也有人把豆腐脑当作正餐，但往往一碗豆腐脑不经饿，还要叫上一笼蒸饺，或者一两张卡饼，卡饼也就是在普通烧饼中间放进麻辣蒸肉，一勺豆腐脑一个蒸饺，一勺豆腐脑一口卡饼地品尝，又解馋又充饥，不亦乐乎？

最近，民间小吃豆腐脑也开始登上“大雅之堂”。这道风味小吃，经过厨师们的发掘提升，堂而皇之地出现在了宾馆酒店的宴席上，成为一桌菜肴的亮点。豆腐脑通常是用一精美硕大的器皿盛着，端上桌以后由服务小妹轻轻搅匀，然后分别盛到每个客人的碗里。也有不怕麻烦，分别盛入精致小碗端上桌来的。精细的制作，独特的口感，加上所盛器皿的讲究，常常能收到别开生面的效果。特别是对于外地来客来说，更觉得新奇别致，赞不绝口。

一方水土养一方人，一方人成就一方美食。乐山人用自己的聪明智慧和创新精神，发现和改良了豆腐脑这道美食，增加了这方水土的迷人魅力，也成为游子挥之不去的乡愁……

# 荠菜

jì cài

## 概说

荠菜又名鸡心菜、鸡脚菜、护生菜、护心菜、枕头草、菱角菜、辣菜、香善菜等，是一种生长在山坡、田间、路旁的野菜，也有栽培。初春时，嫩苗可作菜食用，清明节后，全株可作为药用。民间有『三月三，荠菜当灵丹』的说法。白居易《早春》诗中『满庭田地湿，荠叶生墙根』一句，就指出了荠菜的生长环境。李时珍《本草纲目》中述：『荠生济济，故谓之荠。』说明荠菜得名于它的生长特点——随处丛生。

## 渊源

荠菜被称为“野菜中的珍品”，其嗅清香，味甘。作为食品，荠菜可以追溯至春秋时期，《诗经·邶风·谷风》中有“谁谓荼苦，其甘如荠”的记载。《尔雅翼》：“荠之为菜最甘，故称其甘如荠。”荠菜被人们广泛地采摘食用，很早就是备受人们喜爱的菜品。《楚辞·离骚》中有“故荼荠不同亩兮，兰茝幽而独芳”之句，可见早在先秦时代，荠菜和苦菜就已经被大面积地栽培了。

据《周礼》记载，当时已有三月三吃荠菜的说法，“岁时祓除，如今三月上巳如水上之类”。三月初三在古代为上巳节，当时许多地方都有上巳节吃荠菜的传统，还有将荠菜花放在灶上的习俗，认为这样蚂蚁就不上锅台。汉朝董仲舒在《春秋繁露》中还记载有：“冬水气也，荠甘美也。”这是对荠菜的赞美。

还有一种关于荠菜来源的说法是东汉末年，诸葛亮在一次上山寻找药材时，发现了荠菜并让人大量种植，以至于在烽火连天的战乱时期，将士不但不会挨饿，还能靠荠菜治病，于是荠菜深受人们的喜爱。这种说法似乎不太可靠，毕竟在此之前已有吃荠菜和种荠菜的明确记载。

荠菜除了自身味道鲜美外，也得益于一些爱好美食的文人的传播。魏晋南北朝时有不少写荠菜的《荠赋》。如西晋文学家夏侯湛在《荠赋》中写道：“见芳荠之生时，被畦畴而独繁；钻重冰而挺茂，蒙严霜以发鲜。”夏侯湛赞扬了荠菜不畏严寒，“独繁”“挺茂”“发鲜”的顽强精神。唐朝大诗人杜普因家贫就经常靠吃荠菜来度日，“墙阴老春荠”说的就是荠菜。美食家苏东坡为了挖荠菜，竟是“时绕麦田求野荠，强为僧舍煮山羹”。宋朝的范仲淹也曾写过《荠赋》："陶家瓮内，腌成碧绿青黄，措入口中，嚼生宫商角徵。"范仲淹少时家贫，时常以荠菜充饥度日。

唐朝时，吃荠菜已成为一种民风，这时还有一种以荠菜为主要馅料的春饼。每到立春这天，家家户户都要吃荠菜馅的春饼。人们还会将荠菜与其他食材进行搭配，制成"春盘"，亲朋之间相互赠送，成为一种辞旧迎新的年俗。

苏轼在《与徐十二书》中详细记载了荠菜的吃法："今日食荠极美……虽不甘于五味，而有味外之美，其法取荠一二升许，净择，入淘米三合，冷水三升，生姜不去皮，捶两指大同入釜中，浇生油一蚬壳，当于羹面上……不得入盐醋。君若知此味，则陆海八珍，皆可鄙厌也。"苏轼不愧为美食家，一道野菜竟然能做出美味，使得"陆海八珍"都不值一提了。故而陆游也有"长鱼大肉何由荐，冻荠此际值千金"之诗句。

陆游也用荠菜做出荠糁，这种食物也叫东坡羹。糁是用米磨成的米粉，将荠菜去除老叶和根，清洗后切成粒状。清水烧开后将米粉放入煮成糊状，再加入荠菜搅拌均匀，调入食盐即可食用。制成后的荠糁颜色翠绿，清香宜人，口味滋润鲜香。陆游不禁赞叹"荠糁芳甘妙绝伦，啜来恍若在峨岷"，喝一口荠糁让人恍惚感觉自己已经到了苏东坡的家乡。

当然赞美荠菜最出名的是辛弃疾，他的那首《鹧鸪天》不少人耳熟能详。"陌上柔桑破嫩芽，东邻蚕种已生些。平冈细草鸣黄犊，斜日寒林点暮鸦。　山远近，路横斜，青旗沽酒有人家。城中桃李愁风雨，春在溪头荠菜花。"

荠菜虽是一种美味的野菜，但在贫苦人眼中就没有那种"春在溪头荠菜花"的意境了。明朝滑浩在《野菜谱》中记载："江荠青青江水绿，江边挑菜女儿哭。爷娘新死兄趁熟，止存我与妹看屋。"对于这些靠荠菜充饥的贫苦百姓来说就满是辛酸。

清朝的《素食说略》记载了荠菜的一些食用方法："荠菜为

野上品，煮粥作斋，特为清永。以油炒之，颇清腴，再加水煨尤佳。”荠菜作为野菜中的上品，可以煮粥，制作斋饭，还可以炒食。

## 烹制方法

荠菜营养价值较高，被誉为“菜中甘草”，据《名医别录》记载：“荠菜，甘温无毒，和脾利水，止血明目。”荠菜除了营养丰富，还有较高的医用价值。

荠菜的吃法多种多样，可煮可炖，可煎可炒，可腌可拌。凉拌荠菜、荠菜炒蛋、荠菜羹、荠菜豆腐汤等都是常见的餐桌美食。但在烹制荠菜时，需要注意不宜久烧久煮，否则会破坏其营养成分，也会使其颜色变黄。此外荠菜可做馅料，荠菜馅儿的饺子、包子、馄饨、春卷等都深受喜爱。荠菜性凉，脾胃虚弱者应尽量少食。

荠菜做法简单，以常见的吃法为例。

荠菜粥：米、荠菜清洗干净，荠菜切碎，水煮沸后，米和菜一同放入锅内煮成粥，具有补益健脾、明目止血的功用。

荠菜饺子：荠菜清洗干净，放入有少许盐的开水中烫一下，捞出放入冷水中浸泡，准备好肉馅后，将荠菜切碎与调好的肉馅混合均匀即可。包饺子的过程可参见概说饺子中的制作方法。

# 文化意义

荠菜在中国人的饮食中出现较早，不管生活如何，是百姓心中永远的一道美味。有民谚说："吃了荠菜，百蔬不鲜。"荠菜本是一种季节性蔬菜，随着科技的发展，现在一年四季均可吃到荠菜，但春天仍然是吃荠菜的最好时节，民间有"阳春三月三，荠菜赛灵丹"之说。

南京有"三月三，荠菜花煮鸡蛋"的习俗。在三月初三上巳节这天吃荠菜花煮鸡蛋，可以消灾辟邪，求得吉祥平安。

三月三还有在灶上放置荠菜花，妇女在发髻上戴荠菜花的习俗。据顾禄《清嘉录》中记载："荠菜花俗呼野菜花，因谚有三月三蚂蚁上灶山之语，三日人家皆以野菜花置灶陉上，以厌虫蚁，清晨村童叫卖不绝。或妇女簪髻上以祈清目，俗号眼亮花。"科学研究证实，荠菜含有荠菜酸、生物碱、氨基酸等，具有清热、解毒、明目的功效，不过这应当是食疗的作用。但这一习俗说明人们认识到荠菜的功效。

古人讲究"不时不食"，荠菜随着春天一起成长，在春天品尝荠菜，品尝自然的味道。

# 故乡的野菜

张静

野菜是和春天、和故乡一起苏醒过来的。

惊蛰过后，气候渐暖，天空脱掉了铅灰色的长袍，换了淡蓝的薄衫，连云朵也轻巧起来，流动着，飘逸着，似着了新装的少女。

喜鹊也在村头的白杨树枝头上不停鸣叫着，叫得老人们坐不住了，总想下地走走。他们心头惦记的，是那片初春的田野。这春风十里，阳光煦暖，僵硬了一个冬天的土地一日日酥软，麦苗正在返青，柔柔的，软软的，像绿油油的毯子铺在田野里。

先生爷识文断字，是村里的教书先生（按辈分叫爷，实际上并不老），我们三年级的语文、数学、常识、美术、音乐等课程，他一个人几乎全包了。这满大地春分荡漾的时候，先生爷正文绉绉地带着我们朗读范文："春天来了，地头沟畔是最早的标志。你瞧，那小草刚露尖尖角，远看淡淡的，走近了，却似有似无。俯下身子仔细看，哦，那在春风中探出脑袋摇曳的，该是蒲公英、荠菜、车前草等，三两片叶子，或鹅黄，或盈绿，深深浅浅，稀稀疏疏，羞怯如少女，没过几日，铺天盖地密密匝匝，满地都是……"他一嘴的醋熘普通话，惹得我虽坐在教室里，眼睛却不停地朝破碎玻璃的窗外看。

放学后，先生爷夹着书从教室出来，他一边走，一边拽拽三娃的衣领或者四牛的书包，大声说："甭贪玩了，到地里挖些野菜回去，让你娘做成菜团，拌上五香料，比啃干馍好吃多了。”

先生爷说得很对。小时候，挖野菜是村里孩子们的一大乐事。放学后，个个小跑着跟在大人屁股后面，臂弯挎着柳条筐，像刚出窝的燕子。年纪小的，大人得一遍遍叮咛，这一棵是婆婆丁，那一丛是荠荠菜，旁边带刺的叫马齿苋，叶子偏圆的是酸酸菜……这是乡下孩子人生之初对于大地最早的认知，也是最简单的植物学，最朴素的自然课。老辈们知道，是这些野菜喂养了祖先，使得他们的骨子深处也藏有草木和泥土的品质，比如生生不息、敦厚温良、清新质朴……这些都是必须让后世子孙铭记终生的。

## 二

在众多的野菜里，最好吃的莫过于荠菜了。它属于耐寒植物，喜冰凉，趴着地生长。小时候，和村里伙伴们一起挖荠菜，回来的路上，若是碰上先生爷，准会被挡住去路，对着我们篼子里的荠菜说教一番。诸如，他会一本正经地问我们：“知道《救荒本草》吗？里面记载荠菜在灾荒之年是代粮充饥之物，贫穷之人视其为宝，要记得善待和珍惜呢。”

过了两日，先生爷再碰上我们时，依然会拷问：“娃们，‘荠生济济，故谓之荠’，谁说的？”

伙伴们你望望我，我看看你，面面相觑，个个哭丧着脸，摇摇头。

“猴崽子，一天就知道贪耍，前日语文课上刚讲的，咋转个身子就忘记了？”先生爷很失望，一边叹气一边摇头，完了又开始谆谆说教起来，“看来，爷还得给你们再讲一遍，这是明代李时珍《本草纲目》里讲的，是说小小荠菜能济世济人济苍生，功莫大焉。”讲完，依然指着我们一个一个问：“记住了没，一锅糊酱子？”

“嗯，嗯，记住了，记住了。”我们连连点头，他这才背着手，转身而去。

这一幕虽然过去很多年了，但我至今难以忘记，并为自己小时贪玩不喜读书、孤陋寡闻而脸红和羞愧。

先生爷的话不无道理。就拿我家来说，祖辈都是贫农，哪有钱买菜？春天里，母亲下地回来时，顺便会挖一大把长得茂盛的荠菜，摘干净后下到锅里，顿时，碗里的白水面条里被几片鲜嫩翠绿的荠菜点缀得美好无比，食欲一下子大增。

荠菜的吃法很多，可以凉拌、煮汤，也可包荠菜饺子、烙荠菜馍、擀荠菜面，这些都是青黄不接的贫瘠岁月里节约粮食的做法，我起初觉得好吃，可吃多了，吃久了，就有些见不得了，甚至好几回，我会看着满碗的荠菜心生厌恶，继而发愁。那个时候，我好想一筷子从碗底挑上来的，是几根长长的白面条啊！

相比之下，我最爱喝荠菜豆腐汤。做法很简单，乡里人做的手工豆腐，切小方块，荠菜洗净、沥水，干香菇发泡、切条。锅水烧开，放入豆腐、香菇，入雪花盐，轻搅至沸，加荠菜叶，再用小半勺淀粉勾芡，淋几滴芝麻油即好，入口鲜美。难怪宋代大诗人苏轼有诗云：“时绕麦田求野荠，强令僧舍煮山羹。”着实不假。

## 二

村子里的八爷对婆婆丁（蒲公英）情有独钟，墙角、塄坎、河边、沟壑，随处可见，很容易寻到。其叶子呈齿状，浅绿色，掐断细长的茎后有白色浆水冒出来。口味略苦，可生着蘸酱吃，也可以将水烧开，撒一些盐，再将婆婆丁放进去，略焯，入凉水浸泡，再与辣椒丝、蒜片一起素拌，淋香油。入嘴，先有苦味，细咀嚼后，竟有初春般的清新。

每年春天，八爷家的窗台上、房檐台、墙角处，晒了很多婆婆丁。不过，那时我还小，并不知晓婆婆丁的药性，倒是很喜欢唱挎着篮子唱那句“我是一颗蒲公英的种子”，更喜欢用嘴巴吹婆婆丁生出的花絮，丝丝浅浅的白絮，轻轻地，四下飘散，似要将一个乡下孩子年少的梦想，顺着风，顺着阳光，顺着村子，一路飘，飘到很远的、令我神往的地方。

上初中后，在植物课上，我才知道了婆婆丁神奇无比的性味。诸如性味甘，微苦，寒，有利尿、缓泻、退黄疸、利胆等功效，尤其对祛除热毒、黄疸、咽痛、肺痈等，药到病除，神效得很。后来，玉秀婶的男人患了白血病，要用骨髓移植才能活下来，可乡下人穷，哪有钱啊，只好从医院回来，在家熬着。

那日，八爷看了玉秀婶的男人后，嘱咐她说："用婆婆丁试试，生吃、炒食、做汤，都行。"完了，又给配了些其他中药，让玉秀婶熬制成汤，一日三次，他竟然活了下来，比医生预计的多活了十年，真是奇迹呢。

## 三

清明前后，榆树开花了，一咕噜一咕噜缀满了枝丫，我们叫它榆钱儿，因其形圆薄如钱币，故而得名，很好吃的。一到放学时间，伙伴们三三两两结伴去摘榆钱。在树下，我们先把书本倒出来，背着空书包，抱着比腰身还粗的树干，憋足了劲爬上去，骑在粗大的树枝上，一只手扳着树枝，另一只手大把大把地捋，嘴也不闲着，直到书包捋满了，肚子也装饱了。

榆钱不但可以生吃，还可以做榆钱饭、榆钱粥，或蒸或煮，都是美味。我最喜欢吃榆钱窝窝了。将榆钱捋下，用水洗净，同面和在一起，做成窝窝，上锅蒸熟了，面粉的清香，榆钱的野味，浑然一体，香甜可口。我祖母喜欢将榆钱在热水里焯一下，佐以葱花、油、盐，搅拌均匀，烙成薄饼，裹上蒜泥或放少许辣椒，吃起来更是外焦里嫩，香味四溢。

我三叔是木匠，他最关注的是榆树的材质，枝干坚硬，是农家盖房子的上好檩条。他说榆树板材花纹好看，是做家具的好材料。树皮，是天然的黏合剂。就连剩下的余料，三叔也绝对不会浪费，他会做成一根根擀面杖，东家一个，西家一个，擀出来的面又柔韧又筋道，人们用了都说好。

## 四

有一种小根蒜，也称薤根。茎叶细长碧绿，如细葱一般，根茎处有结，形如蒜头，食之有蒜味。可蘸酱生食，辣味甚浓；也可入醋腌制，味道鲜辣，令人食欲大增。因小根蒜叶子上时常带有露珠，古代又称薤露。从先秦到汉代，人们常食薤菜，又把它和露珠联系在一起，预示人生虽短暂，但却生生不息。

早年北方的初春，贫瘠人家的日子多数青黄不接，小根蒜是饭桌上上好的美味，母亲更是顿顿要将其凉拌，作为早晚熬各种粥的主菜。后来，我读的书多了，知其乃一味药，除抗菌消炎外，还能帮助消化，若将小根蒜与一些中药搭配使用，还能起到治疗冠心病、肠炎、气管炎等多种疾病的作用。

小根蒜一般在三月中旬土壤解冻时开始生长，夏季高温期开始休眠。冬季土壤解冻后，它以小鳞茎在地下越冬储根，春秋季节生长最旺。这一点，还是成家后婆婆告诉我的。婆婆家地处咸阳北塬，沟壑纵深，很适合小根蒜的生长。春秋两季回老家，总会看到婆婆的窗台上、院子里晾晒了好多小根蒜，白杆、白根，像胡须一样。婆婆说，果园里、河沟里到处都是，挖回来的，凉拌可吃，剩下的晒干，30 多元一斤，有专人上门收购，还能卖不少钱！

## 五

上周末，朋友去西山游玩，回来送我很多荠菜，摘净清洗，包了饺子，是久违的、熟稔的味道。又一日，开饭店的同学电话相约，说有香椿野菜，让几个儿时伙伴前去品尝。入口，鲜嫩青翠，香气浓郁，不负盛名。归来，总念念不忘。想再去品时，他咧嘴笑我，早长疯了，长老了，吃不得了。不觉感慨，原来这根植于心的味蕾，任时光老去，亦还是有最初的欢喜啊！

# 春来荠菜香

尹桂宁

时令虽临近雨水，却被一场倒春寒闹得风寒料峭。走在孙武湖边，不经意地，被路边草丛里稀稀拉拉探出头来的小脑袋瓜吸引了，用脚尖扒拉了一下，竟然是“拨雪挑来叶转青，自删自煮作杯羹。宝阶香砌何曾识，偏向寒门满地生”的荠菜。

源于对荠菜饺子的垂涎，我和乔木来到湖边的一处树林。刚进树林，一片空旷裹挟着嫩绿闯进视线，荠菜们把浑身的绿色挤出来，密密麻麻的小绿拼接而成一大片一大片的嫩绿。

多久没见到室外的绿了，视野的饥渴被一片片蔓延开来的绿意充斥得顿时饱满起来。菜菜们挤着身子带着响声往上长，几滴露珠滑落，浸润到湿黑的泥土里不见了。

树林里一片静谧，几只喜鹊穿梭其间，清脆的“喳喳”声响彻树林，在半空回旋，似在发布着什么好消息。

树木在入冬前就被修剪了树枝，酷似当下时兴的板寸。被剪下的树枝零零散散地横在地上，散发着凄凉与无奈。结了冻的土地已经融化，耳边传来土壤在喝饱了水分后，满意地张着嘴巴快乐的咂嘴声。即使没有荠菜，仅这一片静好也让我心生欢愉。再看脚下的菜菜们，一盘盘的荠菜饺子便从脑际连蹦带跳地盛到眼前。

值得一提的是，这里的树林除了树，就是一片几乎没有杂草的土地，仿佛是一片果园。嫩生生的荠菜，在微风中挥动着它们绿色的手掌，招呼我，欢迎我。我踩着松软的泥土，脚步轻捷地一步步迈向它们。

找到一个能下脚的地方，蹲下身子，塑料袋往边上一放，右手拿着镰刀开始成片地从底部横扫，左手配合着提拉捡拾。我将其中一棵比较大的荠菜握在手里，往上一提，荠菜拖着一条白生生的根跳了出来，那细长的根上还生有更细的根须，活像老鼠尾巴。这白生生的荠菜根，让我不由得想起小时候捡的茯根。

那是秋耕时，土壤里翻出来的一条条细长白嫩的茯根，父亲说茯根可以蒸了吃，味道还不错呢。于是，我们就跟在马拉的犁后面，捡拾茯根，竟然捡了一大捆。中午便吃上了人生仅有的那次茯根大餐，真的如父亲所说，又甜又面。这件事虽然过去很多年了，但在记忆里依旧鲜活如初。

想着想着，我放下镰刀，左手拽着菜叶，右手食指拇指一捏，把荠菜根一撸，截了一段放进嘴里。感觉不甜也不面，倒是荠菜味浓厚。我伸着舌头将荠菜根吐出很远，口腔里还有些许土腥味。乔木笑了，我拿眼斜他，他还是止不住地笑，还说："潮妮子，剁成馅煮熟了才好吃呢。"

我俩各守一方投入了一场没有约定的竞争中。镰刀挖，用手提拉，甩下泥土，再挖，再提，再甩，在不断地重复中，我们也不住地挪移着脚步，寻找更大更多的荠菜，塑料袋被荠菜渐渐地填满。

说起荠菜，品种也并不单一，有板叶的，也有散叶的。大多数的荠菜很嫩，还处于苗状，在凹凸的地段生长的荠菜会大一些。也有的从中间鼓出一包小花骨朵儿，零星的几棵顶着白色的小花，颤巍巍地在春风里得意地笑着。

脑海里闪出以前学过的张洁的作品《挖荠菜》，文章一开头是这么写的："我对荠菜，有着一种特殊的感情……"我对荠菜也很有感情。小时候，虽然没经历什么大灾大难，也没遭遇过吃了上顿没下顿的年月，但父母都是过来人，对往事有着刻骨铭心的记忆。

听母亲说，生活困难时，荠菜就是救命草，不仅好吃而且有营养，跟宝贝似的。饿得眼睛发着绿光的人们都把目光投到土地上，有点绿色，就被干瘦的手指抠出来直接塞进嘴里咽下去，连树皮都被扒光填了肚子。每年春天青黄不接之时，就容易闹饥荒。不管地里有没有野菜，母亲都会跟着姥姥提着篮子去挖野菜，好像只有这样，才能让空着的肚子看到希望。

还记得那年春天，我怀着八个月的孕，跟着母亲一起到麦田里挖荠菜的情景。正是春和景明时，麦苗泛着绿，春风和煦，柳枝摇摇，一望无际的田野令人心旷神怡。站在麦田里，春风拂面，像母亲的手那样柔软。田埂上、麦垄间星星点点的荠菜让我不得不屈膝俯身，有时候直接跪到地里，向一侧倾身，右手拿着镰刀挖，再用右手捡起扔进不远处的篮子里。母亲见我行动费劲，就让我只提篮子，我便围着母亲转。母亲挖菜很快，眼也尖，一会儿工夫，就装了大半个篮子。

母亲用荠菜炒鸡蛋，包水饺。直到现在，年逾古稀的父母仍然以挖野菜为乐趣。挖得多了，吃不了，就打电话让我们回家拿，或者用热水一焯，一团一团地装进塑料袋放进冰箱冷冻，啥时候想吃了随时拿出来化开吃。

“哎！想啥呢，那么出神？”乔木的叫喊声把我拉回到现实，看看各自挖的一大袋子荠菜，我们心满意足，于是收拾收拾离开。

沉甸甸的荠菜在袋子里骄傲地晃动着，我打定主意要拿出一袋子给二姐，父母这一个冬天住在二姐家，这么鲜嫩的荠菜正合他们的牙口，现在老两口出不来进不去的，当然也挖不着荠菜，更甭说吃了。

饺子好吃，菜难择。那么一袋子约五六斤的荠菜，我足足用了8个小时才择完。一手操着小剪刀一手捏着荠菜根，像大夫做手术一样将荠菜的根部切除，再扯掉干黄腐烂的败叶，偶尔瞟一眼电视上播放的影片，那个身影，活像个机械师。

我将择好的荠菜放到水盆里，用清水冲洗了四五遍，然后投入烧开的热水里，焯一下，再捞到笊篱里沥水。这才去忙活着和面、炒鸡蛋、切火腿、择洗韭菜。一切准备得差不多了，开始切荠菜，横着切、竖着切、再剁，直到荠菜变成碎末才放入菜盆。又将切好的韭菜放入其中，菜盆里有红的火腿，黄的鸡蛋，绿的韭菜、荠菜，白的葱末。再放入盐、鸡精、香油、酱油。等馅调好了后，便迫不及待地包起心心念念的饺子。

忙活了半天，终于可以坐下来吃饭了。将一个饺子塞进嘴里，随着牙咬舌拌，一股熟悉的味道溢满口腔，滑入咽喉，唇齿间的荠菜香久久不散。最吸引我的还是那面皮里裹不住的绿，成功地勾起食者的味蕾，让人迫不及待地频频下筷，吃它个沟满壕平。一盘水饺下了肚，胃一下撑起来，打了个饱嗝，心想：这两天的工夫没白费，一家人吃得很舒坦。

这几年，人们似乎更加热衷食用这道乡间野菜了，因为它不仅有营养，而且天然无公害，关键是唇齿留香，令人难忘。

# 榆钱

yú qián

## 概说

榆钱，形状圆而小，像小铜钱，故而得名。榆钱是榆树的果实，也叫榆荚、榆子、榆仁、榆实、榆荚仁等。榆钱成串生长，又与『余钱』谐音，因此深受人们喜爱。榆钱在我国的历史非常悠久，《诗经·唐风》有『山有枢，隰有榆。』的记载，就是山上生长着刺榆，洼地生长着白榆的意思。

## 渊源

关于榆钱名字的来历有一个传说故事。

在很久以前，东北松花江畔的一个小村子里住着一对善良的老夫妻，他们日子虽然过得清苦，但看到有困难的人，也总是倾囊相助。有一天，农夫出去打柴，路上遇到一位快要饿死的老人，就把老人带回家，并把家里仅有的一点儿米煮成稀饭给老人吃。老人在临走之前送给老夫妻一粒种子，对他们说："这是榆树的种子，把它种到院子里，等树长大后，你们遇到困难就摇晃一下树，但切记不能贪心！"

老夫妻按照老人的叮嘱把种子种在了院子里，几年后长成了大树，让人不可思议的是树上竟然结出了铜钱。虽有了一树的铜钱，老夫妻依然过着清贫的生活，只有特别困难或者需要帮助别人的时候，才摇下几个铜钱。

老夫妻家里有铜钱树的事情很快被村里的恶霸地主知道了，他带着人把老夫妻赶了出去。贪婪的地主抱着榆树拼命地摇晃起来，铜钱像下雨一样哗哗地落了一地，后来地主就把铜钱埋了起来。从此以后，这棵榆树再也不结铜钱了。

若干年后，因为大旱，村民眼看着就要饿死。这时，人们发现榆树竟然又结出了一串串绿色的果实，看起来很像铜钱的样子。饥饿的村民就摘下一些尝试着吃了几片，没想到味道还不错。人们便靠这些"铜钱"度过了荒年。人们为了感谢这棵树的救命之恩，就把榆树称为"救命树"。榆树结出的东西因为像铜钱，就叫"榆钱"，也寓意着年年有"余钱"。

这个故事源于人们口口相传，没有文字记载。榆钱出现较早，最迟在西周时期已有记载。《诗经·小雅·斯干》有"斯干有柏，其实如璧。民之多辟，无自立息”的记载。“斯干”指的是榆树，“璧”指的是榆钱。这说明当时人们已经知道了榆钱。

据《诗传名物集览》记载：“秦汉故塞，其地皆大榆。”“甚高大，未叶时枝上先生瘿瘤，累累成串，及开则为榆荚。生青熟白，圆如小钱，又名榆钱。甚薄，荚开后方生叶。”这里指出了榆树生长的地区，榆树的外形，对榆钱的记载也较为详细。

东汉崔寔在《四民月令》中记载了榆钱的吃法：“是月也，榆荚成，及青收，干以为旨黄。色变白，将落，可收为榆酱……终以酿酒，滑香，宜养老。”榆钱不仅可以做出榆钱酱，还可以用来酿酒，酒中会带有榆钱的清香。汉朝时，霍去病曾率领士兵在北方与匈奴作战，由于自然环境恶劣，常常吃不饱饭，榆钱就成了他们果腹的食物。

梁代陶弘景在《名医别录》中有“初生英（榆）仁，以作糜羹”的记载。说明这时已用榆钱来做羹了。北朝庾信《燕歌行》有“桃花颜色好如马，榆荚新开巧似钱”的诗句。晋代张华所著《博物志》有“啖榆，则眠不欲觉”的记载，嵇康在《养生论》中说：“且豆令人重，榆令人瞑。”这两则记载可以说明，吃榆钱能够治疗失眠。宋朝的文献中也有类似的记载：“初生榆荚仁，以作糜羹，令人多睡。”

唐朝对榆钱的记载更多，《新唐书》中记载：“岁饥，屏迹不过邻里，屑榆为粥，讲论不辍。”说明在饥荒时代，榆钱还是救命的食物。白居易有“榆荚抛钱柳展眉，两人并马语行迟”的诗句，李贺有“榆荚相催不知数，沈郎青钱夹城路”的诗句，岑参有“道旁榆荚青似钱，摘来沽酒君肯否？”的诗句，韩愈有《晚春》一诗：“草树知春不久归，百般红紫斗芳菲。杨花榆荚无才思，惟解漫天作雪飞。”

宋朝时，还出现了榆钱与鸡蛋同炒的吃法。《宋史·食货志》有“鸡蛋炒榆子”的记载。明朝对榆钱的吃法记载得更加详细，《救荒本草》：“榆钱树，采肥嫩榆叶，热水浸润，油盐调食。

其榆钱煮糜羹食，甚佳。但令人多睡。或焯过晒干备用，或为酱，皆可食。”这里记载的榆钱吃法已有多种，首先可以凉拌，这种吃法要先用热水烫一下，相当于焯水，用油、盐调拌而食。煮糜羹的吃法魏晋时期已有，榆钱做酱在汉朝已有。

清朝，榆钱出现蒸食的吃法。据《燕京岁时记》记载：“三月榆初钱时，采而蒸之，合以糖面，谓之榆钱糕。”就是用榆钱与面混合，蒸制而成。乾隆皇帝也很喜欢吃榆钱饼，还多次写诗赞美：“新榆小于钱，为饼脆且甘。”“汤官十字不须夸，榆荚登盘脆熨牙。”“榆羹榆饼备尝新，尚膳调和拟八珍。”甚至觉得榆钱羹可以和八珍相媲美。

三秦地区榆树很多，榆钱也成了人们的美味，多用面粉拌匀后蒸着吃，当地人称之为“麦饭”，既可以作为主食，也可以当作菜蔬。

## 烹制方法

榆钱作为食材，含有丰富的水分、盐酸、蛋白质、膳食纤维、维生素等，食用方法也有多种，可以根据自己的喜好选择生吃、蒸制、炒制、调馅、煮粥等。

生吃：清洗干净，控干水分，可以搭配黄瓜、西红柿等，加入适量的白糖，不爱吃甜脆爽口的可以用食盐、蒜蓉、麻油、醋等进行调制，搅拌均匀即可食用。生吃不会破坏榆钱中的各种营养成分，且口感较好。

蒸制：蒸制有两种吃法，一种是将面粉加入洗干净的榆钱中搅拌均匀，放入蒸锅中，蒸制半个小时左右，把提前准备好的蒜泥、辣椒油、生抽、麻油、盐等调料拌入蒸好的榆钱中，既可解馋，还可以当作主食。另一种蒸制方式是用榆钱与面粉一起和面，做成窝窝头、饼子等形状放入锅中蒸制，蒸制半小时左右，蒸好后可作主食享用。

炒制：榆钱可以用来炒鸡蛋，将鸡蛋打入清洗干净的榆钱中，放入适量食盐等调味料搅拌均匀，锅内加热放入油，倒入蛋液，炒熟即可。这种吃法既美味又营养。

调馅：榆钱可以用来做馅包饺子、包子等，榆钱洗干净，切碎备用。其他配料可用肉、蛋、虾等，按照包饺子的馅料制作方法剁碎，加入各种调料和榆钱拌匀。

煮粥：榆钱清洗干净备用，把葱花、姜丝撒入油锅中翻炒一下，倒入清水烧开后加入米。熬制差不多时将榆钱放入锅内，煮七八分钟即可。这种吃法比较养胃。

## 文化意义

榆树在民间有个俗称，叫“摇钱树”，每到春天，春风拂过，树上就挂满了一串串的“铜钱”。因此，在民间文化里，榆钱象征着年年有“余钱”，是人们淳朴生活愿望的一种体现。但在宋朝以后的文人眼里，榆钱还象征着时光的流逝。如唐朝雍陶在《贫居春怨》中说：“寂寞春风花落尽，满庭榆荚似秋天。”表达了一种伤春的情感。清朝王鹏运在《点绛唇·饯春》中说：“抛尽榆钱，依然难买春光驻。依春无语，肠断春归路。”作者在词中表达了春光难驻，希望留住春天的美好愿望。韩愈《晚春》中说：“杨花榆荚无才思，惟解漫天作雪飞。”韩愈在诗中除了感叹时光飞逝，还告诫人们要珍惜时间，不负大好春光。

榆钱营养丰富，我国吃榆钱的历史悠久。在经济困难的时期，榆钱还是人们的“救命粮”，现在生活条件好了，它依然是经历过饥荒的人们心中的美好回忆。

# 春到榆钱

任随平

山野的桃花、菡萏初现，却见崖畔的榆钱已是一树一树的鲜嫩。鲜嫩里，透亮着童年的记忆。

榆树喜光，耐旱，耐寒，耐瘠薄，不择土壤，因此，在我的故乡，不论是山峁梁峁，还是沟壑崖畔，榆树总是成片成片地生长着，像簇生的爱，不离不弃。尤其是生长在崖畔的榆树，或如扭歪了脚踝的老妪，或如佝偻着背脊的长者，粗壮的根紧紧扎进崖面的土里，即便是裸露出来的根系，也是盘根错节，若一双双交错紧握的手臂，缠绕着握住大地的脉搏，肆意生长着。冬天里，榆钱早已是一树一树地随风飘去，唯有干枯的枝干手臂般直指苍穹，令人心生敬畏。而到了惊蛰日过后，一树树榆钱便鲜鲜嫩嫩地醒过来，绿意恣肆，让人远远望见，便觉口腔生津，几欲尝鲜。

在我家后院的崖面上就有一棵榆树，是它维系了我童年的大半时光。

每到春日大地复苏，父母开始忙田地里的活计，阔大的庭院里就只有我们姐弟俩，除了按照父母的嘱咐按时喂养鸡狗，便无别的活计可干，这时候，玩便是我们的主业，当然，摘榆钱吃更是我们的拿手好戏。因榆树长在崖面上，离地面有好一段距离，为了够得着榆树的枝干，我们只好事先准备了带着枝杈的长杆子，顺着崖面的脚窝颤颤歪歪地爬上去。我一手拽着地面上的树梢，一手拉着姐姐的衣衫，姐姐双手合力，将木杆的枝杈对准榆钱繁茂的枝条使劲地拧几圈，好让榆钱枝条与木杆缠绕在一起，而后用力拉下来，边拉边后退，直至用手够得着榆钱枝条。捋下来的榆钱肥肥嫩嫩，绿意浓郁，我们边摘边送进口里，顾不得擦拭，毕竟，生长在高处的榆钱本就是干干净净的，不带一丝尘土。凑近鼻息，榆钱散发着清清爽爽的香味，那是榆树的味道，是大自然的味道，是饥馑年月里纯纯的食物的味道，每嚼食一口，那清凉的浅浅的甜蜜味道就沁入肺腑一步，慢慢地，整个人浑身就散发着榆钱的清新香味。即便是吃完了榆钱，我们还是会将榆树枝紧紧握在手中，舍不得丢弃，似乎在久久的凝望里，手中的枝条上就会生发出一圈圈挨挨挤挤叠加在一起的榆钱串，幽幽地漾着醇香，我们就这样飘荡在无尽的回味里。

就这样，摘食榆钱的记忆就像成熟了的榆钱一样，随着岁月的阵风一程一程飘散去了远方。榆钱会在遥远的他乡落地生根，成长为一株株芬芳怡人的榆钱树，继而结出甜甜的榆钱，成为孩童们的馋涎之物。而童年的记忆呢，是否还会在这个春意浓郁的午后跃现出来，成为我客居他乡的理由？

遥望远山，春意馥郁，草木葳蕤。凭栏而立，除了渴念，还能否在万千树木之中寻觅出一树繁华，一树榆钱稠稠密密的记忆？

# 榆树钱儿

吕桂景

四月，又到了榆钱挂满枝头的季节，我家西南角上的小榆树，也铆着劲儿用淡绿色的榆钱和春风对话。碧绿的榆钱，一片挨一片地挤在一起，一嘟噜一嘟噜的很是诱人。我搬梯而上，一手抓住枝条，另一只手从枝条的一端撸到另一端，将榆钱轻轻收入囊中。清洗后，撒上盐，拌上面粉上笼清蒸。熟透后的榆钱白中透着绿，绿上裹着白，清香扑鼻，吃一口有种香甜的味道。此刻，我吃的仿佛不是榆钱，而是吞下了整个春天。

榆钱有生吃、炒菜、煎蛋饼等各种吃法，面对大自然美妙的馈赠，我想到了榆钱的母亲——榆树。榆树生长缓慢、生长期长，木质坚硬，是做家具的好料子，皮、叶、根，均可入药；别看榆树皮粗糙无华，但其黏性高，在古代是做燃香的好原料。榆树不开花，但“有钱”——榆钱（余钱）。

榆钱，是榆树的种子，没有花瓣，只有花蕊，一簇一簇的，最初是淡绿色，渐渐地由绿色变成黄绿色，外形似古钱币，因而得名。榆钱具有清肺热、降肺气、杀虫消肿、健脾益胃、安神等功效。更重要的是“榆”“余”同音，榆钱就是“余钱”，榆树就是“余树”，所以被视为吉祥树。

听老辈人说，过去，一般的家庭都种榆树，图个吉利。如果哪家不用种植，房前屋后自己就能长出榆树，会被邻里羡慕，这意味着这家有福，可能要走好运。

我想起了我的童年，想起了老宅旁那棵被父母称为救命树的老榆树。春天，榆树上挂满了层层叠叠的榆钱。榆钱成熟后呈金黄色，随风四处飘落，远远望去，就像天降财雨满地金钱。盛夏，浓荫能清凉整个院子。

小时候，我常坐在树下听父亲讲“榆树钱救命”的故事。父亲说：“遇到饥荒年月，青黄不接时，如果家中有棵大榆树，关键时刻是能救命的。在各种食物中，首选的是榆树，其次，人们就以野菜、草根、谷糠来充饥。”

自然灾害时期，村民们起初采榆叶，先熟吃，后生吃，嫩叶吃，老叶也吃。后来，榆叶被吃光了，人们就把榆树皮剥下来晾干、磨成面粉，和野菜掺在一起蒸窝窝头。吃糠咽菜的年月，野菜和糠拌和不加一定量的面粉，很难做成饭团。但是，榆面粉黏度高，不用很多就能蒸成饭团子。村里的老榆树，被吃成了光杆，只有远处的几棵野榆树，还有零星的叶子。

那年，我二哥四五岁的样子。由于父母每天上工干活挣工分，没人看管他，二哥饿极了就自己跑去找榆叶吃。等他摇摇晃晃走到离榆树不远处时，饿得实在走不动了，就倒在地上昏睡了过去。等娘上工回来，找到二哥时，他已经饿得昏迷不醒了。于是，娘赶紧把二哥抱回了家。

如今，坚硬的榆木早已不是做家具的首选了，榆叶也失去了上餐桌的资格，榆树给我们提供的营养，怕是只有榆钱了。但朴实无华的榆树还是让我钟情不改，这不仅因为它承载着父辈的感恩，还因为它从古至今、从内到外所携带的吉祥信息，坚韧执着顽强成长，人类但有所需，无怨无悔。

# 白菜

bái cài

## 概说

白菜古称『菘』这是由白菜的特性而得名的。白菜外形青白分明，耐寒性强，如同松柏一样四时常翠。宋代陆佃《埤雅》中解释说：『菘性隆冬不凋，四时长见，有松之操，故其字会意。』李时珍《本草纲目》中也说：『菘，即今人呼为白菜者。』白菜原产于中国华北，也叫黄芽菜。

# 渊源

白菜在我国有着悠久的栽培历史，1954年，考古工作者在距今约六千年的中原新石器时代文化遗址里，发现了瓮藏的已经碳化的白菜种子。《诗经》中有“采葑采菲，无以下体”的记载，这里的葑有人认为是菘菜，也就是白菜。但也有人认为葑是指与白菜相近的蔬菜芜菁。秦汉时期，菘菜从“葑”中分化出来。菘，在三国时期的《吴录》里有明确记载：“陆逊催人种豆、菘。”

到南北朝时期，菘已成为人们喜爱的蔬菜。《南史·周颙传》记载：“文惠太子问颙：‘菜食何味最胜？’颙曰：‘春初早韭，秋末晚菘。’”南北朝时齐太子文惠问周颙，蔬菜什么时候味道最好，周颙说早春的韭菜，晚秋的菘菜。南朝齐梁时期的医学家陶弘景也认为菘是人们常食用的一种蔬菜，“菜中有菘，最为常食”。由于对菘菜的喜爱，南宋的刘子翚还特意为其写了一首诗：“周郎爱晚菘，对客蒙称赏。今晨喜荐新，小嚼冰霜响。”

白菜的广泛种植在唐朝，这时培育出了白菘。李时珍在《本草纲目》中对白菜的种类、形状等有详尽的描写：“‘菘’即今人呼为白菜者，有两种，一种是茎圆厚，微青。一种茎扁薄，而白。其叶皆淡青白色。”菘被正式称为白菜则是在宋朝，苏颂曰：“扬州一种菘，叶圆而大……啖之无渣，绝胜他土者，此所谓白菜。”

唐代著名医药学家孟诜在《食疗本草》中记述了白菜的食疗作用：“菘菜，治消渴，和羊肉甚美。其冬月作菹，煮作羹食之，能消宿食，下气治嗽。”白菜与羊肉同食，不但美味，还有食疗作用，白菜在冬季用来煮羹，能治消化不良，还能治疗咳嗽。

韩愈对白菜十分喜爱，在被降职到洛阳为县令时，他与孟郊、卢仝等人一边吃着白菜，一边煮酒论诗，倒也畅快。韩愈还写了赞美白菜的诗句："晚菘细切肥牛肚，新笋初尝嫩马蹄。"在大雪飘飞的时节，与友人饮酒，白菜也能吃出美味。刘禹锡甚至把未能吃到晚秋的白菜当作一种遗憾，"只恐鸣驺催上道，不容待得晚菘尝"。

宋朝诗人对白菜也多有溢美之词。苏东坡认为白菜的味道不比羔羊、熊掌差，他在诗中形容白菜为"白菘类羔豚，冒土出蹯掌"。吴则礼有"拟向山阳买白菜，团炉烂煮北湖羹"之句，可见文人对白菜的喜爱。范成大在《田园杂兴》中有两首写白菜的绝句，如其中一首写道："拨雪挑来踏地菘，味如蜜藕更肥浓。朱门肉食无风味，只作寻常菜把供。"

明朝时期人们认识到了白菜的药用价值。王圻在《三才图会》中说："菘菜即白菜，南北皆有之。与芜菁相类。便但短。叶阔厚而肥。味甘温。无毒。主通利肠胃。除胸中烦躁。并解酒渴。"陆容在《菽园杂记》中说："按菘菜即白菜，今京师每秋末比屋腌藏以御冬。"腌就是腌，这是腌制的白菜。白菜在明朝时还传到了朝鲜，成为其泡菜的主要材料。

到了清朝，白菜已经成为北方人冬季的主要蔬菜，人们还会对白菜进行窖藏。乾隆皇帝（也有说是道光皇帝）还曾写诗对白菜进行赞美："采摘逢秋末，充盘本窖藏。根曾润雨露，叶久任冰霜。举箸甘盈齿，加餐液润肠。谁与知此味，清趣惬周郎。"诗中描写了白菜的采摘、采摘之后的贮藏等，还对白菜的美味与食疗作用进行了说明。

## 烹制方法

白菜虽然一年四季都有，但是经霜后的白菜味道更佳，又被称为"晚菘"。陆游《蔬园杂咏·菘》："雨送寒声满背蓬，如今真是荷锄翁。可怜遇事常迟钝，九月区区种晚菘。"白菜味道清爽可口，营养丰富，吃法多种多样，水煮、清炒、凉拌、烧、煨、煎炸，无有不可。此外白菜还可以制成泡菜、酸菜、酱菜等。

白菜含有丰富的胡萝卜素、维生素、叶绿素、膳食纤维等，与肉类一起烹饪，可以使肉类鲜美，还能减少肉中的亚硝酸胺。白菜除了与猪肉、羊肉搭配，还是做馅包饺子、包子的好材料。

白菜的做法简单，美味又营养，是中国人餐桌上常见的一道家常菜。白菜的做法几乎家家都会，可根据个人的喜好做出喜爱的风格和菜品。

# 文化意义

白菜作为常见的蔬菜，被称为“百姓之菜”。白菜的谐音为“百才”“百财”，在我国的传统文化中，也寄托了人们的美好希望，因此受到人们的普遍喜爱。

白菜清清白白，因此人们也用其来形容两袖清风的清官。明朝嘉靖年间，一位叫刘玺的官员被任命为“督曹总兵”，负责水路运粮事宜。这个官职在当时可是肥差，但刘玺在任五年，没有捞任何油水，卸任时两袖清风，被称为“青菜刘”。有资料记载曰：“居官清慎自持，莅事五年，罢归，行李萧然。”

明朝还有一位官员徐九思为了警醒自己，在担任句容县令期间，专门请人在县衙内的墙壁上画了一棵大白菜，自己还在白菜旁边题了两句话：“为民父母，不可不知此味；为吾赤子，不可令有此色。”

白菜虽普通，但在文人雅士眼中，却不输珍馐佳肴。著名画家齐白石老先生不但爱吃白菜，还爱画白菜。有一次，他在一幅白菜图上题句：“牡丹为花中之王，荔枝为百果之先，独不论白菜为蔬之王，何也。”齐白石老先生对白菜不是蔬菜之王发出了疑问，也说明在他的心里，白菜就是蔬菜之王。

此外，有文人以白菜自喻，象征甘于清苦。如宋朝汪信民曾说：“得常咬菜根，即做百事成。”后世文人多用“咬菜根”来表达自己安贫乐道的操守，影响深远。沈周的老师吴宽也为其画作《辛夷墨菜图卷》题了这样的诗句：“翠玉晓茏葱，畦间足春雨。咬根莫弄叶，还可做美煮。”可见白菜对文人雅士的影响。

# 最是清白滋味长

李秋生

## 一

大白菜就叫大白菜，既无雅号，也没别称，明明白白，简简单单，实实在在。在北方冬季，它可以说是家家户户的常备蔬菜，老少皆宜，说不上最爱，却也是吃不厌的。你可能听说过有不吃鱼、不吃肉的，也见过不吃芫荽、不吃茴香的，还真没听说过有不吃大白菜的。

“立秋种，处暑栽，过了小雪收白菜。”这是老家十多年前的传统种法。一百来天，照晒着温暖的秋阳，沐浴着清凉的雨露，再经过寒霜与初冬的磨炼，白菜便从一棵棵纤弱的小苗，出落成一个个水灵灵圆活敦实的胖娃娃，看着就叫人喜欢。

小雪节气，万木枯黄凋零，蛐蛐们隐藏了踪迹，地里也不见了其他的庄稼蔬果。这时的白菜，经过霜冷初寒天气后旋得更结实，同时也把深秋的那份清爽与脆甜包裹得更紧密。将白菜铲出来，装筐填篓，用小推车、地排车一趟趟运回家，然后在北屋南墙根儿下摆成一溜儿一溜儿地晒太阳。过七八天，外面的一层老帮子就干萎了，这就像给白菜穿上一层防护衣，让它既不怕冻，又不会流失太多水分。这样再贮存起来，就能放好长时间。吃的时候，把外面的一层老帮子剥掉，里面仍然鲜亮水灵如新，口感一点不差。

现在有句流行语叫“好白菜都叫猪拱了”，那时晒白菜确实得提防着点猪拱鸡刨。这不，有一年，过日子极仔细的大脚三婶子赶集回来，见大门栅栏洞开，匆忙进院子一看，正有一头白底子黑花猪在吧唧吧唧吃自己家的白菜，几十棵白菜被拱得七零八落。三婶子又疼又气，“嗨！”的大吼一声，抄起一把铁锨舍命地拍在猪腚上。猪惨叫一声，掉头就向大门外跑去。三婶子哪肯罢休，拖着铁锨在后面穷追不舍。猪“吱吱”地叫着窜出大门，向右一拐，顺墙根儿“噌噌噌”地跑进胡同北头福成家的院子里。三婶子气咻咻地赶过去，倚在门垛子上，用手拍着胸口，如泣如诉般地控诉起猪的罪行。等明白就里，憨厚的福成两口子忙不迭地边赔不是边骂猪，一胡同人也是好说歹说。最后福成媳妇架着三婶子在前面走，福成夹两棵大白菜跟在后面，才把她给劝回家。

白菜晾晒好，更得储存好——这可是一家人冬天的当家菜啊！那时也没有闲屋，有的人家就在卧室兼厨房的北屋旮旯或里间里铺块塑料布，垫上谷草，把白菜一棵棵摞起来，上面用麻袋、草苫子盖住，吃、取都方便。可是，屋里存放最大的问题是老鼠，它神出鬼没，一冬天就会糟蹋好些白菜。于是有的人家干脆用麻绳儿系住白菜根儿，拴到梁头上；或楔个木橛子，挂到墙上——确也是一景。

那时最通行的储存方法是窖藏。就是在院子的空闲处，挖一个两三米左右见方、一人多深的坑。坑口横竖拦上些棍棒，上面再密密地摊盖上一层玉米秸，然后用土压实，只在角上留一个供人出入的口，在对角留一个通气孔——地窖（我们叫“地窝子”）就建好了。地窖建好后，人们就把冬天吃的白菜呀、地瓜呀、萝卜呀，还有为过年早早备下的芫荽呀、土豆呀、芹菜呀，统统都倒腾进地窖里。地窖接地气，就是一个天然的恒温箱，加上湿度大，蔬菜瓜果在里面又暖和又滋润，整天是迷迷瞪瞪、似睡似醒。三九腊月天寒地冻，满院子白雪皑皑，而地窖里则暖烘烘的。因此地窖也成了孩子们的好去处，大人们要用白菜了，他们便自告奋勇："我去！我去！"边说便飞跑到地窖口，掀掉盖子，小猴子一般跐溜滑下，顺着木棍儿绑成的梯子（没梯子的就在窖壁上交错掏出一个个小坎儿，以便蹬着上下），"噔噔噔"下到窖底，一会儿便有一棵大白菜和一颗小脑袋相继从窖口冒出来，脸上挂满得意和自豪。没事时，几个孩子也会钻到地窖里玩耍——捉迷藏、打鬼子、过家家，其乐融融。

另外还有一种简便易行的储存方法：土埋。有的年份白菜多，屋里或地窖里盛不下，人们就估摸着日子、掐算着用量，把一时半会儿吃不着的先用土埋起来：在院子里选个朝阳的角落，刨五六十厘米深的一道沟或一个坑，然后将大白菜头朝下根朝上紧挨着摆好，填上土，拍实就行了。于是，这些白菜就在土里安静地睡上一冬天。等到开春，屋里、地窖里的白菜吃完了，人们就到院子里扒开土，把白菜提出来，晃一晃叶子上的土，剥掉外面一层带着冰凌花的老帮子接着吃。这样差不多能接上菠菜等春天的时令蔬菜。

立春以后，天气渐渐暖和起来，地窖里半睡半醒的瓜菜们最早感知地气的变化，一个激灵清醒过来，心便也活泛起来：萝卜生出白嫩的须，地瓜钻出紫红的芽，白菜看似不动声色，其实早已高兴得心花怒放了。这时就得赶紧把它们挪到地上来。重新回到阳光下，人们也发现有的白菜腰部明显鼓胀，像怀胎五月的孕妇。将叶子一片一片剥到最后，只见菜心处已经发芽、抽薹，上面长满了白玉般米粒大小的骨朵。那些爱花的人，就用刀把它剜出来，菜根处削平。然后，找一旧碗或空罐头瓶，倒点水，把它蹲到里面，摆在窗台或方桌上。不久，它便蹿出绿色的茎，茎上一层一层自下而上绽开着金黄色的小花……

## 二

大白菜很中性，素淡清爽，没有“邪”味儿。炒煮炖拌，可独自成菜，也可与其他食材搭配，荤素咸宜。

从前在老家，母亲都是用最普通的做法：白菜剥去老帮子，用刀竖着剖开，吃一半，留一半。将白菜横着切成一指宽的段儿，菜疙瘩随手丢进咸菜缸里。锅烧热，倒上油，放上葱花炒至焦黄。把白菜收进锅里，用铲子前后左右上下翻几遍，就盖上锅盖焖着。过会儿揭开盖再翻一翻、尝一尝，直到嚼着不再咯吱咯吱响时撒上盐就成了。装盘盛碗，一家人热热地就着干粮喝汤。有时放点肉啊、粉条啊、豆腐啊，一炖，那简直是上等的美味。

母亲怕我们整天吃白菜窝窝头单调起腻，也会隔十天半个月包一次大包子，换换口味。包包子最费功夫的是剁馅子。白菜尽量切碎，然后用刀在菜板上反反复复地剁。有时嫌一把刀慢，还会跑到大伯家借他家的来用。左右开弓，双刀齐下，效率倍增。为节省时间，母亲去和面，就招呼我和弟弟来剁菜。两把刀上上下下、左左右右，或急或慢、叮叮当当，居然也有几分打击乐的节奏。这声音飞出屋门，飘出巷口，闻着的邻居们就会说：“某某家又吃包子呢！”白菜要剁到细腻如泥为止。母亲用笼布将剁好的白菜包成团，双手握紧，在菜板上使劲地揉压，白菜里的汁水就从笼布细密的缝里慢慢被挤出。压好的菜团放进盆里，掺和上剁碎的肉或油渣（猪大油熬炼后剩下的渣子），调上豆油、盐、味精，搅匀——馅就算掇弄好了。用掺着少许白面擀成的玉米面剂子一个个包好，摆进笼屉，盖盖儿，点火。玉米秸、棉花柴燃出的火焰在风箱的鼓动下兴奋地蹿动。有半小时工夫，锅盖上便腾起缕缕热气，屋子里溢满白菜与玉米面混合的清香。一大锅包子能吃三两天。上顿吃，下顿也吃。特别是放学剜菜时也一人扛一个边走边啃（当然，水饺也是包的，但那都是年节上的事了，

白菜

因为白面稀缺）。

那时奶奶 70 多岁，身体壮实，但牙口不好，平时喜欢吃软和烂乎的饭菜。有时母亲下地干活回来晚，奶奶便常常动手馇菜豆腐吃。白菜不论帮子叶子，老的嫩的，择洗干净，用刀剁碎，放进小铁锅里，上面撒上一层豆面，添水没过，盖上盖。大火烧开，再用小火慢慢“咕嘟”十来分钟，等汤汁收尽，“菜豆腐”就可以出锅了。奶奶用勺子给我们兄弟仨一人盛上一碗，再掰给每人半块窝头。我们吃着，她便又开始讲起了《珍珠翡翠白玉汤》:“说是，从前有一个皇帝，年轻时落难……”据说，奶奶年轻时跟做买卖的爷爷在天津卫（现在叫天津）待过一段时间，整天过着“吃煎饼馃子、喝茶抽烟、看大戏”的优裕日子。如今沦落到粗茶淡饭的地步，也是造化弄人。而对我们这些从不知“煎饼馃子”为何物的小辈们来说，那都是缥缈的传说。世上难道还有比这白里带绿、绿里带黄、亦饭亦菜亦粥的菜豆腐更香美的滋味吗？

父亲在外工作，自然吃得多见得多，厨艺也好。周末回家，他最常做的是醋熘白菜：白菜去叶，用刀尖将菜帮子从中间纵着划开，两三层平铺到菜板上，再横着刀，刀刃向里，把菜帮一刀一刀片成薄片。急火，热油，放上葱、姜丝、花椒炒出香味，然后将片好的白菜收进锅里，泼上点酱油、醋，在“吱吱啦啦”声中快速翻炒。出锅时，撒上盐，味精，调匀。这菜趁热吃，香味浓，脆生生，尤其是那种酸溜溜的味道，让吃惯了母亲素炒白菜的孩子们，味觉上有了一种全新的体验。后来我也学着做过，但火候、味道都较父亲差得远。

父亲好喝酒、爱吃辣，这大概和他爽直又有点火爆的性格有关。每次炒白菜，父亲都从挂在窗户外的一串干红辣椒上揪下两三个来，拿到灶火上烤着。等到半糊半焦，用刀拍碎，搅和进他单独盛出的白菜盘子里。就着这辛辣的香，只吃得汗珠子顺着脸颊往下滚，把我们兄弟仨看得不停地倒吸凉气。

堂弟大林与我一般大，两家墙东墙西，整天形影不离地在一起玩。有时赶上饭时就住下吃。大伯有点家长作风，吃饭时伯母与堂姐堂弟们围在小地桌上吃，伯父则自己在高方桌上吃，还会常常抿上几口小酒。伯父常用的下酒菜中有一样是拌白菜心：就是把白菜最里面泛着淡黄的芯切丝，豆腐干切条，用酱油、醋、香油、盐一拌，吃起来凉丝丝，脆生生——确是极好的下酒菜。有时伯父高兴了，就会喊道：“生、林，过来吃口菜。”早已垂涎欲滴的我俩，便颠颠地跑过去，两手攀着方桌沿，飘着脚，就像是两只待哺的小雀儿张着口等待着那清爽透心的一刻。

想起来，那时大白菜的吃法大致如此，这也是我们那一带最家常的吃法。

## 三

其实在北方，大白菜还有一种很有名的吃法：东北酸菜（就是那个“翠花上酸菜”的“酸菜”）。普通东北人家有两样东西是不可缺的：大缸、石头。干什么用呢？腌酸菜呀。秋末冬初，大缸刷净，将精选出的上好白菜或整棵或剖开整齐地码放进缸中，每两层之间撒一层粗盐，然后注入清水没过白菜，顶上再用大石头压紧压实，以防止大白菜浮起露出水面后腐烂变质。这样，在寒冷的环境中让白菜在缸中慢慢腌渍、发酵，二三十天后便大功告成。赶上冷天，敲开冰碴，从缸中捞出一棵酸菜，看一看，泛着金黄；闻一闻，透着奇香；尝一尝，脆生爽口。东北酸菜几乎把白菜原来所含的蛋白质、无机盐等营养成分都保存了下来，特别是其中的维生素，保存量达百分之九十以上，当属绿色、天然、健康食品。酸菜吃法多样：可炒、可炖、可炝、可拌。据说，当年张作霖的大帅府配有七八口酸菜缸。可见，少帅们也是吃酸菜长大的！

但是东北并不是酸菜的发源地。我国第一部诗歌总集《诗经》中就有“中田有庐，疆场有瓜。是剥是菹，献之皇祖”的描述。东汉许慎《说文解字》解释：“菹菜者，酸菜也。”由此可见，中国酸菜的历史颇为悠久。在冬季寒冷的气候条件下，一代代东北人以制成酸菜的方式来延长大白菜保存期，使得该项技艺得以传承并发扬光大，逐渐成为东北人的一张名片。而现在，随着人口流动频繁、物流的便利，特别是科技的进步，也带来饮食文化的大融合。酸菜更是穿过关门，进入关内，走向全国。而今宾馆饭店美食城、大街小巷，随处可见酸菜白肉、酸菜火锅、酸菜包子、酸菜水饺、酸菜煲汤、杀猪菜等醒目招牌。酸菜丰富了人们的食谱，成为国人共同的味觉享受。

说到这儿不能不提一下邻居韩国的泡菜。韩国泡菜，主要原料也是大白菜。早些年在家，大白菜收获时节，经常见有大货车直接开到菜地里装白菜。问菜贩“哪里拉”，答曰“出口韩国”。泡菜的腌制除主料大白菜以外，还要添加多种辅料和作料，工艺略显复杂，因而味道、口感与东北酸菜自然大相径庭。泡菜对韩国人来说不仅是一道普通的佐餐菜肴，更是一种特有的传统和文化。

这极普通的大白菜，却也有着许许多多的逸事佳话。

喜食“东坡肉”的北宋文豪苏东坡，就用“白菘（白菜）类羔豚”“白菜赛糕肠”来赞美它。他常用菘菜、蔓菁、荠菜等，加入米粉、少量生姜自制成“东坡羹”，并赋诗云：“开心暖胃闲冬饮，知是东坡手自煎。”

白菜还是许多绘画大师入画的素材，其中以齐白石老先生为最。“通身蔬笋气”的他将大白菜画得肥大、嫩白、翠绿，点缀上蚂蚱、蛐蛐、蝈蝈、小鸡，或蘑菇、枇杷等，新鲜活泼，生机盎然，情趣横生，尽显俗世生活的温情与暖意。齐老先生爱画白菜，也喜欢吃白菜。据说，一天他正在画室里画白菜，听到外面有吆喝卖大白菜的，忽发奇想：“我何不用白菜画去换白菜吃呢？”于是他便卷一张画好的白菜画走出大门与卖菜的大汉商量，结果被大汉狠狠揶揄一通，齐老先生只得挟着画灰溜溜地走了。齐先生的换白菜梦是没做成，可是现在想来那个卖白菜汉子的后人闻知此事也该会把肠子都悔青了吧！

我们小时候，白菜一下来，母亲总是让我和弟弟用小车子推上十棵八棵，给孩子多的姑家姨家送过去。她们自然也会各提上一捆葱、拎上一袋地瓜或萝卜回赠。白菜虽值不了多少钱，但在短吃少穿的日子里，却也透着几分亲情的温馨。

如今白菜多了，便不再稀罕。集市上、超市里，一年四季，白菜都是常客。天南的海北的，反季的应时的，绿莹莹，白生生，种类多、品相好，价格又极低。现吃现买，随挑随选，方便异常。不必像从前那样，既得考虑存放，又得精打细算着吃。甚至有的商铺搞活动，大白菜干脆白送。今年冬天，母亲经常去参加某药店举办的健康讲座，每次回来都带回两棵，一家人居然再没花钱买大白菜吃。

最是清白滋味长。虽然大白菜一统天下的日子一去不复返了，但寻常百姓家的餐桌上依然离不了它。主菜也好，辅料也罢，只要有一段时间不吃人们就会想念它："该炖白菜吃啦！"人们喜欢吃大白菜，且百吃不厌，主要是因为它素淡平和、不傲不呛、低调随性、不争不抢、能屈能伸、雅俗共赏的好品性——这才是人们从朴素的白菜中咀嚼出的真滋味！

伍

# 碗筷留香

# 灶

zào

## 概说

灶，指用砖、坯、金属等制成的生火做饭的设备，由灶台、灶眼、烟囱等组成。『灶』字原从穴，《说文解字》的解释为『灶，炊穴也』本义是架锅烧煮食物的灶坑，即在地上挖一个坑，在坑里支锅烧火做饭，这是灶的最早形式。如《左传·成公十六年》记载：『塞井夷灶，陈于军中，而疏行首。』就是说填井平灶，把做饭的灶坑填平，表示做好了战斗的准备。

## 渊源

随着火的使用，人类进入熟食时代。北京猿人生活的地方便有固定的灶。人们后来从山洞移居到平地生活时，又在居所筑灶。人类早期的房子是地穴式的，主要用来吃饭和睡觉，灶一般建在进门的地方。

仰韶文化和龙山文化时期，我国先民已开始使用陶炉烹饪，当时还出现了可移动的陶灶。浙江余姚河姆渡遗址曾出土一件陶灶，长 55 厘米，高 25 厘米，前端有斜坡可送柴火，并能保存灰烬。

随着居住条件的改善，也为了方便通风排气，灶被移到了房子的角落，春秋以来灶便被固定在这里。我国大部分农村地区沿用至今的炉灶在汉代已经得到普遍使用。

人类进入定居生活后，与火的关系密不可分，因而对火产生崇拜，也逐渐对灶产生崇拜。在战国以后兴起的五行观念中，有灶等同于火的观念，因此，灶神与火神便联系了起来。

灶神，俗称灶君、灶王、东厨司命等，是我国古代神话传说中掌管饮食的神。关于灶神，有人认为是发明用火的炎帝，《淮南子·氾论训》中记载："炎帝作火，而死为灶。"也有人认为灶神是祝融，《周礼》说："颛顼氏有子曰黎，为祝融，祀以为灶神。"还有人认为灶神是黄帝，据《淮南子》记载："黄帝作灶，死为灶神。"甚至还有传说灶神是女神，是天上的神仙，因为犯了错，被玉皇大帝贬到人间当灶神，也就是"东厨司命"。到了三国时期，人们则认为灶神是宋无忌，《荆楚岁时记》认为灶神是苏吉利。至于灶神长什么样，也有不同的说法。据说原来是老妇人，后来又变为男子，而且是一个穿着红色衣服的美男子。而民间供奉的灶神有灶王爷爷和灶王奶奶，但很多年画中只供奉灶王爷。

不管灶神是谁，都只是一个传说，但可以肯定的是灶神应该是我国古老的家神，掌管人间的饮食之事。后来，灶神的权力不断增大，逐渐成为掌管、监察人间善恶和生死祸福的神。据说灶神身边跟着两名童子，一人手里捧着一只罐子，即“善罐”和“恶罐”。善罐用来记录一户人家所做的善事，恶罐用来记录一户人家所做的恶事。等到年底的时候，灶神会把善事和恶事分别统计出来，到天上向玉皇大帝汇报。玉皇大帝则根据这户人家的善恶情况进行奖惩，也就决定了第二年的运气和命运。

中国民间传说灶神每年的腊月二十三日晚向上天汇报民间事，因此，民间有在这一天送灶神的习俗。《论语·八佾》：“王孙贾问曰：‘与其媚于奥，宁媚于灶，何谓也？’子曰：‘不然，获罪于天，无所祷也。’”也就是讨好灶神，希望灶神上天帮忙说好话，不被上天怪罪的意思。送灶神也称祭灶神、祭灶、辞灶等，北方多在腊月二十三举行这个活动，南方多在腊月二十四举行。祭拜灶神通常是在神位下摆上香烛、酒食、糖等，并换上新的灶神像，人们通常还在灶神像两旁贴上“上天言好事，下界保平安”的对联。祭灶一般由家里的男人参加，女人不能参加。宋朝范成大的《祭灶词》中便提到了此事，“男儿酌献女儿避，酹酒烧钱灶君喜”。

既然有送灶神，当然也有接灶神。灶神上天汇报完情况，有说大年三十也有说正月初四返回人间的，而灶神返回人间的时候每家人都要迎接，不过接灶神就不用那么隆重了，只要在灶台点上一盏油灯，能够照亮灶神回家的路就可以了。

## 制作方法

灶的制作需要用耐烧且能保温的材料，而土便成了最合适的材料。据《营造法式》记载，灶的建造有一定的规则和标准，“造釜镬灶之制：釜灶如蒸作用者，高六寸。其非蒸作用，安铁甑或瓦甑者，量宜加高，加至三尺止。镬灶高一尺五寸，镬口径以每增一尺为祖加减之”。也就是根据灶的作用来确定它的高度和口径等。

灶的制作一般会请专门的打灶师傅，灶打得好，也意味着日子会过得好。打灶用有黏性的黄泥巴，在泥巴里掺上一些石灰和切碎的稻草，加水之后用脚踩来踩去，均匀混合后就可以用来砌灶了。用石块或者砖头垒砌墙体，中间涂抹上混合好的泥巴。垒砌完成后，放锅的洞口会按锅的大小进行微调，最后在墙体外面用抹刀抹光滑，一个漂亮的灶就砌好了。

# 文化意义

民以食为天，灶的主要作用是提供水源以烹煮加热食物。但我们祖先的智慧可不止吃饭这么简单。伟大的军事家孙膑就是利用“减灶退敌”之妙计打了一场大胜仗。据《史记·孙子吴起列传》记载：“齐军入魏地，为十万灶，明日为五万灶，又明日为三万灶。”孙膑通过减灶迷惑庞涓，让庞涓误以为齐军胆怯，逃亡者过半，大意轻敌，故而输了战争。

用柴火灶做饭在我国延续了几千年，老一辈人还留有深刻的记忆。暮色四合，炊烟袅袅，灶里的火苗欢快地舞蹈，也许是柴草的自然味道慢慢渗进了饭菜里，故觉大灶饭香。大灶饭不仅吃出了美味，还吃出了小时候的记忆。

# 大灶饭香

郑自华

在我的记忆中，我家的厨房有一口大灶。

现在的年轻人对大灶已经没有印象了。上海市区大灶基本绝迹，前几年去崇明，竟然也很少见到大灶。大灶在人们的记忆中似乎缺失了。

我家的大灶在厨房的一角，像一只躺下的老虎，两只镬子是老虎的眼睛，两只炉膛像卷起来的老虎的脚爪，贴着墙角的烟囱，是老虎的尾巴，很威武。由于我家是我们弄堂里唯一还保留着大灶的人家，因此十分稀罕。我有时故意走得远远的，观看从烟囱散发出的袅袅余烟；有时登上晒台，用双手拢住烟囱，用烟囱的热量温暖自己。每到做饭的时候，大灶饭的香味传到整条弄堂，不少人追逐香味到我们家来，有人干脆拿碗要求盛上一点。母亲烧大灶的绝技是锅巴，不仅香而且量多，贴满了整个锅底，用锅铲铲起来就是一大张，不会破碎。等锅巴不冷不热卷着咬，再放点白糖，又脆又香，简直是世界上最美味可口的食品。

1958 年，我们家安装了煤气，大灶的使用率明显下降，不过到逢年过节，那大灶炉膛的铁门又被打开了，焰火将母亲的脸庞映得红红的，镬子里有好吃的，当然还有锅巴。以后，炉膛的铁门被打开的次数越来越少。我家最后一次用大灶烧饭，是在 20 世纪 60 年代初期。我们家那时困难，

[宋] 张择端 《清明易简图》(局部)

父亲在两年前去世了，一家八口人的担子全部压在母亲一个人身上，那年我13岁，我们兄妹六人全是长身体的时候，家中的定粮根本就不够吃，母亲每个月都要找人买上20斤的黑市粮票。每斤粮票是2元，现在的人已经无法理解2元买一斤粮票是什么概念，那时，我们全家一天的小菜钱是0.5元，一般工人每月的工资收入为40多元！这天，母亲买来20斤黑市大米，当将大米倒入米缸时，我们都围在米缸的周围，希望母亲再做一次大灶饭，尝尝锅巴的滋味，解解馋再说，厨房间大灶的炉膛已经很长时间没有火苗了。母亲答应了我们的请求，于是我们几个孩子乐坏了，大家冲到厨房，洗刷开了，这情景简直比过年还要热闹。这天正好是星期天，母亲从中午就开始做饭了，母亲烧好一锅，我们就吃掉一锅，母亲不停地烧，我们不停地吃，大灶饭的香味在弄堂里飘了整整一天。到晚上 8 点，一清点，竟然吃了 15 斤！大家都呆住了，这 20 斤大米是要掺进小米里补贴吃一个月的，余下的日子怎么过啊！母亲说，这样下去不行，将大灶拆了吧，另外，要制定用粮计划，你们几个兄弟商量一下吧，说完母亲就上楼了。那一天，我和两个哥哥一夜未睡，将大灶拆了，砖头整齐地堆放在弄堂里，两只镬子被倒过来放着。然后，我们设计了一张用粮表，每天、每顿吃多少都做了严格规定。全家八口人一个月的计划粮是 197.5 斤，机动粮是 1.5 斤。第二天早上，我们看见母亲的时候，只见她两眼红红的。

全家再聚在一起吃大灶饭是在 40 年后。

2001 年，正是母亲八十大寿，我们包了旅游公司的面包车到镇江、扬州两日游。车到镇江的时候，已是中午时分，我们在一家酒店就餐。饭是盛在大汤盆里，一股香味直往鼻子里钻，人们常说酒醉、茶醉，现在闻到这饭的清香，真有点“饭醉”的感觉。我赶紧往嘴里扒了一口，每个人差不多说了同样一句话：“大灶烧的饭就是好吃！”

吃完饭，大家特地到饭店厨房去看了一下，两口铁锅，下面的炉口里烧着的是木材，炉膛里的火焰在不停跳动，大灶的米饭飘忽着的香味再次诱惑我们，我们仿佛回到了四十年前。好客的老板娘特地铲了一大块锅巴，那黄灿灿的锅巴让我们的口水又出来了。走出饭店的大门，我们每个人的手里都拿着一块锅巴，时光仿佛又回到了从前。

[清] 谢遂 《仿宋院本金陵图》(局部)

# 碗

wǎn

## 概说

碗，饮食的器具，口大底小，一般是圆形的。碗，本作『椀』『盌』，《说文解字·皿部》：『盌，小盂也。』又：『盂，饭皿也。』可知，在古代，盌是一种饮食器具。椀，从『木』，从『宛』，木为木头、木材之意，宛有弯曲之意，表示中间凹的意思。碗，最初应为木制或石制的饮食器具。在古代，碗有三大用途，用来吃饭的是饭碗，用来饮酒的是酒碗，用来喝茶的是茶碗。

## 渊源

碗历史悠久，到底谁创造了碗，主要有两个传说。一是雷公造碗，一是宁封子制陶。这两人都生活在神话传说中的黄帝时期。

雷公，指雷祥，被称为“四圣”之一，能医善陶，擅长泥塑工艺制作，黄帝时任“处方”（掌管医药的一种官职）。在原始部落时代，人们以采摘野果和狩猎为生，在学会使用火之后，最初也只知道用火烤食物来吃，没有煮食物和喝水的用具。雷祥最初用石刃在木头上剜凹坑用来盛水喝。但由于制作粗糙，并不实用。后来有一次，雷祥率族人外出打猎，管火种的人由于走得急，没有把柴火与火种分好，导致火灾。他们打猎回来发现部落中的物件全被烧毁了，有一个外部涂了泥巴的筐虽烧没了，但外圈的泥巴却完好无损，还变得坚硬。雷祥好奇地敲击这个东西，发出嗡嗡的闷响，用来盛水不漏，就给起了个名字叫万翁。

这次火灾给雷祥在造碗方面提供了灵感。于是，雷祥大量烧制碗，这种碗不但轻便，而且光滑多了，但有个缺点就是会渗水。后来雷祥不停地摸索、总结，发现有一个地方的土烧制出来的碗不但光滑还不渗水。后世为了纪念雷祥造碗的功绩，在各地窑神庙均供奉雷祥。

宁封子是黄帝时的陶正，专管烧陶事宜。据说他常年在青城山修行，所以号宁封子。

远古先民没有锅碗瓢盆这些东西，那时候抓到猎物都是直接火烤，然后手抓着吃。有一次宁封子从河中抓到了几条鱼，本想大快朵颐，却一不小心烤焦了。宁封子一气之下用泥裹住这些烤煳的鱼，扔进火堆中。正巧，黄帝派人来找他办事，他匆匆离开了。

等到他回来，已经是三天后了。有人问他鱼烤得怎么样了，他才想起这事，赶忙从灰堆里扒鱼。结果发现鱼不见了，但是包裹住鱼的泥巴却变成了坚硬的壳，敲起来还当当作响。众人哈哈大笑：“宁封子，这软鱼被你烧成了硬壳，你打算怎么吃呢？”宁封子将这鱼壳拿在手里，左看右看，还不时敲敲打打，然后对众人说：“这坚硬的鱼壳虽然不能吃，但也许可以做别的用途。”然后，他在众人不解的目光中，将鱼壳拿到湖边，盛满了水，放在石头上。

过了一会儿，水一点也没有漏出。宁封子欣喜若狂，这样的话就可以拿它来储水，大家再也不需要每次喝水都往河边跑了。但是目前这个鱼壳还有点小，而且形状不好摆放，容易倒。如果说换一个大一些，形状规矩点的东西糊泥，不知道还能不能烧出来这种壳呢。

他转头一看，发现河滩上有许多砍过的树墩，于是他便用泥糊在树墩上，放火开始烧。火一直烧了三天三夜，等到火熄灭的时候，原来的树墩只剩下一个巨大而坚硬的树墩壳。宁封子用兽皮袋运水倒进这个树墩壳中，一直加到水满溢出来都没有漏一滴水。

宁封子赶忙将这个事情告知黄帝。此时黄帝正在为老弱病残喝水不方便而发愁，宁封子的发现像及时雨一样。黄帝便任命他为陶正，研究制陶之术。经过不懈的努力和无数次尝试，他终于掌握了制陶技术，但是有一次，宁封子在烧陶时失足跌进火里，被烧死了。人们为了纪念他，就称他为“陶圣”。

这些传说并无文献记载，不能作为碗产生的依据。但碗的产生必定不是一朝一夕的事，也不是某一个人一蹴而就发明的，必然经历了漫长的过程。在旧石器时期，人们用火烤食物时，为了防止食物被烤煳，慢慢发现了可以用水和泥土混合捏成形状，把食物放在上面烤。泥巴经过烧制变得坚硬，但这时碗还未出现。到新石器时代，用泥土烧制的陶碗才出现。据推测，最初烧制出来的陶器可能是陶罐，随着技术的进步，逐渐出现了鼎、簋、豆、尊、壶等。出土的新石器时代的碗并不多，中原地区和仰韶文化遗址出土的碗已有丰富的造型。在湖北京山屈家岭曾出土过陶制圈足碗，河姆渡文化遗址出土过一只朱漆碗，但朱漆碗价格昂贵，一般家庭用不起。春秋战国时期，出现了原始青瓷碗和早期青瓷碗。20 世纪 60 年代上海还出土了春秋战国时期的青瓷碗。

在汉朝遗址中出土的陶器数量增多，种类也增多，陶碗的彩绘和上釉已达到了较高的工艺水平，瓷器的制作工艺也有了明显的提高，东汉时出现了黑釉瓷器，而且出现了烧制瓷器的瓷窑，这种技术的普及促进了瓷碗的大量生产和使用。汉朝还出现了分工细致的皇室漆器制作工场，专门负责生产漆器，但这种碗不及瓷碗使用广泛。因此，在魏晋南北朝时，瓷碗成为人们日常生活中常见的器皿，但陶碗也仍在使用。如《高僧传》记载："有僧问如何是和尚家风，师曰：'竹箸瓦碗'。"瓦碗就是指陶碗。从碗的形状来说，东汉时期的瓷碗多是平底碗，也称足碗，这种碗平底，微向内凹，碗形有半球形和口沿内敛两种，也就是上部鼓，下部内收。这种造型的碗从东汉一直沿用到唐朝。

唐朝是一个开放的朝代，也是瓷器生产的繁荣时期。这一时期出现了新的陶瓷烧制工艺——唐三彩，全名为唐代三彩釉陶器。这是一种盛行于唐朝的低温釉陶器，釉彩有黄、绿、白、褐、蓝、黑等色彩，以黄、绿、白三色为主。唐朝饮茶之风盛行，对茶碗的需求增加，也促进了瓷窑的发展。陆羽在《茶经》中记载："碗，越州上，鼎州次，婺州次，岳州次，寿州、洪州次。"这段记载不但罗列了当时生产瓷器的六大名窑，还给它们排了名次。对于当时瓷窑烧制的瓷器色泽，陆羽也有记载，他说越州瓷、岳瓷都是青色，邢州瓷器是白色，寿州瓷器为黄色，洪州瓷器为褐色。

从形状来说，唐朝的碗有直口、撇口、葵口等，口沿突有唇边，多为平底、玉璧底及环条形底。此外，还有“四凹”，即碗口部四处下凹形成四瓣花边，下凹处腹内壁有凸起的竖向条纹，如同花叶的茎脉，具有较高的审美价值。

从考古发掘来看，唐朝出土的瓷碗有越窑的青瓷海棠式碗，长沙窑黄釉彩碗、黄釉绿褐彩鸟纹碗，法门寺出土的秘色葵口瓷碗等。

宋朝是传统制瓷工艺史上繁荣的时期，工艺水平达到了前所未有的高度，加上皇室的重视，官窑的出现更是促进了瓷器的发展。宋朝瓷器古朴深沉、素雅简洁，却又千姿百态、各竞风流，如汝窑釉含蓄莹润、积堆如凝脂，景德镇窑的青白瓷色质如玉、碧如湖水等。

宋朝时，碗的形状出现了葵口式、斗笠式、草帽式、大口沿、小圈足等。明代碗的形状多为鸡心式、墩子式及口沿外向平折式，圈足较为窄细，大多采用画花装饰。画花装饰的碗自唐朝开始，经过宋朝的过渡、元朝青花碗的激发，明朝才兴盛起来，明朝白底青花的食用碗十分盛行。清朝的碗在前朝的积累上，无论在形状、釉色、纹饰还是制作工艺上都更加精致。

魏晋南北朝时，随着奢侈之风的盛行，金银器的使用也逐渐增多，军中也有用银碗饮酒的记载。《三国志》甘宁：“以银碗酌酒，自饮两碗。”这一时期，玉碗也是一种贵重的器皿，曹操就曾以“砗磲为酒碗”，砗磲是仅次于玉的美石。东晋时，王敦曾失信于周访，就赠送玉环、玉碗请求原谅。曹植、王璨等人还专门为砗磲碗作赋，如王璨的《砗磲碗赋》写道：“侍君子之宴坐，览砗磲之妙珍……飞轻缥之浮白，若惊风之飘云……兼五德之上美，超众宝而绝伦。”通过王璨的描述，可知砗磲碗的精美和珍贵。

唐朝时期，金银碗不但数量增多，工艺也更加精美。如被称为唐朝第一金碗的鸳鸯莲瓣纹金碗，其纹饰凹凸有致，犹如两朵盛开的金莲花。该碗现藏于陕西历史博物馆，据专家考证，这两件赤金莲花碗是唐朝皇家贵族才能使用的盛酒器具。

除此之外，碗的材质还有琉璃。西晋时期便有琉璃碗，《文士传》有潘尼与同僚饮酒，“主人有琉璃碗，使客赋之”的记载。汉唐时期的琉璃碗多从国外输入。

现在碗的材质和种类更是多种多样，有搪瓷、塑料、纸质、不锈钢等，但作为饮食器具，还是以瓷质为主。

## 制作方法

碗的材质不同，制作方法也不同。以使用最广泛的瓷碗为例，主要分为坯料配制、造型、上釉、煅烧、彩绘五大工序。

制碗的原料叫瓷土，也叫高岭土，这种土因盛产于江西景德镇的高岭而得名。先把土磨成粉，除去其中的铁质，和成泥。

造型就是按照模具做成坯。现在都是用机器进行造型，把泥块变成碗形状的泥坯，然后送到烘箱中烘干。烘干后的碗由油灰色变成了灰白色。

上釉前要先把泥坯内外的灰尘刷干净，然后把泥坯浸入粙水，再将泥坯倒扣，将釉水喷到泥坯上，这时的泥坯又由灰白色变成了银白色。

煅烧就是把上了釉的泥坯烧制成碗的过程。烧制前把泥坯放入无盖的圆柱形耐火的钵子中，钵子中要非常清洁，不能有一点灰尘，否则灰尘黏附在泥坯上会影响碗的质量。各钵子间也要用窑泥密封，以免在烧制过程中泥坯变形或开裂。烧好的碗会变得晶莹雪白。

彩绘就是先把各种贴花贴在碗上，经过700℃的烤花窑烤烧后，贴花才会牢牢地粘在碗面上永不脱落。

当然，碗的制作工序复杂，不是一般人可以制作的。

# 文化意义

民以食为天，碗是人们吃饭的最主要餐具，除了吃饭、喝汤等，碗还可以用来饮酒、喝茶，还可以作为一种迷惑敌人的工具。

战国时期有孙膑“减灶退敌”的妙计，三国时期有诸葛亮用双层碗迷惑司马懿的计谋。诸葛亮计谋无双，六出祁山，司马懿屡遭败绩，故而困守不出。诸葛亮便修书遣使赠送衣物等来羞辱司马懿。使者回报，司马懿读了书信，接受了礼品，并不发怒，却详细询问诸葛亮睡觉、吃饭等琐事，就说道：“吃得少却公事烦多，怎么能持久呢？”原来诸葛亮是为了迷惑司马懿，在司马懿派来的使者进行刺探时，用双层碗进餐，表示可以吃掉整碗饭，实际上仅仅碗的上层有饭。后世便称这种双层碗为诸葛碗，亦称孔明碗。

中国在饮食文化上尤其讲究礼仪，用碗时也有较多的讲究。如端碗时，手心空着，忌手心朝上端碗，也不要用筷子敲碗，因为以前乞丐讨饭时用筷子敲击举起的空碗，以引起人们的注意。现在则被认为是不礼貌的表现，还有的地方认为敲碗会越敲越穷，不吉利。

碗是吃饭的工具，有时也会作为礼品赠送。如温州嫁女儿就要送碗，在温州话里，“碗”与“稳”是同音字，寓意将来的生活稳稳当当。

在民间，老年人过生日或过世办丧事时为来客准备的碗，被称为寿碗，寓意沾上老人的长寿之气。

古代有金饭碗，现有铁饭碗之说。金饭碗是指皇帝吃饭的碗，民间传言，能得金饭碗，一生衣食无忧。铁饭碗通常是指吃“国家粮食”，也就是公职人员。这也是人们的一种美好的期望，不管是金饭碗还是铁饭碗，都不是永久不变的，饭碗只在自己的努力中。

有些地方有过年添碗的习俗，过年时添碗寓意着希望人丁兴旺。

# 最忆乡村九大碗

朱仲祥

日出而作、日落而息的农耕文明，最重视的就是人间亲情，而表达亲情的方式，直接表现为一个字——吃。

在我的故乡，凡遇到红白喜事，都要请客喝酒，办一回“九大碗”。比如结婚生子、置房立屋，还有办理丧事等，都要把亲朋好友请到家里来聚聚，借此机会走动走动，办上十几桌几十桌不等，答谢平日大家的关心照顾。甚至过年之前杀过年猪，也要把亲戚朋友和邻居请上，办上几桌乐一乐。俗话说：客走旺家门，办个“九大碗”，图的就是喜气，看的就是亲情。

过去由于物资匮乏，大家生活不富裕，所以每家办的“九大碗”都有定制，就是九个菜，有荤有素，以荤为主。只是因为不同家庭经济条件或主人家的心意，所搭配的菜品略有差别，但总体看大同小异。过去乡村宴席上的九道菜，第一道是“干盘子”，也就是油炸花生、糖酥猪膘肉之类，有荤有素；第二道是凉菜，凉拌鸡或者凉拌三丝；第三道为镶碗，就是把油炸过的猪肉、豆腐切成片拼在一起，以海带片、萝卜块做底子，上笼蒸后出锅，既可口又不油腻；第四道菜是墩子肉，是将五花肉煮半熟后，切成一小块一小块的正方体，俗称肉墩子，放在清汤里再煮熟，和着麻辣鲜香的油碟子一块儿蘸着食用；第五道菜是大菜——猪蹄髈，也就是这一带流行的“东坡肉”，

［明］仇英 《春夜宴桃李园图》（局部）

将一整块猪蹄膀放进锅里炖酥软，轻轻捞起来后浇上麻辣酸甜的香浓汁水，食之柔嫩化渣，肥而不腻，肉香诱人，口感鲜美；第六道菜是咸烧白，也就是北方人所说的霉干肉，将半肥瘦的猪肉，经过煮熟、油炸、切片，和着当地的特制芽菜和小青菜一道蒸煮，便成了肥而不腻、鲜香可口的一道菜；第七道菜是甜烧白，也称作夹沙肉，就是将煮得半熟的猪肉，切成相连的两片，在中间放入芝麻和白砂糖等制作的馅，用糯米饭打底子上笼蒸煮，香甜滑腻，酥软化渣;第八道菜是炖酥肉，将猪肉切成小块后裹上芡粉汁，下油锅炸成酥肉，再放进炖锅里用文火慢炖，然后撒上葱花上桌，也是很受欢迎的一道菜；第九道菜是随意的一道添加菜，可以是

炒菜，也可以是豆腐汤之类，讲究的上清炖全鸭或全鸡，也有上红烧鱼的。总数九道菜，八仙桌上满满登登，望去琳琅满目，很是丰盛。

近年来，为适应人们对饮食科学合理的要求，现在的农村“九大碗”已经大为改观，首先是不再以吃猪肉为主，鸡、鱼、鸭，甚至海鲜，样样齐全；其次是烹饪手段，在继承了过去以炸、炖、蒸为主的基础上，加入了许多现代川菜的烹制方法。在夹江县举办的“乡村厨师节”上，来自全县的百余名乡村厨师与周边地区的乡村厨师欢聚一堂，交流经验，探讨厨艺。金黄锃亮的香辣蟹、香甜糯软的甜烧白、鲜香酥脆的炸排骨……一道道美食令人垂涎欲滴，一桌桌美食都出自乡村厨师之手，正印证了一句话：美食在民间。

乡村宴席美味无穷，这要感谢烹制酒席的乡村厨师们。他们似乎一年四季都在忙着，今天生日宴，明天乔迁宴，后天满月酒……承办“九大碗”的单子已经从冬月接到年后了，这其中还有一天办两三家宴席的情况。“起得比鸡早，睡得比狗晚。”这是对承办“九大碗”厨师的总结。哪家请到这些厨师办席，他们前一天晚上就要去那家里，在空地上搭起临时灶头，把“九大碗”所需的材料都准备好，忙完已是凌晨。睡几个小时后，第二天早上五六点，又开始忙碌，准备中午几十桌的菜品。等这家的生日宴办完已是晚上八九点，却又要赶到另一个乡镇，为刚修了新房的一家人办乔迁宴。厨师们都知道，办“九大碗”虽然是做嘴巴的生意，但实质是人情世故的来往。如果这家主人有很多亲戚，厨师把这家人的宴席办好了，就相当于把这家主人的亲朋好友招待好了。所以办“九大碗”不仅要有手艺，更要有诚信。厨师坦言：“我们就是乡亲的‘移动厨房’。”

作为乡村宴席的烹制者，厨师们也最能感受乡村生活的变化。以前的“九大碗”是猪肉当家，一桌子菜的原料都是猪身上的东西，现在的“九大碗”不仅大换“包装”，由猪肉为主拓展到鸡、鸭、鱼、海鲜等，同时菜式也远远不止九道了。此外，以前的“九大碗”重数量，有肉就行，肉多就行；现在的“九大碗”重质，味道是王道。生活水平提高了，老百姓的日子每天都像过年，也越来越会吃了，大家来是吃味道，不再像以前，盼着吃“九大碗”打打牙祭改善生活。这就给厨师提了更高的要求，既要做得干净卫生，又要做得讲究，色香味形都要拿够，大家才“买账”。以前厨师就只负责做菜，现在要求的是全能型的厨师，老百姓要的是一条龙服务，厨师们首先要提供多种多样的菜品，供大家选择；其次，还负责买材料做菜、提供桌子凳子、自带打杂人员。现在老百姓无论是红白喜事要办“九大碗”，还是请人吃饭，不想动手，直接一个电话就可以搞定。

农村吃“九大碗”，品味的是味道，感受的是乡情。农家场院，随地就势，十几桌几十桌一溜溜摆满，请来帮忙给厨师打下手的人，在院子里进进出出，一会儿洗菜洗碗，一会儿端菜上酒，手脚那个麻利，如经过了专业训练，其间的绝活令人咋舌。待招呼入席的鞭炮欢快地炸响，客人们便鱼贯入席。往往参加的长辈和贵客，要安排坐在堂屋或者正中的桌子上，以示对他们的敬重。其余的来宾就随便入座，也不会有人提意见。这时主人请来的支客师（主持人）讲话，说着临场发挥的“四言八句”顺口溜，代表主人向大家表达谢意，主持完毕该次喜事必要的仪式，然后宣布开席。此时，客人们大快朵颐，大杯饮酒，菜香酒香洋溢在农家内外。乡里乡亲坐在一起，叙叙旧情，拉拉家常，相互间问声好，脸上笑开花，心里乐悠悠。席间给长辈夹夹菜，以表示孝敬和尊重；给邻里乡亲敬敬酒，一些不愉快便烟消云散。近年来一些人常年在外奔波，难得回乡一次，借了亲戚办喜事，回到家里和大家一聚，相见就更为亲热，相互间有说不完的话。外面的世界很精彩，外面的世界也很无奈，把平日掩藏的酸甜苦辣都往外掏掏，掏出来了心里就痛快了。其乐融融的乡村宴席，其乐融融的绵绵乡情。

尽管我们的生活如芝麻开花，但说起哪家办“九大碗”，总会不自觉地想起那满院子的乡村宴席，顿觉香味扑鼻，口齿生津。民间有首《九碗歌》的歌谣：“主人请我吃晌午，九碗摆得胜姑苏。头碗鱼肝炒鱼肚，二碗仔鸡炖贝母，三碗猪油焖豆腐，四碗鲤鱼燕窝焯，五碗金钩勾点醋，六碗金钱吊葫芦，七碗墩子有块数，八碗肥肉啪噜噜，九碗清汤把口漱，酒足饭饱一身酥。”这是以戏谑的口吻，表达了对乡村“九大碗”的钟爱与怀念。

远离故土的游子，也许他尝遍了各大菜系，尝遍了山珍海味，但故乡的“九大碗”总是不能忘怀。时时唱起这首乡土味十足的民歌，其中包含的乡愁不言而喻。

# 筷子

kuài　zi

## 概说

筷子在古代称为箸、梜，是用竹、木、瓷、金属、塑料等材料制成的细长棍子，用来夹饭菜或其他东西。筷子起源于中国，是我国饮食文化的一部分。《说文解字》对箸的解释是：『箸，饭敧也。从竹，者声。』可以看出，箸是吃饭的工具。

## 渊源

关于筷子的发明有两个传说。一个与姜子牙有关，一个起源于民间。

姜子牙虽喜欢钓鱼，但运气不好，一直钓不到鱼，常常空手而归，于是妻子很生气。有一天姜子牙又空着手回来了，妻子却很热情地叫他吃饭。姜子牙伸手就去抓肉，有一只小鸟突然飞进来落在他手上。姜子牙将小鸟赶走又去抓肉，小鸟又飞进来落在他手上。姜子牙就很奇怪，心想这鸟是神吗？这时，小鸟突然说："姜子牙跟我走。"就飞了出去，小鸟落在一棵芭蕉树上，抓了两根小竹棍送给姜子牙，说："你用这个夹肉吃。"姜子牙听信了小鸟的话，就回家用竹棍夹肉吃，结果竹棍冒出一股烟。妻子这时说出了实话："肉里有毒，我本想毒死你的。"之后姜子牙吃饭就一直用小竹棍。

这个故事作为筷子的来源似乎有些牵强，倒是起源于民间的这个故事还有些可信。春秋时期，有两个渔夫一起捕鱼，傍晚，他们就在岸边生火煮了粥，粥很烫，天又快黑了，他们就比赛看谁先喝完。一位渔夫为了赢得比赛，就顺手折了两根小树枝，一边搅动一边喝，很快就喝完了。在回去的途中，另一个渔夫很好奇，就问："你今天怎么喝这么快？"渔夫举着两根树枝说："多亏它们帮忙。"另一个渔夫还是没明白，就继续追问，渔夫为了早点赶回家，就顺口答道："快儿，快儿。"后来快儿叫着拗口，就叫成了筷子。

此外还有大禹发明筷子的传说，发明的原因与吃熟食有很大关系。大禹治水时常常在野外吃饭。有时肉刚煮好，为了赶路，急于快速把肉吃掉，他就想到用树枝把肉夹出来，边吹边吃。这种夹菜的树枝就是筷子的雏形。

筷子实际产生得较早，先秦时期称为“梜”，到汉朝称为“箸”。《礼记·曲礼上》有“羹之有菜者用梜”的记载。《礼记》郑玄注“梜，犹箸也”，《急就篇》也说：“箸，一名梜，所以夹食也”。《韩非子·喻老》记载：“昔者纣为象箸，而箕子怖。”战国时期已有象牙筷子，可见普通筷子的产生只会更早。从考古发掘来看，筷子的使用至少可以追溯至新石器时代。新石器时代出现了陶制容器，人们的饮食方式由单纯的火烤变为蒸煮等，由于蒸煮出来的食物较烫，有人用小棍子作为进食的辅助工具，由最初的一根树枝渐渐变为两根，慢慢取代了用手抓饭进食的习惯。

先秦已有以比较奢侈的材料制成的筷子，如商纣王就使用象牙筷子，但大部分筷子还是以竹木为主。汉朝的筷子已普遍称为“箸”，文献中有较多的记载。如《史记·十二诸侯年表》：“纣为象箸，而箕子唏。”《汉书·周亚夫传》：“无切肉，又不置箸。”

汉朝有一个与筷子有关的典故，即张良“借箸代筹”为刘邦分析形势的故事。楚汉相争，刘邦与项羽相持不下，郦食其给刘邦出了个主意，让他分封战国时期六国的后代。刘邦犹豫不决，就在吃饭的时候问张良的意见。张良立刻反对，从刘邦吃饭的桌子上拿过一把筷子，并说：“就让我用这些筷子来为大王筹划吧。”张良每分析一个原因，就摆出一根筷子，最后一共从八个方面提出了反驳，这就是“借箸代筹”的故事，也叫“张良借箸”。

箸作为筷子的名称使用时间最长。三国时期有刘备失箸的故事，据《三国志·蜀书·先主传》记载：“是时曹公从容谓先主曰：‘今天下英雄，唯使君与操耳。本初之徒，不足数也。’先主方食，失匕箸。”刘备听到曹操的话，借助惊雷假装害怕把筷子掉到地上，以暗示自己胸无大志，从而消除曹操的戒心，保全自己。《晋书·何曾传》有“性奢豪，务在华侈。帷帐车服，穷极绮丽，厨膳滋味，过于王者……食日万钱，犹曰无下箸处”。晋武帝何曾生活豪奢，在饮食上一天花费上万钱，还觉得无处下箸，就是没什么可以吃的。

唐朝时，有许多诗人在诗中都提到了箸。如杜普《丽人行》中的“犀箸厌饫久未下，鸾刀缕切空纷纶”。李白《行路难》：“金樽清酒斗十千，玉盘珍羞直万钱。停杯投箸不能食，拔剑四顾心茫然。”白居易《醉赠刘二十八使君》：“为我引杯添酒饮，与君把箸击盘歌。”胡曾《咏史诗·汉宫》：“明妃远嫁泣西风，玉箸双垂出汉宫。”

箸这一名称一直沿用到明朝才改为筷子。明陆容《菽园杂记》记载：“吴俗舟人讳说，‘住’与‘箸’谐音，故为‘箸为快儿’。”吴中地区渔民非常忌讳“箸”，他们怕船住，因为船停住了，也就没有生意了。渔民还怕船被虫蛀，船漏了当然就无法捕鱼。为了吉利，就把箸改为筷儿。明李豫亨在《推蓬寤语》中云：“世有讳恶字而呼为美字者，如立箸讳滞，呼为快子。今因流传已久，至有士大夫间亦呼箸为快子者，忘其始也。”但一直到清朝，筷子和箸都在使用，并没有“忘其始”。

筷子的材料在魏晋南北朝时有很大的发展，目前出土的筷子，魏晋以前多是竹木箸、牙箸、铜箸等。隋朝李静训墓出土了一双银箸，筷子长二十九厘米，两头细，中间粗。唐朝时，筷子的材质也越发贵重了。《开元天宝遗事》记载：“宋璟为宰相，朝野人心归美焉，时春御宴，帝以所用金箸令内臣赐璟。”皇帝给宋璟赐金箸，这可把宋璟吓坏了，当时金器餐具只有皇室才有资格使用。唐玄宗见宋璟不知所措，接着说：“非赐汝金，盖赐卿以箸，表卿之直耳。”原来是奖励他像筷子一样正直。这样的筷子哪敢用来吃饭，供起来还要小心翼翼吧。

明朝时筷子的形制上也发生了变化，出现“首方足圆”的筷子。也就是筷子的上半部是方形的，下半部是圆形的。这样的筷子放在桌子上不会滚动，拿在手里也不容易打滑。自宋朝起，筷子的工艺也更加讲究，而这种方形的筷子也更适合在上面雕字刻画。清朝时，筷子更加精美，稍有钱人家使用的筷子都是竹木镶银的筷子，且制作工艺精美。难怪清人袁枚说："美食不如美器，斯语是也。"有能工巧匠甚至能把唐朝画家阎立本的《凌烟阁功臣图》《瀛洲十八学士图》烙在筷子上，而且上面的人物栩栩如生。

现在筷子的品种更加丰富，各种材质都有，工艺也更加精美，有的筷子本身就是一件艺术品。丰子恺当年在日本留学时因嫌洗筷子麻烦，特别喜欢用日本的"消毒剖筷"，也就是一次性筷子。一次性筷子虽然省事，但对森林资源造成了极大的破坏。大家尽量还是自备筷子，减少使用一次性筷子，为环保做出自己的努力。

## 基本知识

目前筷子的材质主要有传统木筷、金属材质、竹子材质、陶瓷筷子等。选购筷子时要注意尽量选用竹木材质的，且选本色，染色的筷子不要使用，因为涂料中含有重金属等物质，长期使用不利于健康。但竹木筷子有一个缺点就是容易吸水，每次清洗过后需要晾干，以免滋生细菌。金属材质的筷子导热性强，容易烫到，且比竹木筷子重，手感不好。此外，陶瓷筷子也比较安全、健康，而且耐用。

筷子的使用方法因人而异，基本是用大拇指、食指和中指握住，固定下面的筷子不动，靠上面筷子的张合来夹住食物。

筷子是中国人的主要用餐工具，也会作为礼物赠送亲友，送给不同的人有不同的寓意。由于筷子成双成对出现，其寓意也符合中国人好事成双的心理。比如送给新人，有珠联璧合、快生贵子的意思，送给孩子有快长的意思，送给恋人有成双成对、永不分离的意思等。

# 文化意义

筷子产生较早，因此在长期的历史进程中也被赋予了丰富的文化内涵。首先筷子的形状便有深刻的寓意。一般的筷子是一头方一头圆，这是在使用过程中逐渐改进而成的。这样的形状适合使用，也与中国的天圆地方、《周易》思想相契合。在《周易》中，方形属坤卦，圆形为乾卦，乾卦象征着天，也寓意民以食为天。手拿筷子，方形在上，圆形在下，象征着《周易》的卦象坤在上、乾在下，这一卦象是《地天泰》卦，其意是和顺畅达，这样吉祥的寓意是符合人对美好的追求与期盼的。当然这只是人们的一种美好期望，人的顺达与否和使用什么样的筷子是没有关系的。

筷子的形状是直的，也被作为正直、不改其志的象征。如唐玄宗赐宰相宋璟金箸，以称赞其耿直的品德。《新唐书 · 于琮传》中永福公主不愿嫁于琮，“食帝前，以事折匕箸”，表达自己“宁折不弯”的志向。

筷子作为简单的餐具，却时常与国家的兴衰联系在一起。如商纣王用象箸，箕子看到后之所以感到“怖”，正是因为“见象箸以知天下之祸”。果不其然，“居五年，纣为肉圃，设炮烙，登糟丘，临酒池，纣遂以亡”。仅仅过了五年，穷奢极欲又残暴无度的商纣王便被灭了。正如民间流传的一段歌谣：“帝王盛宴金满堂，象箸一动银千两。贫民破碗舀清汤，竹筷难捞几粒粮。”

一双筷子虽不起眼，用得好因此保命，用得不好因此而丢官甚至丢命者历史上也不在少数。刘备与曹操实力差距较大时，与曹操吃饭，便巧妙地借助雷声惊吓使得筷子掉落，表现出一个胆小、无能的形象。这样就使多疑的曹操放松了警惕，刘备也因此保全了性命。而因筷子吃亏的有明朝的唐肃等。唐肃是明朝初期的一位才子，明太祖朱元璋很欣赏他的才华，就召他进宫。在进餐时唐肃竟然在皇帝面前把筷子横着摆放，引起朱元璋大怒，结果被革去官职，发配充军。

关于使用筷子的礼俗，在不同时代、不同地区都有独特的内涵。使用筷子时有一些基本礼节需要注意。如与人一起吃饭，夹起食物之后，就不要再放回去。吃饭时，不要用筷子指他人，也不可用筷子当道具指手画脚。赴宴时，要等主人先动筷子，或者年长者先动筷子才能开始吃饭。用餐过程中，举起筷子又不知道想吃哪道菜时，不可拿着筷子在桌子上来回转却不夹菜。

有些少数民族地区，有自己独特的筷子文化和习俗。如土家族，客人如果表示吃饱了，不需要再添饭了，就把筷子摆成十字形，主人就知道不用再添饭了。在彝族，客人表示吃饱了，是把筷子放在碗的左边，放在碗的右边则表示没有吃饱。

筷子在中国文化里还有团结的寓意。有一个故事说从前有几兄弟经常吵架。有一天，老父亲把他们几个叫到跟前，拿出一把筷子，问："你们谁能把这把筷子折断？"几兄弟都使出浑身力气，却无人能折断。后来，父亲就把筷子分开，每人分一根，让他们再折。这次，很轻松地都折断了。父亲说："一根筷子很容易就被折断，但一把筷子就很难被折断。你们以后就不要吵了，只有团结起来才有力量。"这正像一首歌里唱的："一根筷子轻轻被折断，十根筷子牢牢抱成团。"

# 筷子

陈理华

据说中国人在商周时期就开始用筷子了，可以说筷子文化是源远流长的。它不仅仅是吃饭的工具，虽然看起来简单，其实却有着深远的文化习俗和象征意义。

筷子在民俗中是与一些相应的仪式相融在一起的。在闽北，筷子的民俗主要表现在婚俗、上梁、葬礼等重要活动中。

在喜气洋洋的婚礼中，筷子第一次隆重出场是在新娘子梳妆时。当新娘还在闺房里为自己换嫁衣时，家族中年老又有福气的妇人就开始在大厅的供桌边着手装一个聚宝甑了。聚宝甑装好后就放在供桌的正中央。这供桌上的聚宝甑是什么呢？它是一个装满大米的斗，然后用十双筷子沿斗的内沿，按一定的距离插进去。插好筷子后，在每双筷子的腰部用五彩线（也就是五子线）按压的方法缠上两圈。这五子线是取其五子登科的吉祥之意，也就是希望新娘子将来生的孩子个个能出人头地。十双筷子则是代表着十全十美，用五彩线缠在一起，也表示新娘子到新家后，要团结自己的亲戚朋友和左邻右舍。

聚宝甑的每双筷子上还要挂一些首饰。有金戒指、银戒指、手镯等。家里没有那么多就到村子里的人家去借一些来用。斗的中间还要插上新娘子用的各色头花、发簪、尺子、剪刀，这些东西里，最美的就是龙头簪与步摇了。整个聚宝甑给人一种珠光宝气、富丽堂皇的感觉。这样的聚宝甑在村民为新房子上梁时也会用到，他们说聚宝甑有着聚八方之财的寓意。

筷子在婚礼中的第二次出场，是和一碗线面煮蛋一起被一个精致的托盘托着，由厨师双手举到眉头高，端来放在大厅的圆桌上。那是一双朱红色的新筷子，静静地放在碗边，红得可爱而喜庆。这里的一双红筷子，一代表着新娘子将来的生活红红火火，二是希望夫妻二人能成双成对、和和睦睦、恩恩爱爱地白头偕老。在“交面奶”（即给新娘梳妆的人）梳完妆后，“交面奶”拿起红筷子，夹上几根线面放入新娘口中，嘴里说着：“吃了头发胡须白（长命百岁的意思）。”

新娘子在婆家人的搀扶下走进大厅时，那里的供桌上也要有一个聚宝甑放在那儿。新娘子在拜祖宗时也等同是在拜聚宝甑。当大家看着新娘子拜天地后，就拥向了让人期待已久的酒席。新娘子桌上的筷子也是要吉利的朱红色的。

到了晚上，别的地方是喝交杯酒，闽北是吃线面、蛋和一个手榴弹一样卧在线面上的鸡腿。这时的筷子自然是两双，也是新的，红色的。

若是婆家兄弟多，要分家，在我们这里把这叫作分火。娘家的父母或兄弟就要送上碗与筷子，碗要两桌，筷子也一样要二十双。有钱人家送的是金筷、银筷或象牙筷，平常人家就送竹木筷。

两年前某村有个老人，还保留着父辈分火时保留的两副象牙筷。后来卖了一副，得款 18 万元……

筷子在喜事中常用红色，白色的不能用，若用了会被认为不吉利。当然若是丧事，所用的筷子就要白色或原色的。另外，丧事中也要有一个聚宝甑，也是装满米，筷子与筷子之间也用五子线缠住，但筷子上不挂金银珠宝，只在聚宝甑里面插上人偶、尺子、剪刀。这里的尺子、剪刀是起着镇邪作用的。在给故去的亲人盛饭时，在饭尖上一定要插上一双筷子。

炸物用的长筷

筷子还衍生出许多习俗，比如过年时，家里一定要添碗加筷。代表着在新的一年里人丁兴旺；桌子上吃饭时，不能拿筷子对着别人说话，尤其是在招待客人时。若是这样做了，会被说成是没教养。

有关筷子的民俗还很多：比如客人来了，除了给他端饭，也要记得拿一双筷子，以表示对客人的尊重；给病人熬药，熬好后，要在碗上放一双筷子，据说有筷子压着药性才不会跑掉……

# 火锅

huǒ guō

## 概说

火锅，金属或陶瓷制成的用具，锅中央有炉膛，里面放置炭火，使菜保持相当热度，或使锅中的汤经常沸腾，把肉片或蔬菜等放在汤里，随煮随吃。也有用酒精、石油液化气等作燃料的。用电加热的叫电火锅。火锅在古时称『古董羹』，因食物投入沸水时发出的『咕咚』声而得名，是我国独创的一种美食。

## 渊源

关于火锅的起源有两个说法，一种是说成吉思汗发明的，一种是说三峡纤夫发明的。

成吉思汗是世界史上杰出的军事家、政治家，由于常年率兵在外征战，为了让士兵能够身强力壮，就发明了水煮羊肉片的吃法。后来这种吃法就被流传下来，经过改良后，水里增加了各种香料，慢慢演变成火锅。也有说是成吉思汗看到士兵们烤羊肉很费时，为了使部队不贻误战机，就让人把羊肉切成小块扔进沸腾的锅里，边煮边吃，后来就演变成了火锅。

三峡纤夫发明说，是在长江三峡，有一群纤夫劳累了一天，已十分疲惫，就在江边砌土为灶。他们掏出随身携带的辣椒、花椒、香辛料，取长江水，熬成汤，后来慢慢加入菜品食用。这种说法似乎并不可靠，没有什么依据。

火锅起源古代，但并非一朝一夕之事。据《韩诗外传》记载，古代祭祀或庆典，人们会“击钟列鼎”而食，也就是众人围在鼎的周边，把肉放入鼎中，煮熟而食。北京延庆龙庆峡山戎文化遗址中出土的春秋时期的青铜锅有加热过的痕迹，这大概是早期火锅的雏形。

有人说火锅始于东汉，出土的炊具“斗”就是指火锅，还有一种被称为“染炉”“染杯”的小铜器，也可以看作火锅的雏形。这种铜器的构造分为三部分：主体为炭炉，上面是盛食物的杯，下面是承接炭火的盘。这种炊具在吃食物时能同时加热，使食物保持热度。

三国时期出现了铜制火锅。还出现了分格的锅，即“五熟釜”，就是釜中被隔成五格，可以同时煮五种味道。据《魏书》记载，曹丕称帝时，已有铜制的火锅出现，当时叫“同鼎”。左思在《三都赋》中有这样的记载：“金垒中坐，肴鬲四陈，觞以清漂，鲜以紫鳞。”左思记录的是显贵宴请友人围坐一起，用滚水煮食物吃的情景。这种火锅在当时只有皇室、达官贵人才吃得起，在普通人家并不流行。直到南北朝时，才逐渐流行起来。

唐宋时，火锅已经盛行。白居易“绿蚁新醅酒，红泥小火炉”讲的就是唐朝流行的一种陶制火锅。魏晋时期的菊花火锅到唐朝已成为特味火锅，这时市场上已有售卖。这种火锅由陶渊明发明。陶渊明不满现实就归隐田园，过着“采菊东篱下，悠然见南山”的惬意生活，自言：“闲居，爱重九指名。秋菊盈园，而持醪靡由。”也就是说闲居无事，喜欢饮酒、赏菊、吃火锅，吃火锅时还要在锅里放入一两朵菊花。之所以放入菊花，陶渊明在《九日闲居》中说：“酒能祛百虑，菊为制颓龄。”原来是菊花可以延缓衰老。

唐朝火锅也叫暖锅，到宋朝时又称“拨霞供”，拨霞供就是宋朝火锅之美称。宋朝林洪在《山家清供》中记载了与友人一同吃火锅之事。他在书中讲到游武夷山，访师道，在雪地里获得一只兔子，恰巧没有厨师烹制。“师云，山间只用薄批，酒、酱、椒料沃之。以风炉安桌上，用水半铫，候汤响一杯后，各分以箸，令自夹入汤摆熟，啖之，乃随意各以汁供随意蘸食。”从记载来看，师道说山中是这样吃兔子的，用酒、酱、椒料调成汁，把火炉放在桌子上，汤锅放在火炉上，兔肉切成薄片，用筷子夹着肉片在滚汤里涮熟，蘸上调料汁吃。这种吃法类似于现在的火锅涮肉。林洪吃了之后觉得甚是鲜美，后来与友人小聚，便用此法吃肉，因感于当时“浪涌晴江雪，风翻晚照霞”的美景，就给这种吃法取名为“拨霞供”。

元朝时，火锅流传到内蒙古一带，多用来煮牛羊肉吃。明朝时，火锅出现在了皇宫的御膳谱上，还出现了“野味儿火锅”，其配料为“山雉、狍鹿、麋鹿、熊掌、象鼻、鱼翅”。值得注意的是，现在已有了野生动物保护法，因此并不提倡吃野味。

清朝时，火锅不仅在民间盛行，还成了著名的“宫廷菜”。乾隆皇帝就是资深的“火锅”爱好者。他游江南时，所到之处必备火锅。乾隆四十八年（1783年）正月初十，乾隆还在宫里举办了五百多桌的宫廷火锅宴。嘉庆皇帝登基时，更是摆了“千叟宴”，所用火锅达一千多个，是历史上规模最大的一次火锅盛宴。

明清之后，火锅基本没有太大变化，各地已形成几十种不同品类的火锅。火锅作为一道独特的美食，现在更是深受人们的喜爱。

## 制作方法

火锅是一种老少皆宜的食物，吃法简单，食材丰富，常见的食材有各种肉类、海鲜类、蔬菜类、豆制品类、菌菇类、蛋类制品、主食等，从汤料锅底来说有鸳鸯火锅、三鲜锅、菌汤锅、番茄锅、麻辣锅等。火锅的锅底汤料现在基本可以在超市买到，也可以在家里根据个人口味进行调制。

从地方上来说，广东的海鲜火锅配料讲究，味道鲜美，食而不腻；苏杭一带有菊花火锅，这种火锅汤底多用鸡汤或肉汤熬成，辅以肉、鱼、鸡等薄生片与菊花一起涮着吃，清香爽神，风味独特；重庆有毛肚火锅，这种火锅原料多样、卤汤浓鲜、麻辣醇香、天下闻名；北京有羊肉涮锅，风味独特、别具一格。

从吃法来说，有烫、煮等，吃时需注意：一般是先荤后素，要掌握各种食材的特性，有些食物煮久了就煮化了，找不到了，有些食物则需要煮的时间长一些，如肉丸等。吃火锅一定要烫熟了再吃，有人为了追求鲜美，食物在锅里烫一下就吃，尤其是肉类食物，潜藏于食物中的细菌、寄生虫卵等进入肠胃会导致疾病。

还可以在火锅中加入少许啤酒，既可以使汤汁浓美，也可以防止上火。或者在火锅中放一些菠菜、豆腐等"凉性"蔬菜，也可以防止上火。

牛肉不宜与板栗、田螺、红糖、韭菜、白酒、猪肉同食，吃海鲜火锅不宜喝啤酒等。

吃火锅还离不开蘸料。常见的蘸料有麻酱、辣油、花椒油、盐、菌菇酱、蒜蓉、葱花、香菜、韭菜花等，可以根据个人爱好自行调配。

# 文化意义

火锅作为一道美食，蕴含着丰富的文化内涵。关于火锅，历史上还有一则趣闻。明朝文学家杨慎小时候跟随父亲杨廷和到宫里赴宴。弘治皇帝在御花园设酒宴，宴席上有涮羊肉的火锅，木炭燃烧，发出红红的火焰，弘治皇帝突然想到一个上联，便说道:“炭黑火红灰似雪。”然后要众臣对下联，大臣们苦思冥想，却想不出合适的下联。这时，年少的杨慎悄悄地对父亲说出下联：“谷黄米白饭如霜。”杨廷和就把儿子的对句念给皇上听。弘治皇帝听后龙颜大悦，当即赏御酒一杯。

关于吃火锅，也有一些地方习俗，如东北地区，在招待客人时，火锅里菜的摆放就很有讲究，“前飞后走，左鱼右虾，四周轻撒菜花”，就是飞禽类的肉放在火锅对着炉口的前方，走兽类的肉放在火锅的后边，左边是鱼类，右边是虾类，各种蔬菜稍微放一些，这种摆放寓意着尊敬。如果是不请自来的人，就把两个大肉丸放在火锅的前边，后边是走兽类肉，寓意就是请你离去。

台湾地区吃火锅也有讲究，一般在大年初七这天吃火锅，火锅材料有七样是必不可少的，即芹菜、蒜、葱、芫菜、韭菜、鱼、肉，这几种菜的寓意是勤快、会算、聪明、人缘好、长久幸福、有余、富足。

火锅既可指炊具，也可指食物，这种将多种食材煮在一起的吃法，体现了饮食文化中和谐、包容的特色。吃火锅不仅吃的是美味，更是一种热气腾腾的氛围。

# 猪羊抵消

胡志金

重庆市位于中国西南部、长江上游，与湖北、湖南、贵州、四川、陕西省接壤，它最突出的特点是地形起伏有致，立体感强，是一座山城。重庆辖区主要分布在长江沿线，以丘陵、低山为主，平均海拔为400米，地势从南北两面向长江河谷倾斜，起伏较大，多呈现“一山一岭”或“一山一槽二岭”的形貌。地质多为喀斯特地貌，因而多溶洞、温泉、峡谷、关隘。

最重要的是，重庆地势比成都低，处于低凹地带，又在长江经济走廊的中段，主要依赖船舶运输。因此重庆船多，船常在水里行驶，船工和水手的腿脚便因太过潮湿而易麻木，于是船上的水手和船工就用猪的下水和上水煮沸来祛风除寒，于是著名的川江号子也就应运而生。

20世纪70年代，我在一个大型国企工作，经常在武隆一带奔波。那里山路很崎岖，也很泥泞，可以说是“天晴一身灰，下雨一身泥”。当地农民住在崖洞里，基本上处于半封闭状态，吃草根、吃树皮说不上，但是吃白缮泥、红缮泥的大有人在。直到21世纪人们才陆续下山。

20世纪80年代初，我在重庆两路口图书馆附近的小火锅见到一个人，他一个人用白萝卜烫火锅吃就应该可以理解了。

严格上说那是一个风雨棚，我一个人下班去两路口买完东西后从那里路过，歇

“九宫格”火锅

火锅配菜：毛肚

清代火锅器皿

下来吃碗面。这时，我看见对面坐着一个人，这个人穿一件冬天的军棉袄，但不猥琐，他吃的不是面，是一口小汤锅里的白萝卜，再加一小碟酱油和海椒，他边吃边对我说：“这就叫猪羊抵消。”

我看见这个汤锅里只有十数块白萝卜翻来翻去地煮，他用一双筷子上下搅动，时不时夹起一块在红油海椒碟里蘸一下，再含到嘴里，吃得他是汗如雨下、泪水打转。

天空细雨蒙蒙，电车无声地从风雨棚外的两杨公路滑过，夜色里，山城坡坡坎坎的石梯上走着的人匆匆而行。就是这一小锅清水白萝卜，这个人得吃一两个小时，这是他告诉我的。

现在，这种光有白萝卜的火锅已经没有了，一锅白萝卜就能吃上几个小时的人也没有了。现在，价格越来越贵、味道越来越重的火锅食材替代了白萝卜，人们也更愿意去吃从贵州、云南快递回来的香辣佐料。市场机制决定了火锅将越来越深沉，越来越火辣，越来越滚烫。

我曾经问过一个在杨家坪步行街打扫清洁的妇女。妇女说她从垫江县农村来，她撑着扫把坐在步行街的花台上对我说：“现在哪个还在种庄稼嘛，到城里头来时间都要过得快些，你看好多要的嘛！”妇女穿着一件“杨家坪步行街保洁”字样的工作服，在步行街走走停停，东张西望，脚下的扫把也早已不是高粱穗扎的了。

妇女说这个话时，离我在两路口风雨棚吃小面过去整整 30 年了，那位吃清水白萝卜的朋友想必也年至花甲了。不过，今天已经开始提倡吃绿色环保的食物了。我想，刚刚改革开放时，我在两路口一风雨棚见到的“猪羊抵消”，用一锅清水煮着白萝卜，蘸一碟红油海椒碟的吃法是值得倡导的，亦是颇值得怀念的。